# 十七岁的壳

朱卓帆　著

中国农业出版社

北　京

图书在版编目（CIP）数据

十七岁的壳 / 朱卓帆著 . —北京：中国农业出版
社，2022.6
ISBN 978-7-109-29580-3

Ⅰ.①十⋯ Ⅱ.①朱⋯ Ⅲ.①中国文学－当代文学－
作品综合集 Ⅳ.①I217.2

中国版本图书馆 CIP 数据核字（2022）第 107869 号

十七岁的壳
SHIQISUI DE KE

中国农业出版社出版
地址：北京市朝阳区麦子店街 18 号楼
邮编：100125
责任编辑：卫晋津　文字编辑：霍丽娟
版式设计：杜　然　责任校对：刘丽香
印刷：北京中科印刷有限公司
版次：2022 年 6 月第 1 版
印次：2022 年 6 月北京第 1 次印刷
发行：新华书店北京发行所
开本：700mm×1000mm　1/16
印张：15.75　插页：8
字数：300 千字
定价：48.00 元

十七岁的壳，

初历风雨，

它由脆弱变得逐渐坚强，

包裹着稚嫩而柔软的灵魂和思想，

还闪烁着崭新的光芒。

谨以此书献给青春岁月

愿我一直记着自己 17 岁的思考与想象

This book is dedicated to my youth.

Wish I can always remember my 17-year-old contemplation and imagination.

# 序 一

庞美玲

## 心灵的阳光

做老师有一种幸福，每一届学生都会有与自己心心相契者，不用多言，不用解说，心灵之道就一直处于畅通无阻的状态，我把这称作缘分。2017 年 9 月的那个秋天，我迎来了中国人民大学附属中学 2020 届学生。一个小姑娘走进我的办公室，送给我一本她写的书。从我接过书的那一刻起，我们的这段缘分就开始了。而这本书的作者卓帆与我就成了这样的精神相契者。

作为语文老师，对学生最大的期许莫过于读书、读人、读社会，而这阅读的本质又是什么呢？荀子有言："君子之学也，入乎耳，著乎心，布乎四体，形乎动静。"阅读之本质是动心。真正的阅读是内心被深深触动，是把所见所闻内化为自己的一份真挚的情感，提炼成自己的一份深思熟虑的认识，并同时由衷地产生对于自己国家民族宝贵精神财富的尊重与认同。在我看来，卓帆就是一个真正会阅读的人。她在其《莫忘初心》中写道："回望中国人民解放军建军以来走过的这些路，就像见证一个不可能的奇迹。……当我在电脑上敲下每一个字，写下每一句我想说的话时，我感到心中荡漾着一份强烈的震撼和感动。我们现在的和平与富强，是怎样地来之不易，它不知沉淀了多少先烈们的泪与血，多少无名英雄坚定的信念和无悔的选择。……哪怕有一天，我忘却了所有，我也不会忘记中国，不会忘记这养育我的土地，还有那红旗之上温热的鲜血。"

读着这么温热的文字，感受着她内心的汹涌波涛，我有一种莫名的激动。

作为十五岁的高一学生，要理解经历了人生顺逆大起大落后痛定思痛的复杂思想感情还是有些难度的。学过苏轼的《赤壁赋》等诗文后，卓帆对苏轼的诗词产生了浓厚的兴趣，便一口气把《苏轼诗词选》中的近乎所有的诗词都读完背熟了。那时我问她，课业如此繁重，这么短时间学习这么多苏轼的诗词会不会太累，她居然很高兴地说不累，还说自己乐在其中。看着她灿烂的微笑，我有些心疼也倍感欣慰。后来读到她的文章《人生自有定力》，便能够感受到她为什么那样喜欢苏轼。因为她能够理解苏轼的心境，她能够理解苏轼的思维路径，她能够理解苏轼的人生哲学，并从苏轼那里寻找到自己的人生支点。又或像是她读《红楼梦》时所形成的自己独特的视角。她从另一个角度分析《红楼梦》，与普遍的解读不同，她看到宝玉因享受了贾府给予他的万千宠爱及无限繁华而没有担当起振兴家业责任的层面，并提出了宝玉是"家族的罪人""永恒忏悔"等观点，虽与主流观点不同，但都体现出她的独特思考和对于文学作品的独特感知。

读卓帆的文章还有一种感受，即她保留着那种天赋的善端。我想到卓帆，总感到有阳光与她相伴。她的《小巷》中有一句："我背着书包，无数次地穿过这条小巷。"这句话在我的脑海中是一幅画，一条长长的小巷，一个背着书包的小姑娘，暖暖的阳光洒在小巷中，洒在小姑娘的背上。我仔细看她的文章并没有这样的描写，但我总感到阳光与她为伴。她在《阳光中的尘埃》一文中写到人像尘埃一样渺小，但人是阳光中的人，尽管渺小，人仍然在阳光中，人的背景仍然是阳光。她写初三准备中考的那段日子，题目是《毕业楼的阳光》，就仿佛阳光是她心灵的底色。看《甘的阳光》，她不但感受到失明小姑娘甘对阳光的渴望，她更敏锐地认识到甘与其乡村教师的父母带给世界的那缕可贵的阳光。而《夕阳之爱》《舌尖上的记忆》《温柔的注视》写到姥爷与姥姥，太姥姥与自己，姥姥与自己，那份温情是那样纯朴，又是那样生动、真实、感人。

慢慢品味，便明白了卓帆的内心为什么如此丰盈，明白了卓帆为什么能够尊重人、理解人，明白了那双总会在课堂上发光的清澈的眼眸，明白了我每次想起卓帆总能联想到一束温暖而柔和的阳光，因为阳光与她相伴。我知道，卓帆的路还很长，但我想，那条路应该永远都有阳光。

# 序 二

和　渊

　　第一次遇见帆帆，是在她高一入学报到的时候。作为班主任，我第一眼就注意到了这个与众不同的小姑娘，高挑的身姿和扎起的马尾让她拥有舞蹈家一般的气质，瘦削的样子却让人怜爱；弯弯的会说话的眼睛忽闪着对未知世界的渴望，偶尔会流露出一些让人不会轻易察觉的敏感。如果你见着她本人，或者你看完这本《十七岁的壳》，你就会相信我说的话。这样一个高高瘦瘦、看起来非常文静的女孩子，眼中总是闪烁着光，内心总是充满着无限的能量，仿佛永远可以创造奇迹。

　　"和老师，我叫卓帆。"就是那样一声清脆的呼唤，一个轻盈的少年从此就走到了我的身边。她就像一个忘年交的老友。我看着她长大，她陪着我变老，我们就这样结下了不解之缘。

　　还记得高一的她，有着战地女记者的梦，因为那份对于世界的悲悯和爱，她总是会关注到这个世界上很多疾苦的人们，哪怕他们离她很远。我记得那时，在我的办公室，帆帆有时会写下长长的诗，那些诗关于梦想，关于信念，闪耀着人道主义的光芒，写完后她会对着黑板凝神思索，然后又静静擦掉。阳光洒在湿漉漉的黑板上，那热烈而纯粹的诗句仿佛是她内心的一场波澜，但是即便诗句被擦掉了，那种意境却依然会久久地留在我的心里，挥之不去。她丰富而敏感，常常能捕捉到身边一般人注意不到的很多细节，文字也因而细腻灵动。在军训的时候，她写下："苍白的灯光洒在灰青色的水泥地上，不知名的昆虫在干草堆里鸣唱，萤火虫在夜幕中翩翩飞舞，犹如点点星光。"那句话刺破沉默，让她冰冷的肌肤顿时燃起了激情，她用尽最大的声音朗诵，好像要让月亮记住那些话语，好像要让无数的教官感动，好像要把冰冷的世界点燃，好像要把沉睡的大地唤醒。站在一旁听十班震天动地的歌声，她眼含热泪，由衷地感到自豪，她为是十班的一分子而感到幸福。

高二的她，遇到了萨特。帆帆很多时候是一个沉默的、爱思考的人，她总会想很多深刻的问题。我们有时会一起讨论人生的意义、生命的价值，而我常常惊讶于她对于世界的理解和洞悉。"当科学让我们从上古的蒙昧中醒来，混沌的世界怎样才能不致冰冷荒凉呢？"她带着温度思考，在意识的世界中触摸探索，在深刻而抽象的概念构筑起的思维大厦中，用指尖去一点点感受未知的领域。哪怕激情是徒劳的，那又如何？十七岁的她对我说："也许我们都是手推巨石的西西弗斯，虽然石头会一次又一次滚落，但是，我们是幸福的，因为向顶峰的登攀足以构成生命的意义从而充实人的灵魂。"

高三的她，收到了巴黎政治学院的录取通知书。我们俩坐在咖啡厅，冷冷的空调吹着她由于兴奋而泛起红光的脸庞，她激动地和我讲述了这半年来她准备申请大学的经过。在这一刻我看到了她超出同龄人的自主性和对知识的渴望。我感受到了与她年轻身体所不相称的巨大能量，令我这个成年人都有些望尘莫及。这一年，她完成了更多蜕变，对很多问题都有了自己更深刻而独到的理解和想法，也具有了更强的阐述自己思维和观点的能力。她的这种强大的内驱力和自省力，在同龄人中是很少见的，我想这也是她从众多申请者中脱颖而出的原因。望着那个坐在我对面的姑娘，我知道，她已经不再是一个小女孩，而是一个独立而大写的人。

我想帆帆的高中三年就像她为这本书取的名字一样，十七岁，是一个壳，坚硬的躯壳包裹着一颗温存的内心；十七岁，是一个壳，而在我眼中她的心智早已超越了这个年龄，驰骋在哲思的汪洋大海中；十七岁，只是一个壳，哪怕它终有一天会蜕去，成熟的灵魂在它的保护下会熠熠生辉。

作为帆帆高中的老师，我见证了她从一个小姑娘逐渐成长的经历。我会和她一起珍视这个壳，以及附着在那躯壳之下的丰盈而柔软的回忆。

# 目　录

散

文

# 小　巷

　　狭长的小巷，不动声色地倚着院落的老树，鸣唱着在小路间跳来飞去的喜鹊，洒着一路清脆的铃声驶过的自行车……

　　那是一个没有阳光的秋天，一切都笼罩在清澈的白云下，明朗而冷静。柔和的光不凉，也不热，恰到好处的舒爽。微风不燥，也不湿，只是有一丝丝凉意。云层很厚也颇有动感，但没有那种"黑云压城城欲摧"的逼人气势。天好像很高，但不是晴空万丈的明阔。层层叠叠的云层呈现清澈的白色，起起落落，波浪翻滚，像一片大雪覆盖的苍原。

　　我背着书包，无数次地穿过这条小巷。今天又走在这小巷，低头看见自己矮小歪斜的影子躺在地上，恍若隔世。那种仓促而懵懂的感觉，让我想到了很多：关于这条巷子，这条巷子里的故事，还有这巷子深处简朴的时光。

　　那是一种毋庸置疑的美，在没有了夕阳的黄昏里，没有一丝浮夸。世界是清晰的苍白色，那简朴的色调里，有着斑驳楼房的影子，有着小巷深处的缄默。清脆的自行车铃声的操纵者，都是穿着校服的中学生。三三两两的印度女人，裹着厚厚的白纱，匆匆而过，留下弯卷的黑色睫毛和那双伶俐的眼眸。几个棕色皮肤的男人，穿着短裙，叼着烟斗，笑口开时露出白玉般的靓牙。而白皮肤、蓝眼睛、黄头发的俄国女孩，则不时地对周围的人点头微笑。

两旁的那些水果店和菜铺里，人们来来往往，说说笑笑，平淡而又温暖。到了夜晚，小店的门口都挂着那种廉价的灯泡，钨丝烧成金色，而那种光却是黄的、耀眼的。大人围在暖光下，谈天说地，聊聊那些琐碎的日常；孩子们聚在一起，手舞足蹈地讲述着一天的收获。而宠物们也在一起打闹嬉戏。我每天遇到的最暖的色调，就是在晚自习结束回家的路上，走过这条悠长的、或喧闹或平静的小巷，看见那些属于或不属于我的形形色色。这时我总觉得自己从头到脚都是暖暖的，即便是在寒冬，也从无例外。

在北京城市环境整治中，那些油墨般的色彩褪去了，小巷还是小巷，小巷的住户如故，温情依旧，但景色更美。沉默地睡着，醒着。它躺在北京的土地上，身着并不华丽的衣裳。它真实地喘息、哭泣、微笑，承载着小巷尽头无数人家的欢笑和忧愁。在墨蓝色的月夜里，给每一个晚归的人温热和勇气。

所以，我静静地驻足、等待、沉默。望着那些匆匆而来、又匆匆而去的背影，皆是这人间的过客，他们那样眼熟，又那样陌生。恍惚间我懂了，他们的平凡和朴素像书卷中无意滴落的墨点，是不曾抹去的瑕疵，却散发着沁人心脾的墨香，让无数的文人废寝忘食地眷恋着。也许，我也是其中的一个，魂不守舍地深爱着这里，与小巷一块成长，一块发展。北京，那条最平凡的小巷，以及我自己赋予它的那种罗曼蒂克式粗糙的美学。

小巷的沉默让人心安，小巷的喧闹却意外地让人沉静。我今天背着书包穿梭在这小巷，明天我会提着沉甸甸的设计蓝图奔跑在这小巷，后天，大后天，我会……在每一个梦里，不厌其烦地来到这里。

小巷，小巷。

# 甘的阳光

只有吸满阳光的眼睛，才能看清黑暗；只有
注满阳光的心灵，才能照亮人间。

——题记

眼科楼，三层，向阳。

午后 1 点，阳光充满着走廊，走廊里暖烘烘的。几团浅黄色的亮斑，洒在地面长满山水图案的青色石板上，病区寂静无声，患者大都在休息。

提着沉甸甸的水果篮，缓步走到走廊的尽头，我轻推 328 的病房门，随着"吱扭"一声响，阳光从病房中倾泻出来，从头到脚地浇了我一身，顿感周身的温暖。

328 病房里有两张床，一张是我奶奶的，另一张床上坐着一个女孩。她乌黑而蓬松的头发披散在肩上，她面对半敞的窗，背对着病房门，正在收拾对面床头柜上刚吃过的橘子皮。

阳光、橘香、打开的窗，还有一个斜坐在病床沿的小姑娘。

在温柔的阳光里，小甘的身上像镀了一层金光，活脱脱一个小天使。

"你是临床奶奶的亲人吧？"

"我是她孙女。"

轻柔的声音划破了宁静的空气，在病房里回荡。

她忽然抬起头，笑盈盈地朝着我在的方向，脸颊上泛起一团红润。"是啊，我奶奶也是做白内障手术，我这几天来陪她。"原来这房间的两张病床，是两个老奶奶的，小姑娘虽有眼疾，却是陪护人。她没有床铺，晚上实在困得不行了，就趴在奶奶的病床边休息一会儿。

"坐下聊一会儿吧。"她轻轻地说，用指尖微微地拍了一下旁边的病床。

初次相见，我看见她有一双漂亮的大眼睛，长长的睫毛，瓜子形脸蛋，光滑的肌肤在阳光下呈现出小麦色，干涩中带着些许湿润，薄薄的嘴唇微微张开，露出里面乳白色整齐的牙齿。

"能告诉我眼前的景象吗？"她说。

我这才知道她双眼失明。

我用手遮盖在头上，眯起眼睛环顾四周，尽可能地搜捕一些有用的细节。"有一棵翠绿苍劲的老槐树，立在病区的楼下，它的枝叶已经蔓延到三层。地上有它稀稀落落的影子，窗外碧蓝的天空下，有它闪闪发光的翠绿的叶子。"我又仔细地想了一下，补充道："还有充斥着整个世界的阳光！"

"阳光？"她伸出双手，像捧水一般，好像要捧住阳光。

"妈妈说阳光真的很美，因为阳光就是希望，它能温暖人们冰冷的心。哪怕是在黑夜中，人们的心里只要有希望，就也能看到阳光。妈妈说这是一位老师告诉她的。"她说她的爸爸妈妈都是山村小学的老师，那学校几十个孩子，就爸爸妈妈两个教师，要是他们请假来陪奶奶住院，山村孩子就得放假。所以，她说服了爸爸妈妈，自己来陪奶奶，让爸爸妈妈在家给山村学生们上课。

后来，在医院陪奶奶的这几天，我从医护人员那里听到了关于这个姑娘的身世。她叫小甘，十三岁，河南人，十年前发了一场高烧，虽然人救过来了，但是却再也看不见了。她的父亲一夜间愁白了头发，母亲泪洗的脸一下子苍老了许多。这么多年来，他们变卖了所有家财，背着女儿去各地求医问药，就是想治好小甘的眼睛，还她一个明亮的世界，但是都没有结果。父母几近绝望，可是从不言放弃，这让我颇为同情和怜悯。

清风携带着鸟鸣从半掩的窗口涌入，回荡在病房。春阳照在窗台的蝴蝶兰花上，平添了无限的生机与美好。恍然间，我觉得在她温柔的声音里，世界变得风轻云淡、气象万千。我沉默地端详着她那写满善良与自信的脸庞，我从她那凝结的微笑里，看到了那藏在笑容后面的、对于美好生活的无限渴望与自信，心里泛起一阵说不上来的酸涩。在她的生命里明明没有阳光，但她却这般珍视；她明明有一万个理由绝望，而她却偏偏充满对美好生活的憧憬；她自己需要人帮助，但她却执意要帮助人；她看不见阳光，但她比阳光更像阳光，因为她的心里充满阳光！

我不禁肃然起敬。

第二天再来的时候，我给她掐了一把野花，野花散发着淡淡的清香，还沾着晶莹的晨露。我本想早点过来帮她收拾一下她家奶奶的病床，但推门进屋，只见那床铺早已收拾干净，床上安详地躺着她的奶奶，清冽的朝阳洒落在洁白的被褥上，一阵新凉。

"甘怎么不见了？"我问楼道里的护士。

"啊呀，她昨晚临时回了老家，说是老家的医院找到了与她配型成功的眼角膜，她的眼睛很有希望再见光明啦！"护士告诉我，当时满病房的人都激动地流了眼泪，甘更是喜极而泣，她连声高喊："有希望啦，有希望啦！"随后就高兴地走了。

我的眼睛里瞬间涌满泪水，我为这个汇集了太多不幸的家庭鸣不平，我也为这个女孩可以重见光明而庆幸。那一刹那，整个世界仿佛都安静了，病房里寂静无声，能听到的好像只有我的泪珠掉在地上摔碎的声音。

我站在昔日为她观景的窗前，瞭望碧空如洗的天空，天上没有一丝云彩，阳光充满了整个世界。我又一次想起了她，想起她失明的眼睛渴望看到阳光，想起她身在逆境而脸上却挂满微笑，想起那天阳光从窗口涌进来洒满她全身的美。我想起当时她颤抖的眼中，除了泪水，还有从心中迸发出的希望之光！多么可爱的女孩呀，她自己面前虽然没有阳光，但她的心中充满了阳光；她是个失明的残疾人，但她还要陪伴做白内障手术的奶奶，要把光明和温暖送给亲人；她虽然身处逆境，却牵挂农村的小伙伴，要用心中的阳光照亮和温暖他人。

永远不能忘记她那种对阳光的渴望；永远无法忘记她心中的太阳发出的温暖与光亮。我有一种被阳光笼罩的感觉，我曾走进福利院去帮助那里的残疾人。记得当我抱起一个失明的孩子时，我感受到他的恐惧和无助，感受到他对帮助的渴望。那一刻我的眼中充满了泪水。我抚摸他的稚嫩小手，多想多想，给他阳光。那一刻我懂得了这个弱势群体是多么需要帮助，也懂得了天下健康人的责任。

然而，这个陪奶奶做白内障的失明女孩，却让我看到了她心中的阳光，看到了她要用自己心中的光和热，去温暖和照亮他人的那样一种高尚。

也许，世界上人们的命运会有很多种，有幸运的，有不幸的；有先是幸运而随后不幸的；也有先是不幸，而后来却顺风顺水、转而变为幸运的，更抑或有不幸与幸运几经反复交替，把人折腾得死去活来的。对于人生的意义，古今中外也有不同的理解，有人以为人生就是吃喝玩乐；但也有西方的哲人把这称为"猪栏式的理想"。有人说"人不为己，天诛地灭"；可也有东方的圣贤说："求名应求万世名，谋利当谋天下利。"与甘的短暂接触让我坚信：不管一个人的世界里有无阳光，你的心中都要有阳光，因为你要用这阳光，去照亮和温暖周围的人。

人生的意义，仅此而已。

# 毕业楼的阳光

阳光还会像往常一样，在每一个充满希望的清晨，从宿舍楼上缓缓升起。毕业楼也会像往常一样，平静地等待着朝阳的到来。那时，我会站在阶梯教室里那扇对着东方敞开的窗前，拥抱每一缕沾满晨露的阳光。校园在苏醒，足球又会在操场上飞奔，晨练的学生在跑道上狂跑，老师背着厚厚的讲义包，匆匆地走过长廊，留下高跟鞋清脆的嗒嗒声，还有那一个个送给同学们的微笑。背着书包的同学们，迈着或缓慢或轻快的步伐，走向那个属于自己的教室。直到那时我懂了，幸福也许可以很简单，就是阳光从阶梯教室的落地窗飘来，温暖而柔软，我们和敬爱的老师，一起并肩战斗在中考的路上。我们都有梦，都有着一个为之坚强的理由。我们深深地爱着这个世界，做着这个世界上最遥远的梦，留下这个世界上最青春的笔体。

那一年，我无数次站在窗前，望着冉冉升起的太阳发呆，像一个等待者、守望者，或是逐梦者。那时的我，望着那里林荫下的小路上来来往往的人，人们说说笑笑，时光平平淡淡。

记得那个时候，仿佛世界只剩下没完没了的卷子，简直铺天盖地。我听到了耳畔有喊叫声，有抱怨声，一片混沌。记得那时老师总是说："孩子们，再坚持一下，这是黎明前的黑暗呀，光明就在眼前！"那句话就像一道阳光，穿过浓厚的云层，照在我的心上。也许很多人的眼中，都曾泛起了泪水。但回头瞭望时，我们却已经走过了那么多。

我们一起克服了难题，坐在教室里查看试卷；一起坐在考场上，忙碌地书写着试题答案；一起在午饭后走进办公室，向老师敞开心扉；一起消失在夜幕中，回头眺望灯光闪闪的毕业楼；一起跨着轻快的脚步，在课间穿梭；一起喘着粗气，在操场上奔跑……猛然回首，才发觉原来我们一起经历的有那么多。大家的努力、老师的鼓励，推动着我们永不停息地奋斗着。有时我们也会哭，也会彷徨，也会萎靡，也会不知所措，但是，每次都是身边的老师和同学挽起我们的手，带着我们继续向前，一直走向希望。

今天，我们拿着所有的东西走出了教室，我们要和毕业楼说再见了。此刻每个人的脸上仿佛都堆满笑容，直到阳光透过阶梯教室的玻璃窗，照在我们的脸上时，才发觉，原来每一个人的眼中都含着闪闪的泪花。从来没有过那样的轻松，却又让人如此地黯然神伤。从来都是盼望时间过得快些，而今却期望时针停驻。从来没有觉得自己这样深爱这座楼房，深爱这里每天清早的阳光，深爱初三的疲惫与繁忙，深爱过往三年的所有，深爱每一张做过的卷子，深爱人大附中的一切一切……

阳光，还会像往常一样，在每一个安静而祥和的清晨缓缓升起。我们走了，还会有人继续在那里静静地迎接人大附中的每一轮旭阳，他们会像曾经的我们一样，在迷茫中坚守，直奔成功的殿堂。

# 走　了

　　当她拉着箱子走出来的时候，东方的天空还是少女绯红的面颊，氤氲着胭脂的香气。西面，蓝色的天空下悬着几缕淡薄的云雾。远处的那座山，仅是一个清晰的轮廓，孤独地耸立着，像往日一样的沉默。那轮鹅黄色的圆月，缓缓地沉沦下去，召唤着太阳升起。她隐约地觉得那是一幅盖着硫酸纸的绝美画卷，她就这样把眼前的一切临摹在心里。低下头，她看见了水泥地上那条斜长的灰影子随她移动，与昔日的宿舍楼愈行愈远。行李箱轮子滑过地面，搅动了宁静的空气，留下一串挽留般的呻吟声。

　　她想起昨夜，长灯管幽暗的白光，笼罩了十二个床铺，整齐的被子上有一股冷清的火热。昔日宽阔的淡黄色大理石过道里，拥挤着大大小小的行李箱，甚至没有什么走路的地方。这是军营里的最后一个夜晚，可突然间她却说不出来，是快乐还是忧伤。那时她安静地坐在上铺，垂着脚丫，看着身穿绿色迷彩军裤、白色上衣的姑娘们，一边来来去去地忙活，一边低声吟唱。那些歌儿她都听过，有些甚至会唱，所以她闭着眼睛，轻轻地跟着哼唱。她觉得姑娘的歌声最温柔，最长情。

　　她沉默了，糊着报纸的窗户像往日一样敞开着缝隙，隐约看见墨绿色叶片上泛着银白色的光波。可那样的夜晚，没有她渴望的习习秋风，没有阵阵清凉，空气仿佛是静止的，连风儿都异常沉默。她喜欢熄灯后躺在行军床上，听宿舍里的姑娘们小声地讲她们的故事。那时宿舍里除了一盏白炽灯，周围的一切都熟睡了，好像那个沉默的夜在替她们保守秘密。

黑暗中，她的眼睛里，荡漾着微光，在那微光深处，回忆蜂拥。

五点半的哨声，刺穿雾蒙蒙的天地，当她睁开惺忪的睡眼，远方的天际是一抹淡紫色的惆怅，床板吱吱呀呀地晃动着，驱走了昨夜的梦。她穿上训练服，跑步集合，她总是忍不住向天空望去，那是她见过的最美的朝霞，层叠的云稀稀疏疏，像一团怒绽的玫瑰。太阳是透明的橘色，它温柔的光让人留恋。站在那里，望着地平线，还有初升的太阳。她从来没有这样站过，但在那过往的八天里，却每天如此。每一个明朗的秋日清晨，屹立在空阔的训练场，她的心可以舒缓地跳动，脑海里可以什么都不想，她觉得自己的一介肉体在清爽的尘风中融化。只是站得久了，她有点累了，可她又陶醉。她陶醉于清晨的沉默，陶醉于希望的曙光，陶醉于青春的朝霞，陶醉于用生命去祈祷。恍然间，她懂了，懂得了烈日下一动不动的军人们那坚定的目光，懂得了他们国家利益至上的那种坚定信念，懂得了他们对于冉冉升起的中国的意义。

她还记得那样一个夜晚，苍白的灯光洒在灰青色的水泥地上，不知名的昆虫在干草堆里鸣唱，萤火虫在夜幕中翩翩飞舞，犹如点点星光。班级陆续地离开了，广阔的场地里，越来越空旷，越来越沉默，最后只剩下他们，加班加点地训练。忘不了和老师坚定的声音，"大十班只能拿第一！"，那句话刺破沉默，让她冰冷的肌肤顿时燃起了激情，她用尽最大的声音朗诵，好像要让月亮记住那些话语，好像要让无数的教官感动，好像要把冰冷的世界点燃，好像要把沉睡的大地唤醒。站在一旁听十班震天动地的歌声，她眼含热泪，由衷地感到自豪，她为十班的一分子而感到幸福。

激昂的听众，雷鸣般的掌声，飘扬的班旗，缄默的灯火。他们在台上奋力高歌，在台下粲然而笑。她们那样留恋，留恋灯光照耀，散发着橘黄色轮廓的发束；留恋目光所及，每一张稚嫩而自然的笑脸；留恋曲终人散，依旧回荡的歌声和挥之不去的激动。她大概懂了，重要的不是第一，而是为了第一所做的一切。她会在无数个年头后回望，感谢曾经共同的拼搏，彼此的鼓励，那是属于她们的军训，更是属于他们无悔的青春！

从回忆中醒来，她拉上了行李箱，那扇灰白色的木质门已经打开。她回头，最后看了一眼那里，阳光透过玻璃和纱窗，洒落了一地金黄。她们生活过的印记，像窗台上的露水一样，在温热的阳光中缓缓蒸发，不留一丝痕迹。床板裸露着朴实的黄棕色，大理石地砖还在沉睡，一切都如她八天前来的时候一样。她走了，关上门，她不知道在木板的裂缝中，铁架床的锈迹里，会不会诉说着她们的泪水和欢笑。

她走出宿舍，没有回头，对着青涩的天空发呆，好像她没有一丝留恋。行李箱划过水泥地面，那种轻柔的声音，她永远不会忘记。一队穿着迷彩服的军人们走过，他们踏着整齐的步伐，放声高歌，雄厚嘹亮的歌声传入绚烂的云霞，西飞的鸟群和将士们一同歌唱。有那么一刻她恍惚，如果不是有他们共同的回忆，她会觉得这只是一场淡绿色的梦，她就这样注视着歌声，缓缓地离去。

霞光下的军营和往常一样宁静，那片广阔的训练场里，还会传来震天响的口号声。当这群穿着军训服的孩子们毕业以后，他们会记得全班人坐在月光下拉歌的场景吗？他们会记得方阵表演上气势磅礴、摇天震地的口号声吗？他们会记得烈日下教官古铜色肌肤上的汗水，以及面朝阳光笔挺的身影吗？

她看见两侧的墙在向后退去，时光随着车轮向前流逝，仿佛什么都留不住，所以她异常的沉默。透过玻璃窗的倒影，她看见自己被晒得黝黑的脸，还有阳光照在眼里闪烁的一丝亮光。

"再见，118 宿舍。"她说，"再见，66325 部队。"

# 点燃的灯

  多年以后的一个雨夜，于仁站在桌案旁，看着儿子的身影在晕黄的光中逐渐远去。他的眼里泛出闪闪的泪光，以致周围的一切都变得模糊。有那么一刻，他觉得连呼吸都变得酸涩了，因为这个背影太过熟悉，他想起了十五年前。

  那也是一个萧索的雨夜，湿冷的风从门窗的罅隙涌入，泥土的潮腥味和砚台的墨香杂糅在一起。油灯忽亮忽暗，散发着摇摇晃晃的幽光。他坐在桌案前，拂过手中的书卷，不知过了多久，便打起了盹儿。

  一个脚步铿锵的、青衫飘飘的男人，从柔和的黄光里大阔步地走了进来。他的身上氤氲了一层淡黄的雾气，像是镶嵌了一层金边。那一刻，于仁被一种浩然正气震撼到了，那是一个清晰的轮廓，但却不曾看清他的脸庞。冥冥之中，好像在哪里相识过。一种强烈的预感袭上他的心头，这个人就是文天祥。回过神来，于仁扑通一声跪在了地上，他的身体因为激动而微微地颤抖，就好像暴风雨中的青松。这个男子搀住了他，他的手掌温热而有力，让于仁感到了一种生命的厚重。他开口说话，声音就像滚滚春雷，在浩瀚的乾坤间回响，他好像在慈祥地微笑，暖光从他淡淡的皱纹里流了出来。他又好像在流泪，一颗颗豆大的泪珠滚落下来，浸湿了他半旧的衫袖。他告诉于仁，感谢于家的虔诚，来世他要转做于家的子嗣。于仁的内心波涛翻滚，久久不能平息。他想追问这个人是谁，可是眼前的一切顿然化成了一阵烟雾，一个空灵的声音从天际飘来："天机不可泄露！"……正当他百思不得其解的时候，宇宙间一声惊雷，天空煞白一片。于仁从梦中惊醒。忽听有人来报"弄璋之喜"，他不由得披上了衣服，冲进婆娑的雨夜。

他奉上香，点上灯，跪在祠堂。凝结的雨水沿着他淋湿的衣衫和面颊，流到周围的鸦青色石板上，一圈深黑。那个时候天地间除了雨声，什么都没有。他虔诚地在朱红半旧的跪垫上磕了三个响头，于仁已在心中为儿子起好了名字。

就为他取名"谦"，是志梦中的逊谢。

于仁再一次叩首，他的头深埋在双袖里，久久地不曾抬起来。一团温柔的光晕染在他的背上，也照亮了祠堂上的牌位——文天祥。

"天地有正气，杂然赋流形……"一个五岁的男孩手捧书卷，摇头晃脑地读着，一遍又一遍，不厌其烦。于仁走过他的身边，暗暗地点了点头。谦大抵是体会到了父亲的赞许之意，便更大声地诵读起来。那时窗外的风吹得阳光和叶片相撞，沙沙作响。谦稚嫩而有力的声音，在窗外的蝉噪声中像一阵泪泪清流。

那夜，谦站在书案前，听父亲讲文天祥的身世，以及一个关于他身世的梦。这个夜晚让他在从今往后的无数个日日夜夜里不停地想起，让他一生都不停地去追求生命的气节。但那时，他有些懵懂地望着父亲略显苍老的面颊，第一次，他稚嫩的心灵里涌入了生命里很沉重的东西。他听着父亲的话语，眼睛不知不觉地落在桌案前的那盏油灯上。不曾想过在这茫茫的黑夜中，这盏灯是那样的明亮和温热，它柔软的光波延伸到书房的每一个角落，书卷上都铺着一层淡淡的金光，他小麦色顺滑的脸上，也流淌着这种温情。

第一次，谦走进了祠堂。他跪在文天祥的牌位前，感受到了不曾有过的庄严与肃穆，还有那从房梁和瓷板间渗透出来的一股凛然的正气。这一幕，对于年龄尚小的谦来说，是神圣的。这种对文天祥的敬重，从那一刻开始贯穿了他全部的人生。他感到了一种强烈的与生俱来的使命感，一次次地冲上他的心头。也许，当时五岁的他，还不能完全理解文天祥的气节，但于仁看见了，他清澈明亮的眼眸中，燃起了一盏灯。

从那以后，谦每天都去祠堂。点上灯，奉上香，他虔诚地跪拜在铭黄的光晕里。在文天祥的牌位前，他感到不曾有过的力量和使命，那是生命的重量。

十七岁那年，他告别了家，走上仕途。那一天，他路过一座山谷，山谷之上全部堆砌着鸦青色的石灰石，山谷旁有座石灰窑，炙热的烈火在窑间翻腾，吞噬一块又一块墨色的巨石，等到再出来的时候，却成了煞白的石灰。那一刻，在那石块撞击的轰隆声中，一种英雄气节油然而生，他写道："千锤万凿出深山，烈火焚烧若等闲。粉骨碎身浑不怕，要留清白在人间。"那种浩然正气，跃然于字里行间；那种豪情壮志，腾然在烈火之上。在谦的眼睛里，除了火光和石灰，世间一切的浮华和喧嚣都散了场，只有一颗在烈火中灼烧的心。在那些重重叠叠的黑影中，他仿佛看到了自己无数次幻想的文天祥。

时间一晃，就是二十年。

在这二十年里，谦巡按江西、巡抚晋豫、上书皇帝，为民求生，做官清廉、保卫京师、铲除奸党、辅助朝纲、毁家纾难，他刚正不阿。在官场的污浊中，他保留着一颗像石灰一样的心，澄澈、洁净。他将文天祥的像悬于座位之侧，几十年如一日，他自己追随文天祥的气节，活得像文天祥一样刚正和清白。

历经了世事的沧桑，五十九岁的谦死于他人陷害。他被人拉上断头台的时候，落魄得像一个罪犯。但是他的头依然高昂着，在面部紧绷的肌肉中，伤痕在颤抖，青筋暴出，从骨节中渗出凛然浩气。由于长期在狱中，他的头发凝结成一绺绺的锥形，凌乱地挂在脸上。他的青衫褴褛不堪，从里面渗出凝结而有些发黑的血渍。天空下起滂沱大雨，百姓在雨中为他送行，哭喊声震天动地。

谦最后看了一眼这个世界，青浪和白云在天空中翻卷，像大海一样广阔，他的眼里闪着光，那光来自一个人、一个梦、一盏灯。他最后一次，用微微沙哑的嗓音喊道："人生自古谁无死，留取丹心照汗青。"这是他一辈子遵守的准则，从未变过。

文天祥就像一盏灯，而于谦用生命去向他看齐，终究把自己也活成了一盏灯。

有那么一刻，已经分不清于谦和文天祥，因为他们的生命，哪怕隔着时空，也依然交织得太多。文天祥就是一盏灯，他点亮了于谦心里的那盏灯，而这盏灯不曾灭过，它是一个伟人点亮另一个伟人，这种力量可以跨隔时空传递，源源不断地送去光和力量，照亮未来。

# 夕阳之爱

"你知道吗，我最爱的就是她的朴实！"突然，姥爷打断了妈妈的话，义正词严地说。

那时，他嘴角还粘着一颗米粒，认真的脸上有着孩子一般的稚气，我注意到他用了"爱"这个字。虽然，我也看过世面上各种秀恩爱，但是，对于姥爷这样赤裸裸的表白，我还是匆匆地先吞下口中的饭，然后阴阳怪气地叫起来。我的母亲也随声应和。我们就像一窝小狼崽，在凄冷的月光下忘乎所以地叫着。

她扑哧一声笑了，竟和我们一起嚎叫起来。她有些松弛的双颊上，荡漾着一股少女般的淡粉，让我一时间忘记了她的皱纹，以及她那稀疏花白的头发。我能隔着圆桌的直径，感受到她的幸福从浅浅的酒窝溢出，酿得满屋甜蜜。

半个世纪是他们婚姻的年龄。我记不清有多少次见他们吵架，我想他们甚至会不止一次地咒骂过对方。但是，他们还是会在困难面前拉着彼此的手，然后轻轻地说一句"不怕"。无论时光怎么流逝，世道怎么变迁，他们都亘古不变地爱着对方，守着对方。我无数次看见过感人的情景：他们在上街买菜的路上相互等待，相互搀扶；在上楼梯、上公交、上地铁、上公园的台阶时，姥爷总是抢过姥姥的"挪步车"和姥姥手上的东西，让姥姥轻松蹬车。姥姥感觉不舒服时，他会主动起早做饭；姥姥去理发时，他也总会陪同前往，傻傻地在理发店外等上半天。姥姥生病时，他会带她去看医生。……虽然他们没有年轻人那些过分亲昵的表示，但是，在他们的生命里，却住着彼此的生命；在他们的血液里，早就融入了对于对方的深深的爱。他们不会把"爱"字挂在嘴边，却把真爱深深地埋在心底。有时候，他们会因为鸡毛蒜皮的小破事吵得不可开交，但最终都是一个人做个鬼脸，另一个人破涕为笑。就像姥爷说的，他爱姥姥，爱姥姥那不加修饰的、直白的语言，爱她那发自肺腑的真诚，爱她那纯真无华的朴实，爱她那与生俱来的憨厚，爱她那无怨无悔的劳作。

爱得虽然深沉，但他们毕竟老了。在我年轻的双眸中慢慢地老去。每一次我见他们的手交织在一起，就感觉像是两颗心的跳动。时至暮年，还有一个人能每天陪你吵架；走到台阶前，还有人为你提拉移步小车；牙掉了，还有人陪你去看牙医修补；理发时，还有人陪伴在店外；天冷了，还有人跑五个街区为你买一条新毛裤；春天里，有人掐一朵小野花，并为你高唱一首跑调的歌，逗你咯咯地笑上半天。快要五十年的爱情，大半辈子的芳华，不曾凋谢，不曾枯竭。

自始至终，他们没说过"永远"，但他们每一天都选择相信，他们的爱比别人口中的爱永远更远，更远。

# 军训岁月

世人都云：青春，如歌；岁月，如梭。

我们就这样相识了，在那个绿荫朦胧、秋雨婆娑的午后。我们又一次介绍了自己，懵懂地望着四十三张崭新的脸。那是我们青春的开始，踩着清晨狭长的影子，唱着激昂嘹亮的军歌，踏着铿锵整齐的方步，我们从高高的斜坡冲下，抱着被晃得哐当作响的洗漱盆，迅猛地冲向葱茏的树林。我们在皎皎月光下拉歌，锲而不舍地高喊着那个人的名字。冷清的空气里，腾起团团火热，我们在起哄声中，笑得前仰后合。我们在一天结束的时候，平静地躺在那窄窄的硬木板床上，听着夜风的耳语和床板的声响，回想着那些洒满朝气和阳光的面孔，还有那些激动人心的场面。

我们仿佛醉了，在那坛青春的酒里，义无反顾地醉下去。直到斜阳跌跌撞撞地栽进殷红的山坳，我们可以对着碧空如洗的朗朗夜空高喊：青春万岁！

时间仿佛已经过去了很久，"开学季"随着飘摇的枯柳，渐渐远去。东方天空，霞光万丈，彩云低飞，云雾缥缈。有时，那些震天动地的声音，会像洪水一般席卷我的记忆，然后在脑海深处回荡。我想，我们的高中、我们的青春、我们的匆匆那年，在我们第一次踏着整齐的步伐走过训练场，第一次高喊口号时，就拉开了崭新的帷幕。

## 关　于　晨　练

集合的哨声吹响了，我们跑出宿舍的时候，东方的天空还是少女绯红的面颊，氤氲着胭脂的香气。西面青色的天空上，悬着几缕淡薄的云雾。远处的那座山，仅是一个朦胧的轮廓，孤独地耸立着，像往日一样地沉默。那轮鹅黄色的圆月，缓缓地沉沦进湖蓝色的天空。太阳藏在深厚的云层后，像一块被烧得火红的铁饼。清晨的阳光并不刺眼，它穿过浓浓的冷雾，把我们的影子照得很长很长，就像是昨夜里一场意犹未尽的梦。我们抬头仰望，看着风儿任性地撕扯着蓝天下那洁白的云；而低头沉默时，却任调皮的风儿肆意拨弄着我们海藻一般的碎发。

## 关　于　正　步

我们绷直手臂，踢直腿，一次又一次地把脚和腿向水泥地面砸去，哪怕有些僵硬和不协调，但还是很坚定地迈出去，耳畔是齐刷刷的跺脚声。有那么一刻，刺眼的白光使人晕眩，余光所及，是彼此的同伴们。我们的双眸里都闪烁着光芒，我们尚存稚嫩的面庞上，都挂满了阳光，我们的内心却被打造得越来越坚强。挺着青春的胸膛，跨着雄健的脚步，昂扬向上，那句呐喊划破云霄："乘风破浪，帐起千桅，高一十班，舍我其谁!"它震动了天，撼动了地，激动着我们的心。热血沿着笔直的脊梁，涌荡在我们的胸腔。

## 关　于　宿　舍

是夜，糊着报纸的窗户微微敞开着缝隙，隐约看见墨绿色叶片上泛着银白色的光波。那样的夜晚，冷风习习，静止的夜死一般沉静。女生宿舍的灯熄了，姑娘们躺在硬木板床上，兴奋得一点睡意都没有，大家用最微弱而轻柔的声音，讲述着自己一天训练中的故事与心得。那时，宿舍里除了一盏昏黄的小夜灯，周围的一切都熟睡了，漆黑笼罩了整个营地，好像在用黑色戒严替她们保守秘密。

## 关 于 彩 排

忘不了那一夜，苍白的灯光洒在灰青色的水泥地上，不知名的昆虫在干草堆里鸣唱，萤火虫在夜幕中翩翩飞舞，犹如点点跳动的星光。彩排的班级陆续离开了，广阔的场地里，越来越空旷，越来越沉默。最后只剩下我们十班，一遍又一遍地重复着已烂熟的歌与舞，不厌其烦地排练着。我们忘不了那句"大十班只能拿第一"的誓言，还有老师那微微沙哑、但却又无比坚定的声音所传递的必胜信念。我们放开歌喉，用尽最大的声音，好像月亮会记住那些歌声，星星会为此流下眼泪，冰冷可以被点燃，沉睡可以被唤醒。我们忘乎所以地唱着，舞着，那一刻宇宙只属于我们！我们由衷地自豪，甚至眼含热泪，我们为是十班的一分子而感到幸福。歌声停下的那一刻，声波越来越远，消逝在万籁之中，而心情却久久不能平静。

### 关于歌咏比赛

歌咏比赛，浩荡的听众、雷鸣般的掌声、飘扬的班旗、缄默的灯火。我们在摇摇晃晃的台上奋力高歌，在群情振奋的台下粲然而笑。我们是那样地留恋，留恋灯光照耀，散发着橘黄色轮廓的发束；留恋目光所及，每一张稚嫩自然的笑脸；留恋曲终人散，依旧回荡的歌声和挥之不去的激动。就像和老师说的，重要的不是第一，而是为了第一所做的一切，重要的是我们在一起。

也许有一天，我们会在无数个年头后满含热泪地回望，我们会想起今天的故事、今天的生活。我们会魂不守舍地思念过往的单纯，感谢曾经共同的拼搏，彼此的鼓励。那是属于我们的军训，更是属于我们的无悔的青春！

## 关 于 离 别

拉上行李箱，那扇灰白色的木质门，已经打开。回头，最后看了一眼那里，阳光透过玻璃和纱窗，洒落了一地金黄。我们生活过的印记，像窗台上的露水一样，在温热的阳光中缓缓蒸发，不留一丝痕迹。床板裸露着朴实的黄棕色，大理石地砖依旧沉睡，一切都如八天前我们初来的时候一样。我们走了，关上门，不知道在木板的裂缝中、铁架床的锈迹里，会不会藏着我们的泪水和欢笑。

远方，一队穿着迷彩服的军人们走过，他们踏着整齐的步伐，放声高歌，雄厚嘹亮的歌声传入绚烂的云霞，随着西飞的鸟群渐渐地向远方飘去。

霞光下的军营和往常一样宁静，但是明天那片广阔的训练场里，还会传来震天响的口号声。当这群穿着军训服的孩子们毕业以后，他们会记得全班人坐在训练场拉歌的场景吗？他们会记得方阵表演上气势磅礴、摇天震地的口号声吗？他们会记得烈日下教官古铜色肌肤上的汗水，以及面朝阳光笔挺的身姿吗？

军训是我们高中生涯翻过的第一页，未来的路变幻莫测。三年，很长，也很短。我想着无数的电影讲述这段时光，无数的人们含泪回忆这段时光，这是人生中最黄金的三年，也是最难忘的三年。但幸运的是，在这个九月与十班结缘，幸运的是在这个九月遇见敬爱的老师、亲爱的同学。无论未来充斥着怎样的困难，十班，让我们一起撸起袖子加油干，不忘初心，砥砺前行；让我们像脱缰的骏马，越过一道又一道的沟坎与险滩，让生命的航船，乘风破浪，一往无前。

青春，万岁！

# 舌尖上的记忆

瓷质的青花色大碗，盛着热腾腾的汤面，湿淋淋的葱花的清香，混合着醇厚的米香扑面而来。纤细柔滑的象牙白色软面，安适祥和地蜷卧在汤汁里，一颗晶莹而完整的荷包蛋镶嵌其中。用筷子轻挑，一口咬开顺滑柔软的蛋清，杏黄色半凝固的溏心蛋黄，夹杂着流动的热气，一同涌入口腔，在舌尖溶化，滑腻而香醇。我一边哈着热气，一边拍案叫绝，周围的家人们看到我这番喜爱，忍不住乐开了嘴。姥姥不慌不忙地解开围裙，抿着嘴笑道："你这孩子就是喜欢吃荷包蛋，你还记得小时候不？每年过生日都和你太姥姥争那个蛋黄，过了今儿你就17岁了，真是大姑娘了，你太姥姥要是还在的话，看到你这美丽可爱的样子，不知要多高兴呢。"我也扑哧一声笑了，却猛地吞下剩下的半颗荷包蛋，想堵住那从喉咙深处泛起的阵阵酸涩。

说来也巧，我和太姥姥的农历生日是一天，而且我俩都爱极了荷包蛋，常说隔代亲，隔两代更亲。太姥姥最疼爱的就是我。那时90岁的她还戴着老花镜、眯着她那老花眼，给两岁的我织毛衣呢。太姥姥是我见过的最快乐的老太太，她一天到晚乐得合不拢嘴，还常用各种小零食和小玩具逗我玩儿。每次有人惹她生气的时候，她就叨念着："你们都别气我，赶明儿我就去环游世界了。"她的乐观与自信，有一种穿透时光的精神力量。只是唯独有一件事，她绝不让着我，那便是吃荷包蛋。每次吃完了我碗里的荷包蛋，就跑去捞太姥姥碗里的那个荷包蛋，她一边护着自己的碗，一边絮叨着："臭孩子，我平时多疼你啊，现在你不学好，还抢我的荷包蛋，就会欺负我老太太。"有时候，倘若真是让我咬去了一大口，她就气得像个孩子一样，转而去抢我的面条。我嚼着柔嫩鲜香的蛋黄，得意扬扬地张开嘴向她展示。太姥姥就一把抓住我的奶瓶，假装要一饮而尽，全家人都被我俩逗得前仰后合。在我的那段记忆里，柔和的橙黄色灯光笼罩着橡木圆桌，包裹着那些泛黄的欢笑声，爽滑嫩白的蛋清，裹挟着柔软鲜香的蛋黄，那不可磨灭的味道在舌尖涌动，尘封于记忆深处。

2009 年一个夏日的午后，昏迷很久的太姥姥被推进了手术室。我焦急地问妈妈："太姥姥为什么不吃我留给她的荷包蛋？她为什么不陪我玩了？为什么不理我了？是因为我上次抢了她的荷包蛋，她生气了吗？"我噙着泪水想让妈妈告诉我，太姥姥很快就会原谅我，我们还会像以前一样相互逗乐。但是，妈妈没有开口，却潸然流下了眼泪。她把我紧紧地抱在怀里感伤地对我说："不是的，是太姥姥老了。"我挣扎着、哭闹着告诉妈妈："不，太姥姥一点儿也不老，她永远也不能老，她还要和我一起抢荷包蛋，一起玩，一起过生日，一起环游世界呢！她说她还要在我九十岁的时候，给我扎辫子呢！……"我伤心地哭诉着，憎恨时间的不公，一会儿把自己变成了个泪人。很久，我抬起那双浮肿的眼望去，窗台边的那颗荷包蛋，静静地躺在圆形的不锈钢饭盒里，在冷清的空气中，散发着乳白色的香气。我知道，那是太姥姥的最后一颗荷包蛋了。

那时的我还不懂得什么是死亡，只知道那快乐的太姥姥永远地离开了我，再也没有人会和我抢荷包蛋了。奇怪，平时与太姥姥抢荷包蛋时总是又急又气，看见太姥姥被我抢走荷包蛋生气了，我才笑得前仰后合。可今天我的心却像撕裂一样的痛。我抬起满是泪痕的脸，回头望向妈妈："天堂会有太姥姥爱吃的荷包蛋吗？"

转眼间，已过去了那么多年。时光冲淡了那生离死别的伤痛，但有时候仍会想起往事。我不知道自己是真的那样迷恋荷包蛋的味道，还是因为难忘太姥姥的可爱，难忘与她在一起打打闹闹的幸福时光。每一次咬开热气腾腾、鲜香诱人的荷包蛋，太姥姥的音容笑貌就浮现在我的脑海里。我知道，在那柔软的口感中，沉淀了多少柔软而温暖的记忆。

# 温柔的注视

从图书馆离开的时候，夜已深，窗外的晚风像海浪一样涌向我，一股似曾相识的清凉。我驻足在图书馆的门前，听着闭馆的音乐在空旷的厅堂里回响，不知何时，那条洒满晨辉的小路，如今只剩下晕黄的灯光。

起了风，除了那些远近斑驳陆离的灯火，世间的一切都在流动和摇晃。

有人在唤我的乳名，若隐若现，就好像随夜风从远处飘来。但已是深夜，杨树覆盖的小路上冷冷清清，那声音终究是幻灭，像一场缥缈的云烟。于是背着书包越走越远，但那呼唤声一声高过一声，我断定确实有人在远处唤我。转身循那声音走去，我看见庞大的树冠下，模模糊糊似有一个老人坐在那里。看见我向她走来，她站起半个身子，挥手高声招呼我。她的身上斜打着暗淡的光线，稀疏的有些灰白的头发，正和她身后的树梢一样，在婆娑的夜风中飘摇。她一遍遍地呼唤我，就像很多很多年前，她张开双臂迎接一个哭泣的孩子那样。路过的汽车灯光偶然打在她的脸上，借着灯光我看清了她满是皱纹的脸上，挂着和蔼温柔的笑容。那是我的姥姥，确实是她。我不知她在这夜幕下坐了多久，等了多久。那一刻，我只觉得有什么点燃了我的心，一股暖流涌遍全身，让我那颗疲惫而有些寒凉的心顿时暖和起来，我眼含热泪弯腰搀起姥姥。

姥姥推上她那老人专用的助力推车，借助这车她才能跟我们一块儿走路，我们戏称之为姥姥的挪步车。我们就这样悠然漫步在月光下回家的路上，远处的天空墨色里透着蓝，几颗明亮的星星在那里闪烁。两侧是高高的杨树，蓬松的枝叶飒飒作响，吹动姥姥丝质的肥大上衣，在缓缓的柔光中随风流淌。

天上明月清风，树上绿叶掌鸣，地上姥姥的挪步车发出碎脆的马蹄般嗒嗒声，像一首和谐的小夜曲。上台阶的时候，姥姥特别固执地抓着她的小推车，艰难地向上挪步。"姥姥，让我来。"我伸手去接车子，她却执拗地说："不行，你跟个竹竿似的，这个沉，把你压垮了。"她偏要侧身挡着我，不要我碰她的挪步车，好像我要抢她宝贝似的。

那一刻，忽然有些哭笑不得，但心里又涌动起一阵酸楚。那是姥姥，一个佝偻的背影，一个努力搬起推车攀登楼梯的老人，望着她坚强的身影，我的双眼湿润了。姥姥就是这样，只知我还小，却不知自己已老。忽然间意识到，无论夜多么黑，风多么大，天多么冷，无论时间怎样流逝，永远都有一个人在那里，或站在迎接放学孩子的家长群里；或替我背着书包大步流星地走在上学路上；或在夜幕下，隔着厚厚的幽蓝色玻璃窗注视着我。她陪我走过漫漫求学路，她无怨无悔地承担着生活的琐碎和辛苦，为了我的健康成长，为了让我的童年幸福，为了让我为未来的人生路打好基础……她退而不休，在陪伴我成长的路上，继续奉献她的一切。

楼道里就只有一盏昏暗的黄灯，十年如一日地散发着微弱的光芒，那一刻它笼罩着姥姥佝偻的身影，灯影下我就站在她身旁。

夜风划过，月影婆娑，灯火斑驳，温柔得像一支哄婴儿入睡的摇篮曲。远方的无数光影，在我湿润的眼中混成一团斑斓的火焰，在那缕温柔的光波下，宽阔的柏油马路在沉睡。倾斜的光、徐来的风、晃动的影，晚风吹拂，在灯火的注视下，苍老的梧桐树于万籁俱静中婀娜起舞，我的泪水滂沱而下……

# 秋天的故事

　　阿婆是一个会讲故事的人，而且故事的开篇总是这样："那是一个冷风飒飒、稻谷飘香的金秋……"

　　记忆开始的地方，也是秋天。我依傍在阿婆微微发酸的怀抱里，痴痴地凝望眼前涌动的稻浪。"阿婆，那是大海吗？"我问。

　　她扑哧一下笑了，收回远方定格的目光，"那里是稻田。"她从嘴里挤出几个字，"那里是阿婆生活过的稻田啊！"她不时用那双粗糙的手，把我流苏般飘摇的碎发捋到耳后。我回过神，伸出稚嫩的小手，一次次触摸她苍老的面颊。在那张平淡不惊的脸上，又宽又深的皱纹肆意蔓延；单薄的嘴唇在秋风中干裂，罅隙里都注满了岁月的阳光和泥土，藏匿着无数苦涩的情愫。稀疏浅黄的睫毛所剩无几，一双深陷的眼睛眯缝着，浑浊的眸子里倒映着我四岁的那张脸，还有背后那片金光灿灿的稻谷地，幽深的瞳孔紧锁天际，酿着望穿秋水的坚定。

　　远方又吹来了一阵风，驱散了阳光的燥热，稻谷低垂着头，袅娜摇曳，飒飒作响。一个戴淡棕色草帽的姑娘，嵌在如画的金色里，奋力地挥着镰刀，一滴滴汗珠沿着黝黑发红的面颊砸在土地上。她割稻的手上拉的全是口子，从里面渗出鲜血。可越是疼痛，她越是猛地抓住粗糙扎手的稻秆，发狠地向下劈。

直到手上的血口子和血泡疼得钻心，她才停下来，望着那枚在缱绻云霞中缓缓下沉的太阳发呆。

我拉起了她的那双手，那双曾经割过稻谷，打过麦茬，纳过鞋底，搓过麻绳，抱过我的手。干燥粗糙，红肿的指节凸出，左手的无名指还带着黯然生锈的银色顶针，手心里是密密麻麻的纹路，以及硬邦邦的老茧，活像一块磨砂石。阿婆说，她的手就是为劳动而生的，就是为秋天打稻谷而生的。我捧着她的手，沉默了，也许她的手也曾经像我的手一样纤细柔嫩，只是太早地扛起生活的重担，吃了太多的苦。尽管那时她只是一个拥有绚烂年华的女孩，但她稚嫩心灵所承受的，是远远超乎其年龄的压力。可是她没有哀愁，没有抱怨，只有坚定的信心和沉重的希望。

有那么一刻，我的心如刀割般的疼。岁月留下来的苦痛，夹杂着稻香的秋风，书写了岁月的沧桑，变成了夜里辗转反侧的梦魇和痛不欲生的呻吟。夕阳西下的田埂，牵牛的老人渐渐远去，稻田里夹杂着沙哑的嗓音，在空旷的郊野里，像晚风一样飘荡。微光阑珊，几只素白色的鸽子桀骜不驯地叫嚣而过，留下宁静的稻田在秋风中起伏。四周变得模糊，旖旎的霞光淡出天际，在阿婆含泪的眼中，烟消云散。

她说，五十年前的那一天，她就是这样迎着飀飀的晚风，在村里人的起哄声和爆竹鸣响声中走进了那个家。红色的头纱被揭开时，她第一次见到那个仅仅听说过的男人。嘈杂的红色、沉重的头饰、喧闹的人群，一切令她感到晕眩。未来的生活像一场冗长的梦，梦里一片空荡，不知所云，不知所向。秋雨落个不停，她孤注一掷地寻觅着希望，是咿呀学语的孩提声，是锅碗瓢盆的碰撞声，是稻田中辛勤劳作的喘息声……她一直认为那就是她命中所应有的，无怨无悔，从不停歇。

我再一次久久地注视她的脸，毋庸置疑的是，她老了。棕黄色的老年斑遮住了她皮肤的光泽，银色的发丝日益稀疏，褐色的头皮裸露出来，脖颈上的皮肤松弛垂下，好像她的身体已经空空如也。不知从什么时候开始，她的故事里那个割稻的铁姑娘，已经被岁月腐蚀得这般不堪。我把她搂在怀里，这个拉扯我和我母亲长大的人，安然地面对命运的摆布，平凡的生命里尽是苦涩。她就像一片枯叶，沉睡在地上，等着来年更护花。她就是那最普通的稻田人，卑微地爱着她生命的延续，爱着她并不华丽的生活。就像木桌板上油盐酱醋茶的痕迹，就像遥远平房里升起的袅袅炊烟那样，日复一日，年复一年地流逝。她就这样过着生活，看着自己的孩子，也不知时间都去哪儿了，两代人不知不觉地长大了。她时常摩挲着我尚且稚嫩的脸庞，那两个松懈的酒窝里藏满了沧桑和欣慰。时隔五十年，她凝视着我时，眼里流露的慈祥和幸福，就像一个稻田人在一望无际的金色波浪里，爱怜地抚摸一个饱满的麦穗。"孩子，把你妈妈拉扯大，阿婆又看着你长大，这辈子值了。"她的声音微微颤抖，像一盏即将熄灭的摇曳烛光。闭上那双已经混浊昏花的老眼，泪水从深陷的眼窝里渗出来，顺着深深的皱纹向下流淌，汩汩流淌，一直流到下颚，滴落到那灰蓝褪色的衣衫上。

故事的开篇是这样写的，"那是一个冷风飒飒、稻谷飘香的金秋……"阿婆时至暮年，她蹒跚地走在人生的晚秋，佝偻的背影茕茕孑立，渐行渐远。蓦然回首，昨日，那片草叶葳蕤的田地，早已稻谷飘香。阿婆笑了，笑得泪流满面，那空洞漏风的牙床里，搪塞着泪水的苦涩。阿婆知道，哪怕萧条的冷风带走了最后一片枯叶，哪怕严冬可以地冻天寒，但当春风吹来的时候，充满生机的稻芽仍旧会绿满大地的。

小说

# 她

　　她呆呆地看着镜子里的自己，呆呆地，一动不动。侧脸上的肉很松弛，眼皮下垂，眉毛稀疏，皱纹很深。她注意到自己向下的嘴角和那张没有表情的脸，犹如一个行尸走肉的躯壳。她有些怕了，她想狠狠地扇镜子里的那个人，可她没有力气了。她甚至有些分不清哪个是自己了，至少她认不出来。一种想回到过去的心情，犹如洪潮一样涌动。她上肢开始不受控制地乱摇，引发整个身子剧烈地颤抖，遂瘫倒在地上，歇斯底里般地号啕大哭。

　　当时是正午时刻，窗外阳光炽烈，蓝天下一片惨白。她像一只丧家的流浪犬，又像个失意落魄的旧文人，吃力地把自己酥软的身体，挪到已脱漆的真皮沙发上。她目光呆滞地扫视着满屋子那些曾经奢华的物件和陈设，但却觉得已经物是人非了。

　　她，曾经也是一位标准的美人儿。年少的时候学习成绩又好，走在学校里那可真是风光无限。女生们都嫉妒她的优异成绩和出众相貌，男生们爱慕她的气质和才情，老师视她为珍宝。所有的人都坚定不移地相信，她会有一个异常完美的人生。

　　很多年过去后，她总是情不自禁地回想，那时她是那样的亭亭玉立，袅袅伊人，身边充斥着对她的赞美。阳光是明亮的，天空是蔚蓝的，她可以在操场上奔跑，排解忧愁，何况当时也没有什么忧愁。每每想到那时，她的眼里就充满了失落与伤心的泪水。是啊，那时候真好，真好。

可后来，她嫁人了。因为她感觉自己遇到了一个可以依托生命的人，一个她觉得很爱很爱她的人。婚纱落地的那一瞬间，晶莹的泪珠夺眶而出。她感到自己太幸运了，仿佛在那一刻，命运把她想要的，她没想要的，甚至她压根就没想到的，都给了她。还会有比这更完美的人生吗？她幸福地在屋里旋转，欢乐顺着她的长裙流淌到地上，似一曲悠长的爵士，昏黄的灯光，照得她格外优雅。闭上眼，她等待着，等待着更大的幸运降临。

她生了孩子，于是便决定辞去高工资的工作，做一个全职太太。那个时候她觉得有些不舍，不舍得离开职场。但想到有人会养她一辈子，宠爱她一辈子，把她当作一颗珍珠含在扇贝里，她不需要经历任何风雨，只需要做的就是花钱，就是享受甜蜜的生活，最多也不过是处理家中的一些琐碎小事。她有美貌，有被宠的家庭地位，有孩子，有钱，有房，有车，有她想要的和别人想要的一切，她志得意满，既快乐，又幸福，她觉得自己是这个世界上最最幸运的女人。

时光啊，对谁都是那么无情。在这漫长平淡的二十年里，孤独与她相伴。她一个人躲在沙发的角落里哭泣，一个人在昏暗的孤灯下咀嚼无味的晚餐，一个人疲惫地守着死气沉沉、空空荡荡的房子，一个人无精打采地逛街，一个人呆站在毫无生机的城市里……毋庸置疑，她的丈夫随着时光的流逝渐渐地冷落了她，甚至是遗忘了她，可她为了孩子，为了面子，为了……

她勉强支撑着这个家，这个摇摇欲坠的家。疲惫地消耗着自己的生命，消耗着岁月与时光，毫无目标地等着，哭着，熬着……

终于，在他们结婚十周年的那一天，她把自己打扮得漂漂亮亮，做了一大桌饭菜，甚至想好了要说的表达爱和感谢的话。她觉得在这个特殊的日子，她的丈夫一定会回来与她团聚，一定会深情地拥抱她，对她说那些她盼望已久的话语。

可她收到的是一条短信。

"我已经有新家了，孩子也长大了，咱们离婚吧！这么多年过去了，你变了，我也变了。你不再是那个漂亮的、对生活充满激情的、令人爱恋的女人了，我们现在已经没什么话好聊了。我们别再彼此折磨了，离婚吧。至于房子和财产，我们平分，还有什么问题，你找我的律师吧！"

她不敢相信，但她又早有预感，生怕这一天迟早会来临。她焦急地跑到镜子面前，瞪大双眼打量着镜子里的自己。她确实变了，真的变了。她含泪自语道：都说红颜易老，才十年啊，自己与十年前简直判若两人！这么多年来她第一次感到这么无助，离开职场已经二十多年了，远离那个喧嚣的社会后，她不再懂得今天的职场，她疏远了当年的知己，她没有再结交丈夫与孩子以外的新朋友。丈夫天天在外面跑，不着家，她以为好男儿志在四方，应以天下为家，而她却满足于以家为天下了。这时她猛然间觉得，自己被人骗了，被人抛弃了，被整个世界抛弃了。她的生活、她的天空、她的快乐、她的人生，她的一切，就在读完这个短信的那一刹那，全部荡然无存。

她蜷缩在月光下的一角，把头深深地埋在宽宽的衣袖间，身子瑟瑟地颤抖。屋子很大，很安静，也很恐怖。她的哭声有多大，回声就有多大。她没有擦眼泪，只是慢慢抬起脸，打量着空空荡荡的屋子。屋子里没有灯光，只有一抹淡淡的月光，月光透过玻璃窗倾洒在她蜡色的脸上，泛着惨白。

毋庸置疑，她错了。这么多年啊，她一直沉醉于看似美满的家庭，一旦谎言被戳破，她脆弱得让人可怜。她自己都不知道自己是怎么熬过来的，一边吞下痛苦和烦恼，一边忍耐、等待、幻想。含泪告别今天后，第二天忍着伤痛爬起来，继续忍耐、等待、幻想。熬过一个漫漫长夜，再去迎接下一轮孤独的月亮。

她记得曾经噩梦惊醒，她一个人躺在硕大的床上；她记得深夜的医院，她一个人依靠在空荡荡的输液病房；她记得思念和恐怖时，她发疯地冲着豪华的房子怒吼，可里面空荡荡的，就像她的心一样，什么都没有。她后悔结婚，把自己的人生变成了别人人生的附庸；她后悔辞职，离开职场，放弃了自己的奋斗与追求；她后悔陶醉于别人的爱与宠，做了依附别人的奴儿。她咬着牙，痛彻心扉地喘息着，从未有过的孤独与恐惧。

沉默的夜，凉气袭人的风，寒光伤人的月，飘忽不定的孤影。嗓子哭哑了，眼泪流干了，受伤的心也快要碎了。她在心里千遍万遍地问自己，为什么我的运气这么背？为什么所有的人都欺骗我？为什么所有的人都背叛我？她千遍万遍地问自己，她不知道自己做错了什么。

她确实什么都没有做错。她唯一做错的事情，就是把自己的命运，交到别人手中。哭着哭着，她流着泪睡着了，而睡梦中还不时地哭泣。不久，她又将含泪从伤心的梦中醒来。那时，朝阳刺目的光芒，会无情地夺取她的所有，而她会在这灼人的阳光中，像露水一样慢慢蒸发。

有的女人，在为自己打拼，像是那种野花，努力地从泥土里钻出来，经历风雨。虽伤痕累累，但却纵情地绽放，最终含笑回归泥土，成为世人赞颂的落红。她们也许有点苦，有点累，但她的生命是靠自己活的，也是活给自己的。而另一些女人，她们丢掉自主意识，放弃自我奋斗，让别人去供养，供别人去欣赏，像是那插在花瓶里的花，主人因它的鲜艳美丽而买来，因它的赏心悦目而精心呵护，同时也会因它萎蔫失色而不再用心，进而嫌弃、扔掉。她活在别人的生命里，兴衰存亡全凭他人的喜爱与否，最终只能落得个花瓶中残花的命运。主人扔掉了，插上了新花，花瓶还是那个花瓶，只不过旧花被扔掉了，换上了鲜艳的新花。

可怜的女人啊，你这辈子看上去有多苦啊，这苦里还有点泪水的咸。可这都怪你自己，放弃磨难和自我追求，放弃努力与奋斗，把自己的幸福建立在别人的宠爱与恩赐上面，把自己的幸福交在别人的手中，自己甘愿做别人的附庸，是你自己亲手葬送了自己。

我观察动物世界，其中并无婚姻家庭制度，在那里却无被抛弃的抱怨，因为那里的"男男""女女"，都是靠自己拼搏觅食的。人类比它们高明，懂得享受，让别人养很美，很幸福，但只怪这世间的一切都在变化，友情也罢，爱情也罢，没有什么是永恒的。现实是人们常听新人笑，从不留意旧人哭。可惜了，那个曾经美艳的姑娘。

永远，永远，要把自己的命运牢牢地握在自己手上；千万，千万，不要把自己的幸福，寄托在别人的恩赐之上！

# 从什么时候开始，我们选择不说

"嘭……"

儿子关上了门。

家里的女士关上了门。

家里的男士也关上了门。

儿子小心翼翼地掏出手机，蹲在房间的角落里。插上充电器，立刻打开游戏，开始新的一个战局。他疯狂地触及手机屏幕，有时嘴里激动地叨念着什么，他攥着拳头，无法克制地在空中摇晃。他的嘴巴一下子咧开了，"不要，不要！""打他，打他！""还有机会！"他小心地颤抖，又压低了声音嘟囔着。"哎呀！"他张嘴空骂着什么。"输了！"他猛地低下头，使劲地拍了一下腿，不屑地吐了口气，把手机放在地上，揉了揉脸，又想了想自己的这一天。他想发一通火，作业又没写完，心口像是堵着一块大石头。

女士坐在沙发上，插上充电器打开视频浏览。指尖一点、一点地挪动，时不时地点某个画面看看。她的脸上没什么笑容，净是疲惫，直到手机在她的手中震动个不停，她才点开短信。又是新的工作、新的事情，她烦透了。多么希望没看到，她不情愿地从沙发里站起来，打开电脑，继续工作。

男士刚刚结束了通话，为了儿子的特长考试，为了朋友的请托，也为了单位里的新工作，他又约好了明天的饭局。他深深地长叹了一口气，拍了拍大腿。他一边整理材料，一边吃药，想到自己这么多年来走到这一步真不容易。他抿了一口杯子里冰凉的水，继续联络明天的大会。

晚上的时间过得很快，夜深了。

儿子走出了自己的房间，说了一句要睡了，又回到自己的房间。女士走出自己的房间，去洗手间里刷牙洗脸，也道了声"晚安"。男士，点了两个头，不多言语，继续工作着。

可他们都没有睡觉，回到自己的房间，继续着自己的事情，什么也没说。

时针又走了两圈，1点。这个家里静谧极了，只是还没有人睡着，他们又都很累，仿佛压抑了很久。

儿子不懂，长大为什么这般痛苦，他不懂父母的不理解，不懂为什么又没考好，不懂为什么同学挤对他。女士不懂，不懂丈夫天天忙得不进家，不懂他那没完没了的会议和交际应酬，她委屈时间蹉跎，让爱情慢慢变成了冷漠。男士不懂，不懂妻子和儿子渴望爱和陪伴的心理，不懂她们盼望他陪伴看场电影、过个生日、送束鲜花、逛次商场的渴望，他以为这都是微不足道，胡思乱想！

那个时候，儿子痛苦地捶打着头，他绝望，他无奈。

那个时候，女士麻木地翻看微博，她失望，她心寒。

那个时候，男士不停歇地打电话，聊工作，谈友谊，约聚餐，他忙碌，他疲惫。

他们觉得这个夜晚除了自己，家人们都睡下了。所以，他们突然间感到了孤独。他们渴望这个家的温暖，去减缓他们各自的压力。但他们或是不敢，或是安于现状，或是懒得争执。所以，他们都骗了家人，骗了自己。然后又自己一个人默默地承受了痛苦。

泪水顺着儿子略显稚嫩的脸淌下，顺着女士眼角浅浅的鱼尾纹流下，顺着男士粗糙的皮肤滚下。他们只感受到了，虚无的黑夜里硕大的痛苦和孤独。他们不知道，黑黑的家里，还亮着三盏微弱的灯，只是各自都知道自己的委屈，谁也没有走进对方的心里。

那个夜晚，很安静。在他们自己的那片黑暗中，他们哭得犹如泪人。这个家里，割裂成了三瓣。也许，不说，这是他们的选择；不说，这是他们解决问题的最好办法；不说，这是他们活在自己世界里的有力证据。

　　一轮孤月倾泻一缕皎白的银光，墨蓝色的天空渗透着夜的寒凉。风停了，雾霾又在聚拢。他们的明天，又将在新的迷雾中滚动向前。

# 注视人间

　　一双虔诚的眼睛注视着我，一份久违的目光。"那是什么？"一个小姑娘指着我，问道。"一只老茶杯"，抱着女孩的年轻妇人轻轻地说，"那是战争年间保留下来的钧窑茶具，它已经很老了。"

　　尘封已久的柜门被打开，阳光混杂着尘埃在流动的空气中缓缓飘落。一双稚嫩的手触碰过我的身体，擦去堆积已久的灰尘，抚摸过我的每一条裂纹、每一个缺口。很久以来，我孤孤单单地躺在无人问津的橱柜里，仿佛被冻结在时间的冰窖。隔着厚重的玻璃窗，接受人们的仰视。在很多双感慨的目光中，我看到我是一件被束之高阁的茶具，是人世灾难中一件幸存的器皿。我躺在那双潮湿而温热的小手里，冰封的记忆于灵魂深处融化，漫长的岁月再一次重生。

　　我大约出生在 1859 年，作为精美的钧窑茶具，被咸丰皇帝赏赐给一个钟鸣鼎食的贵族之家。和我一同被赏赐的是与我形状相同、但纹理不同的五个茶杯，还有两个转炉茶壶。后来又经过几百年辗转多人之手，最终被一个父亲送给她的女儿——淑。

　　滚烫的茶水沿着我的杯身流下，沁人心脾的芳香在房间荡开，飘向很远的山川。淑用她纤细的手抚摸过我光滑的杯身，轻轻吹开升腾的乳白色雾气，啜饮柔软的茶水。清风徐徐，她琐碎的发丝在风中缓缓浮动，琥珀色的双眸中，饱含着无尽的温柔。

那是一个颇不宁静的午后。起初，屋外传来不绝的脚步声和交谈声，随后是一阵又一阵刺耳的瓷器破碎声。忽然，许多身着深蓝色军服的人闯进来，大声地喧哗着。刹那间，安静祥和的房舍陷入巨大的混乱之中。手持刺刀的士兵，闯进了淑所在的卧室，沁人的茶香立刻被浓郁的血腥气所替代。摆放整齐的器物被推下，在木制地板四处滚落，像抱头鼠窜的狼狈猎杀者。帘幔被刺枪无情地划破、撕扯，桌子被倾倒。而我随之重重地摔在木制地板上。我明显地感觉到我身体着地的一侧断裂，一条巨大的伤疤延伸在我的身上，周围的器具有的摔成两半，有的魂不附体，有的七零八落，我恐惧地在地板上打着旋儿，无可控制地颤抖着。一双巨大的脚踩住了我的身体，一种窒息的恐惧感，沿着不可修复的裂缝爬满我的整个杯身。我被冰冷而僵硬的鞋板碾了又碾，一脚踢在角落。

不知过了多久，世界一片眩晕。端着刺刀的士兵们离开了。我和其他的器皿渐渐停止旋转，静止在原地。但我感到地板在余威下依然微颤，远处传来了声嘶力竭的哭泣声、呼唤声、哀号声……

淑，要离开了。她曾经优雅的装扮已经不再，取而代之的是一身破旧而略显肮脏的素服。在这场巨大的灾难中，我们一起的七个茶具只余下我是完整的。临行前，她的父亲将我包在一块蓝布中，放在她的手里。我感受到，她父亲的两只手在狂烈地颤抖，泪水浸湿了蓝布，沾在我的身体上。淑将我从蓝布中取出，抚摸着我满是裂纹的身躯，泪水一滴一滴地砸在我的身上。她紧紧地握着我，握着她最珍爱的茶杯，握着她父亲送给她的这最沉重的信物。她流着泪，转过头，远走。夕阳西下，她紧紧地将我握在手里，不忍回看那个守候在废墟中瘦高的身影和那张狂烈颤抖的面颊。

为了逃难，淑，离开了家，踏上了颠沛流离的流浪路途。每天她都会将我擦拭干净，因为我是她唯一带走的物品。我看到，我的倒影在她湿润的黑色双眸中轻轻颤抖。那一刻，我知道，我不再只是一个精美茶杯，我更是她过去生活的记忆，是她对美好的缅怀和思念。很长一段时间，因为饥荒她没有饭吃，有时终于分到一碗小米粥，但是看到一群饥饿的孩子渴望地看着她，于是她就施舍给了他们。她蜷缩在草席上，捧着我，用轻微的声音跟我讲述了每一个细节。"我很想我曾经的生活",她哭泣起来,将消瘦的面颊埋在衣袖中。过了一会儿,她抬起脸擦拭落在我身上的泪水。她对我说:"在世事的变迁中,我们可能沦为任人抛弃的器具,被摔得伤痕累累。"泪水跌落在她冻得红彤彤的面颊上,"你知道吗,当我看到那些孩子们吃粥时,我突然觉得没有任何苦难可以阻挡一种力量,一种可以让人活下去的光。"她温柔饱含深情的声音在我的碗口回荡。她轻轻地舔舐我的杯底,用两只手捧起小小的我。那一刻在她的身上,散发出一种温热。

几百年过去了,我又辗转众多人之手,现在被收纳在一个收藏家的橱窗里。收藏室里很安静,只有沉默的空气,听我讲述那藏在我的裂纹里的沧桑岁月和人间真情。

这一天,我又一次被从古董架上拿下来,放在一沓稿纸上。一双年轻而稚嫩的目光注视着我,她在执笔沉思。我认得出,曾经那个被抱在怀里的小姑娘已然长大。披肩的黑发在阳光的照耀下,变成柔和的浅棕,平滑的面颊上,浸出淡淡的红晕。她让我想起了曾经的那个女孩,她们的身上都散发着一种善良和澄澈。她的指尖温热而有力,以至于让我有一种置身高处的安全感。她抚摸过我身上的每一个裂纹,擦去我身上堆积已久的尘埃。黑色的墨迹覆盖了一张又一张的白纸,虽然她没有说,但我知道,那是一个关于我的故事。

故事的结尾这样写道:"明晃的光芒在老茶杯的碗沿流淌,浸透进它的每一条裂纹。浮掠的光波像一层熔化的白银。"是的,那抹光是普照苦难的善良,是一份对善良的信仰,是我注视人间沧桑的含泪双眸。

# 离别中的房子

2120 年，越来越多的子女，把他们的父母送进了一个名叫"长寿之家"的小区。

这个小区包含着方圆十里的花园，在四季如春、繁花似锦的花园中，坐落着 80 栋老年公寓，每栋公寓都有 8 层，配套设施完善，公寓内配有电梯，方便老年人上下楼。每层楼都有两位看护者，负责打扫公共空间。老年公寓内窗明几净，环境优美，最适宜老年人居住。公寓内每层都有两户人家，每间 120 平方米。每间房内都配备全自动化服务设施，例如温度、湿度测量仪，空气成分及质量测量仪以及心率监测器、血压计等医疗设备。房屋会通过对环境的监测，自动保障屋内的一切指标，使之适宜老年人居住。而智能系统每天都会检测老人的身体状况，并以此自制食谱，并依照老人起床时间，准时为他们提供早餐。

张老汉就是这小区的一位住户，他的妻子已经去世了，他们的独子平时非常忙，没有时间照顾他。他已经孤身一人在这里生活三年了。

夏日清晨的第一抹阳光，透过深棕色的窗帘，留下一条明亮的光斑。张老汉缓缓起身，保姆机器人已经为他准备好了 35℃ 的温水，他轻轻地抿了一口，清了清嗓子。窗帘感应到他的起床，便自动地拉开。清凉的空气夹杂着鲜花的清香扑面而来，一台灰色的服务机器人向它移动，"张爷爷好！"机器人黑色屏幕上的蓝色波纹变成笑脸，"今天是您的65岁生日，恭喜您又向长寿迈进了一步，我和我的伙伴们，已经为您准备好了最符合您身体指标的健康蛋糕，希望您今天好心情。"张老汉对着机器人念叨着："现在这个世界上你最关心我了，别说我那孩子了，就连我自己都忘了。"说着，张老汉提了提嘴角，便踩上拖鞋向客厅走去。智能床已经自动叠好被子，睡眠显示屏开始分析张老汉昨夜的睡眠质量和梦境，以便提供更好的个性化服务。

"中国驻火星科研百人团即将于后日中午启程，此次科研，将成为人类历史上深入火星的一次历史性、全方位的探索……"津津有味地吃着生日蛋糕的张老汉，正看着浮现在空中的新闻，电子新闻无感屏幕随着张老汉视线的改变而改变。他低头吃蛋糕的时候，屏幕就隐约出现在桌子上，当他抬起头的时候，屏幕就出现在空中。张老汉的儿子正是中国火星科研探索队的一位成员。看到这条新闻，张老汉觉得心中有些不安，便呼唤机器人为儿子拨打电话。忽然，张老汉公寓的门铃响了，防盗门即刻检测出来访者是熟人，且出现在昨夜张老汉的梦境中。确定是张老汉想见到的人，还未等张老汉吩咐，门就自动地弹开了。

门口站着一位身穿整洁的深蓝色制服的工程师。他年轻而自信的脸上，几道浅浅的皱纹围着眼角，深黑色而明亮的双眸炯炯有神，鼻梁挺拔，浅红色的嘴唇略显干涩，胡楂被刮得干干净净。洁净的工作装，显现出他平日的利索与干练，再加上那深沉的气质与不善言辞的稳重与朴实，在早晨明媚的阳光下，更显得俊朗而绅士。

年轻人先开了口："爸，我来看您了！"

张老汉探着头起了身，嘴角还粘着绿色的菠菜奶油，他瞪大了眼睛，整个面部都局促起来，但又从皱纹中散发出惊讶的喜悦。"嘿！你来怎么都不给我提前打一声招呼，快快坐下休息休息，累了吧？"

"爸，我这次来，一是祝您生日快乐，二也是来跟您道个别的。"

张老汉的笑容忽然间凝固了："你这孩子，这才刚到，怎么要道别呢？"

年轻人缓缓地放下手中的果篮："爸，说真的，我马上要跟着科研团队去火星继续我们的科考。我们将会成为世界火星计划的牵头者，为人类的发展进一步开拓宇宙资源空间，并将成为被历史永远铭记的中国代表团。"

张老汉垂下了眼眉，两种极其强烈的感情，一同冲击着他的内心。既有为儿子的骄傲，又有对儿子的不舍："好孩子，你去吧，爸爸支持你。那么我想知道，你多久能回来一次呢？"

"五年，五年我会回地球一次。爸爸，这里的房子都是全智能的，一定会维持您的身体处在最佳的状态。我不在的日子里，您一定要配合这屋内的一切智能检测和安排，您要健健康康的，照顾好自己！"

沉默了很久，张老汉对儿子说："孩子，今年我已经65岁了，如果从此刻起我又活了30年，而你五年来看一次我，我们总共能相聚6次。也许对于你来说，这30年的每一天都丰富多彩，但对我来说，这30年的漫长时光只不过是日复一日的轮回，而只有这与你在一起的6天，才是有意义的。我又不是笼中的鸟儿，活的时间再长，倘若没有亲人的陪伴，那将是多么的漫长而苦涩呀！孩子，生命的宝贵不在于其长度，而在于其所体验到的厚度。"说着张老汉低下了头，眼里噙着泪。

"爸爸，我知道。"年轻人握住了张老汉厚重的手，自己也哽咽起来。

"叮，叮……"机器人忽然开始说话了，"您尚未启动亮子镜技术，3052号房屋刚刚接到通知，所有驻行星科研人员的家庭将免费开启此技术。您将可以与您的儿子在虚拟空间内见面交流，每天可长达3个小时。不要为离别而伤心，房屋科技将满足您的需求。"

张老汉和儿子破涕为笑，他一把搂住儿子的肩膀，感受他年轻的生命。"去吧，我会在这房子里健康地等你。去吧，把咱们人类的未来建设得更加美好，为祖国争光！"

房子里的灯光从高亮划向了温柔的暖黄色，父子俩的照片在洁白的墙上流动，空中显示屏显示"亮子镜技术安装完毕"，随即音响里自动响起了温柔的歌。

# 假　信

　　2009 年 5 月 31 号的清晨 6 点 10 分，我就这样穿着一身军装，抱着战友陈晓的骨灰盒，来探望他八十岁的母亲。踏进这间简单而整洁的老年公寓楼，跟随着一位身穿白色制服的护士，我的脑海中一片空白。橡胶鞋底摩擦地板发出轻柔的吱扭声，夹杂着皮鞋踩在地板上清脆而有节奏的鼓点声，在混合着消毒液气息的走廊里，循环往复地回荡。我听出自己脚步中的怯懦和不安，感到心脏在狂烈地颤动，背后的冷汗浸湿了衣衫。终于，我们在接近走廊尽头的一间房屋前停下。我沉默了一会儿，把脸靠近那深棕色的骨灰盒，轻轻抚摸过它略显粗糙的冰冷的外壳，我想对他说些什么，可是颤抖的声音哽咽在喉咙深处，只留下酸涩的疼痛。瞬时，我的眼中噙满了泪水。

　　当我伫立在门口冷静下来时，我才发现走廊里是那样的空旷而静默，一切都仿佛在晨光中沉睡。我清晰地听到房间内响着一阵阵柔缓的起床铃声，一遍又一遍。渐进的铃声，像从地上弹起的钢珠，缓慢地震动着僵硬的空气，让我喘不过气来。护士扣了扣房门，"陈阿姨"，她轻声地呼唤着，又扣了房门。很久，她呼唤和扣门的声音渐渐急促起来，但回应她的只有扩大的沉默。

　　清晨 6 点 35 分，我凝视着问候室内挂在洁白墙面上的深棕色圆形钟表，一个游离而空洞的声音告诉我，陈阿姨在昨天夜晚，平静安详地走了，她的脸上还挂着泪水和笑容。一双苍白的手递给我一封展开的信，他们什么也没说。我依然凝视着匀速转动的纤细的秒针在想，一秒的时间是快还是慢。我不敢低头，怕泪水洇湿了手上颤抖的信。

6 点 50 分，我走进敬老院的花园，在沾满晨露的长椅上坐下。我想象着曾有无数个像今天这样的清晨，她步履蹒跚地走进花园，坐在某个湿润的长椅上，指节凸出的手推着老花镜，眯着眼睛，认真而仔细地读着那由我代笔的、他儿子写给她的信。

我告诉自己，这一切都结束了。当等待变成了永恒的等待，遗憾便也不再是遗憾。只留下那个陪伴等待的人，在滂沱的泪水中，守着这个世界上最美的等待，而我就是那个人。

五年前，我的战友陈晓为了掩护作战区的中东难民撤退，在维和行动中英勇就义。那一年，他 34 岁，没有结婚，没有家庭，只留下他唯一的、75 岁、患有轻度阿尔茨海默病的母亲。他在去世前叮嘱我，让我把他去世的事情瞒着他的母亲，也就是从那时起，我开始替我的战友重新拿起了笔，继续写着给他母亲的信。

第一个写信的夜，我的内心备受折磨。我就像一块在烈火上灼烧的铁块，翻来覆去，痛不欲生。我沾满泥土的宽大的手，握着那支纤细而干瘪的笔，墨水流淌在我的手上，就像大块的血斑。我用颤抖的手在米黄色的信纸上，写下两个歪扭的大字——妈妈，泪水从我的眼眶中不可抑制地喷涌而出。我紧紧地咬住颤抖的嘴唇，任凭眼泪纵横，我的脑海中闪烁着耀眼的光芒，一帧帧的画面在晕眩的世界中定格。我感到精神被撕裂，如同肉体的撕裂一样痛苦。我抹去脸上的泪水，一次次告诉自己，替死去的兄弟活着，给活着的人希望。

慢慢地随着时间的流逝，我寄出去一封又一封的信，也陆续地收到她的回信。她没有发现我代笔的事实，大概是因为我们的字迹都是一样的歪扭，而言语都是一样的稚嫩。她关心着我的健康和身体，关心着我是否安全，语言絮絮叨叨，有时也语无伦次，常常会把写过的事情又重复地写在后面。但是她瘦长而狭斜的字迹是那样的亲切而温暖，我仿佛能听到她耐心的叮咛声，有的时候我甚至真的把她当作了我自己的母亲，把心中的烦恼和忧伤，以陈晓的语气倾诉出来。而她永远像是温柔的水，滋养我心灵的干枯，安慰我，温暖我。

后来，我们的信便写得越来越长，越来越密。在艰辛而危险的维和日子里，这位母亲的回信，成为我疲惫生活中最大的精神力量和期待。每一次把信投出去，我就会疯狂地盼望着她的回信，想象她苍老而安详的面容，想象她的温柔与慈祥，想象她是我真正的母亲。我感到自己陶醉在一种妙不可言的等待中，等待着未知而遥远的、既属于我又不属于我的关怀。

直到半年前的一天，她在信里偶然询问我的回访日期，我忽然想起来陈晓曾和母亲约定过每三年就探访一次，这一别已经过去了五年，但我却不知该如何下笔。我沉默地凝视着桌边的陈晓的骨灰盒，又望向窗外。无言的星空给不了我任何答案，苍茫的天地间，生死隔断，只留下执笔的我，孤独地守候着那等待希望的谎言。恍然间，我迷失了，迷失在广阔的沙漠和冰冷的枪支弹药中。我不知道自己是不是一个好人，我不知道我救下的那些生命是否能弥补我欺骗的罪恶。这么多年来，我一直在假装我已经死去的战士，假装那母亲深爱的儿子，如果她知道了这么多年守护在信的这一头的是虚假的骗局，那又将是怎样的重创？我的眼中开始酸涩，我不知道为什么会写下那第一封信，为什么会这么多年守着那让我期待而幸福的谎言。

那一天，我坐着维和部队的卡车去城市里寄信，长久地凝视远方扬起的沙尘和一望无际的灰色阴霾，那些包裹着黑色头巾的女人，衣衫褴褛的孩子，无数的受伤者与死难者，无数惶恐不安的眼睛，无数撕心裂肺的哭喊声，无数贫苦的人们在饥馑的土地上祈求着神的眷顾。我猛然间意识到，活着是多么的重要，在希望的曙光中等待是多么的美好！但我同样知道，无论它如何之美好，我都没有剥夺别人知道真相的权利。谎言终究是谎言，也许我应该承担真相的后果。站在斑驳掉漆的邮筒旁边，我在信的末尾写下了 5 月 31 号的日期，这也将是我十年来第一次重返中国的土地。

我凝固的目光在闪烁着金光的绿叶上融化，从记忆中苏醒过来。一位白衣护士沉默地向我走来，坐在长椅的另一端，过了好一会儿她说道："你知道吗，这几年来陈阿姨每天早上 6 点钟起床，就守在我们接信室，她一天到晚地守着，我们这里的服务人员都劝她回去休息，但是她每天就在那里等着，她说一定要第一时间看到她儿子的信，这七年来从来不曾改变过。"女护士的声音逐渐有些沙哑，她注视着远方草坪上的白鸽，"其实从大概半年前，她的身体就开始恶化，好几次因为心跳速度过慢，血压过低而晕倒，但是她一直都坚持守在那里，一遍一遍地读着她儿子写给她的信。其实，后来我们都知道她的儿子已经牺牲在维和的异国他乡了，但是没有人能告诉她，因为她那爱和思念太浓、太深。她总是告诉我们她的儿子是维和英雄，在世界最需要的前线，守护着那里的人民，给他们和平和幸福，她永远为此而骄傲……"女护士的声音从哽咽变成了小声的啜泣。我紧紧地捏着手中的信纸，闭上眼睛，泪水滑落，任凭它滴洒在干涩的土壤上。

那一夜，没有晚风，没有离歌，只有一轮圆圆的月亮，守着一个人孤独的思念。

我把土轻轻地培在她的坟墓上。"妈妈！"我轻轻地呼唤着，"妈妈，请允许我这样称呼您吧。"在无数个寒冷而空旷的夜晚，辽阔的星空像挂满金银的橱窗，天地间的一切生灵渺小得犹如尘埃。我蜷缩在一架简易的帐篷里，点着微弱的黄灯，用最微弱的声音呼唤着您，在洒满泪水的信纸上，陪伴着您遥远的等待……

很多年过去了，我又回到了中东的维和战场，继续当一名维和部队的士兵。"妈妈"虽然已经去世了，但一直以来我都坚持给她写信。把一切的快乐和悲伤倾诉在信上，而且每次都把信寄出去，地址就写着"天堂妈妈收"。

恍然间我意识到，我生活在妙不可言的等待中，因为爱的陪伴和牵挂，我毫不畏惧地走向每个崭新的一天，抱起那些受伤的孩子，保护那些在枪林弹雨中穿梭的无辜的人们，给这片异国破碎而残破的土地带来一些和平与安宁。我知道生命的每一天都危机四伏，我不知道未来在哪里，但我无愧于我活着的每一天，我愿意一直做"妈妈"口中的英雄，等待着随便哪种未来。

# 一颗星尘

## 一、大　海

一艘小船摇摇晃晃地漂荡在海上，微风夹杂着淡腥的凉意。夕阳斜射，金黄色的光芒穿过横亘在天空中的云层，洒向粼粼波光的海面。一个孤独的少年扶着桅杆，望向融化在橘色霞光中的海洋和天空。

十八岁的远行，离开记忆中那个升腾着袅袅炊烟的村镇。生命就像是一场没有尽头的轮回，仿佛在完成一场已经被写好的命运。那或许是一场生命结束后的样子，沉浸在永无止境的轮回中，而每一份唾手可得的真实，都被一种外在的虚无所裹挟。他不想再日复一日地在那里生活下去，所以，他选择了离开，离开曾经熟知的一切，只想独自一人去远行。

少年靠着桅杆坐下，夕阳浓烈的色彩使他陷入回忆。扛着农具阔步走在田埂上的父亲，依靠门栏织着衣线的母亲，坐在床沿上捏着面食的奶奶，树荫下追逐尖叫的姊妹们。每一个回忆都像是印象派的油画，温柔的笔触模糊而又迷蒙。他将头探出小船，伸手去触摸海面。荡起涟漪的海水就像一块蓝水翡翠，他那张年轻而忧郁的淡棕色的面庞，倒映在深深浅浅的波纹中。他靠着桅杆坐下，双目有些疲倦地合上。一阵海风吹来，他汗涔涔的胸膛上一片灼目的金黄。

## 二、梧 桐 林

不知什么时候，他离开了小船，独自一人行走在铺满落叶的印着斑斑水痕的苍青色石砖路上。道路的两侧是茂密而魁梧的梧桐树，绾褐色的树干略显斑驳，脱落的树皮里透出竹青色的椭圆纹路。腾黄色和朱砂色的树冠交织在冰蓝色的天空中，冷风划过，斑斓的树叶如雨般婆娑飘落。

小路将转，少年看到一位老人坐在藤椅的一端，他停下了脚步，凝视着老人。老人花白的须发在秋风里微微颤动，深刻而纵横的皱纹爬满了整张苍老的面容，深邃的眼眸仿佛满絮的黑青玉石，深沉地注视着眼前漂泊的落叶。少年注意到，那双瞳孔中荡漾着的回忆、深爱、留恋是那样的深不可测，像夜间藏匿着万千生灵的大海泛着点点星光。少年缓缓地走近，在藤椅的另一端，坐下。

很久，他们没有交谈，来往的是萧索的风，是沉默。他们共同注视着眼前这片橙黄的梧桐林，在秋风的吹拂中缓缓地衰老下去，就像注视着一位躺在病床上沉默的暮年老者。

"孩子，你知道吗？"老者拖着悠长而略显沙哑的声音，转过身来对少年说，"明年的春天这里还是一片蓬勃的翠色。"

"也许吧，只是我在海上漂泊了太久，很久以来生活只是无边无际的大海和天空，是广阔无垠而不曾变化的。"

"我们的存在很小，但也很大；很短暂，也很永恒。"老人凝视着无限远方，缓慢地说道。

少年蹙起了眉头，感觉灵魂仿佛离开了身体，也许老人真的很老了，老得有些糊涂。

"为什么？我只觉得我们小得没有意义。"少年反驳道，"当我在大海上的时候，海面永无止境地向远处延伸，没有尽头；而在我的记忆里，家乡的人们一代代，轮回般地拥有着相似的命运和生活，淹没在茫茫众生中，没有解脱，没有尽头。我们好像，好像，好像……"

少年忽然间有些哽咽，不知为什么，很久以来孤独造成的麻木，在这一刻像利剑一样刺在他的心口上，这是无数天来的真切感受，但是他却不想说出口。

"我们小到没有意义，小到受命运摆布却毫无还击之力，小到在永恒的空间里掷不出一点声响。"少年的声音隐隐颤动，酸涩爬满心头，他清澈的眼眸中闪烁着繁星的泪。眼前的梧桐树叶还是在飒飒的冷风中片片滑落，单薄的话语被萧索的冷风无情撕扯。

过了很久，老人缓缓地收回目光，望向身旁的少年。

"孩子，你知道吗，从哥白尼提出日心说，到达尔文提出进化论，再到弗洛伊德所说的被潜意识操控，人类就是在一次又一次地直视生命的虚无和渺小。我活了很久，遇见了无数鲜活的生命从生到死，他们像尘埃一样在阳光中沉浮，经历着这个世界的冰冷和温情……"

老人微微停顿了一下，将胳臂放置在藤椅纤细的扶手上，再一次望向少年。

"孩子，你存在的事实可能是由一个在你之外更大的生命体所决定的，就像在我们身体里运转的细胞，它们之所以存在，是因为我们的存在。换句话说，你可能只是这个更大生命体的一个小零件，而这个更大的生命体，也会是另一个更大生命体的一个小小的局部而已。"

"一些元素组成了生命体，而这些生命体又作为元素去组成其他形式的生命体。这样看来，我们的存在既是尘埃的存在，也是宇宙的存在。我们的渺小是相对于那个更大的世界，但同时我们也将是另外一些更小生命体聚集的宇宙。在你的身体里也许就存在着某一种意识，只是我们不能感知、不能理解。"

老人慈祥的目光紧紧锁住少年略显湿润的双眼，冷风吹拂，飒飒作响。

"孩子，在那里"，老人指了指远方的天空和大地，指了指那片金光灿灿的梧桐林，"你的生，你的死，你一生所做的一切事情，对于这个更大生命体的运作来说是微乎其微的，因为你只是万千碎片中的一个，就像阳光中飘浮的无数的尘埃，坠落在水面上甚至掀不起一丝涟漪。更何况，终有一天，我们也会伴随着这个更大生命体的消亡而不复存在。"

少年沉默了，他只觉得自己坚实的躯壳在坍缩，而灵魂从物质的肉体膨胀出来，在广袤的天地之间无限地扩大。

"孩子，我们要直视自己的渺小，也要接受自己的渺小。我们都是宇宙瞬息万变中的一个排列组合，是人类进化史漫漫长路中的一代。"

少年的目光停驻在一片红色的枫叶上，它在空中随风翻卷，落在老人深蓝色的毛衫上，就像一艘小木船漂泊在大海中。少年抬起头，平滑的脸上流露出一丝痛苦，他注视着老人的双眸，在那眼睛深处好像藏着一片可以稀释人世间所有苦难的海洋。

"如果这就是生命的话，我们存在的意义是什么？就像那些纷繁而下的落叶，它们的生命又是何等的悲哀？"少年的眼眶中涌出一滴晶莹的泪珠。

"孩子，你知道吗，落叶不会感受到悲哀，因为落叶不会意识到自己的存在。我们的情绪和思考，是因为我们意识到我们的存在以及终将不存在的事实。我们活着对于物质、或者说对于其他的生命形式，是没什么价值的，肉体不过是一种运转的形式。但是，我们的存在一定有某种属于我们自己的价值，而这种价值不被任何其他事物所赋予，它就来源于我们自己。"

老人看着少年，他的目光中有着一份如同鹰隼一般的坚定和锐利。"没有任何人可以去评判其他的生命有无价值，从物质的角度来看，人都是由一些基本的物质组成的，是一艘载满基因的小船。也正是因此，我们被赋予存在的物质使命。可是人类生命的价值不只来自物质的存在，更来自精神的存在。笛卡尔曾经做过一个推理，我们无法证明生命是否是真实的，但我们可以通过思考确定我们在想'生命是否真实存在'的问题。也就是说，我们的思考是存在的。既然我们的思考是存在的，那么，我们可以证明的是——我思故我在。只要你在产生思想，你的存在就是一种真实的存在。就像是你通过思考感受到自己的渺小，通过思考感受到生命必将消逝的无奈和哀伤。"

少年抬起头，注视着老人，幽深而湿润的双眸里不是苍老，而是深沉，它像烈火一样炙热，又像大海一样平静。少年忽然觉得，眼前的老人是一位渊博的哲学家，他像富饶的土地、无垠的海面，或者是延展着的夜空，而他的思想从那深渊更深处生出最蓬勃的生命和力量。

"孩子，你知道吗，当你在感受自己的渺小、思考这个宇宙的庞大的时候，你就会迷失并且感到虚无，因为那个世界是不属于你的。孩子，不要觉得这个世界的一切都是因为你而存在，那只是我们意识的幻觉。但也不要因为不能掌控一切就认为生活是虚无而毫无意义的。在无尽的时间轴上，身为人类的我们，不过是转瞬的一簇流星，我们永远不可能解读宇宙间的一切奥秘，因为我们太渺小了，我们的智识太有限了，我们所能够认识的世界范围在我们产生之初就被限定了。但是这不意味着我们的生活就没有意义，因为真正的意义是在我们能够认识的范围内被赋予的。"

老人望着少年，他的深邃的目光中荡漾着清澈明亮的阳光，"被赋予的"，他干涩的嘴唇，轻轻蠕动，秋风微微地刮起他苍白的须发。他用庞大、厚重、粗糙的手指，轻轻地点了点深蓝色的毛衫中央。

那是心的位置。

"孩子，是我们赋予了生命意义。"

少年的眼睛像一块晶莹剔透的琥珀，湿润的泪水使那里异常明亮，少年忽然间觉得灵魂回到了肉体中。是的，我们确实渺小，确实短暂，确实微不足道。但是，如果命运是身不由己的，是一种不可推卸的使命，那么，我们是不是可以珍惜和体会这种命运所带给我们的权利，让思想的存在变得永恒。

"人生的价值，不只是生命存在本身的价值，它更是一个意识做出选择的价值。人生并没有固有的意义，生命的意义必须由我们自己来创造。你活着的意义，不只局限于你存在的事实。树存在，云存在，山川河流存在，但是他们都无法意识到自己的存在。人类最灵异的地方在于，我们可以感觉到自己的存在，并且我们通过思考做出选择，这就是意义。"

少年的内心涌起一阵波涛，很久以来他几乎麻木的心灵冻得像石头一样坚硬。这一刻，它感到暖流正在融化虚无，取而代之的是春天般的平静和温柔。微凉的空气中飘来淡淡的清香，树叶的清香。少年再一次凝视着老人，而老人也凝视着他，他稚嫩的面庞上滑过几道泪痕。

少年轻声地说道："谢谢。"

少年的喉咙中一阵哽咽。

秋风吹拂，飒飒作响。在世间流动的金黄色中，老人将少年拥入怀中，一个年轻的生命在沧桑而厚重的生命中，重新感受到了存在的价值，在那个温暖的怀抱中隐隐啜泣。

"孩子——"老人轻轻地说了一声，抚过少年的肩头。

## 三、尘　埃

老人凝视着少年，慈祥而沉默地微笑着。明亮的双眸在冰冷而空灵的夕阳中凝视，倒映着彼此的瞳孔。

顷刻，他苍老厚重的身体幻化成了一团迷离的碎片，碎片被秋风吹散，与树叶一同翻飞，在冰冷而辽阔的寒风中化为乌有。一张泛黄的信纸飘飘然地滑落在长椅上，上边留下一串钢笔字迹：

"孩子，这是我生命的全部，我一生流浪，一生思考。我走过山川，走过荒野，走过城市，遇见无数的生命，无数次地质问自己存在的意义，也无数次地怀疑这个世界的真实。直到我看见一位画家抱着他的作品，在寒冬的夜里死去的时候，他的嘴角冻住一抹微笑，我才意识到生命的价值其实是来自自己的精神，以及他用精神做出的选择。对于那些虚无的可能，我们永远无法论证。所以，他的真实与否也没有价值，只有我们自己能赋予自己存在的意义。孩子，请你相信我，人生的价值不是来自浩瀚的宇宙和物质的存在，人生的价值来自你心中的那个选择，你选择了你成为怎样的人，你就选择了你存在的意义。"

少年将纸继续轻轻展开，在下面还有一首诗：

我们不知到哪里去

我们不知从哪里来

我们是宇宙之中的一个流浪儿

宇宙是上帝手中的一张扑克牌

我们是宇宙中的宇宙

我们是尘埃中的尘埃

我们是明天的昨天

我们是过去的未来

我们是死的躯壳

我们是生的胚胎

我们无法证明物质的真实

我们只能感受思想的存在

我们是尘埃中的宇宙

我们是宇宙中的尘埃

少年将纸张贴在自己的胸口，他眼前的老者已经变成一片扩散在空中的尘埃，那个存在的灵魂，随着他身体的瓦解，在空中飘散了。一切的激烈都已经消逝了，就仿佛一切存在都不复存在，长空中只余下风。少年闭上眼睛，轻轻地念出了信上最后的那句话："孩子，你是曾经的我，我是你的将来。"

细腻的秋风滑过少年的面颊，他只觉得睡意蒙眬，折起信纸，少年轻轻地蜷缩在梧桐树下的藤椅上。那里分明还有老者的温度。

## 四、星　　空

当少年从梦中醒来的时候，已经入夜。

无边广阔的万籁俱寂中，只有少年和他孤独的小船。平静的海面就像是舞女墨蓝色的舞裙，层层褶皱上泛着淡淡的银光。少年平静地躺在小船上，仰望那片无边无际的天空。老人的话依然回荡在他的耳畔，如此的真实。忽然之间少年有些迷茫了，他不知道大海上的漂流是那长椅上的梦，或者遇见老人是他在小船上的梦。

少年望着天空，他知道在天空之外，有一个无限大的世界，而对于那个世界他一无所知。他曾经为此感到痛苦，但是现在不再会了，因为他觉得灵魂栖息在他自己的身体里，也许流浪和思考也会成为他生命的价值。

他无数次地这样想：我到底活在一个什么样的世界？周围的一切，美得真实，却又仿佛虚幻。他不清楚这个渺小的星球有多么不堪一击，也不知道这个广袤的宇宙有多么永恒，他只是觉得仿佛全部的主宰，不及沙砾般渺小。这一生多少轮回的秘密，只不过是转瞬即逝的猜想，就像巨石间的一道裂纹。

他想着嫩绿的豆芽从泥土中钻出，忘我地渴望阳光；他想着猛烈的江水从山上冲荡而下，在平静的湖面溅起万层波浪；他想着橘红的枫叶在干枯的枝头摇摇欲坠，随着冰凉的飒飒秋风打旋儿，纷扬的雪花飘摇而下，附着苍茫大地。

他的思绪像一匹奔腾的野马，随着灯火在城池中流窜，看凄凉的月光浮掠水塘的涟漪，火红的晚霞淡出湖蓝色的天空，璀璨的群星占据油墨色的天河。在车水马龙的街道和灰白色的居民楼间，充斥着斑斓变幻的光色。

天空中依稀现出几颗星星，勾勒出老人的面颊在夜空里闪烁，向他微笑。小船渐渐靠了岸，搁浅在一座童话中的小岛。少年跳进海水，将小船继续拉上融化在月光里的银色沙滩。海风吹拂，海浪轻抚，芦苇丛沙沙作响。一阵缄默过后，不远处少年听见了谈笑声和节拍的鼓点，墨蓝色的天空中升腾着一团窜动的火光。少年扒开深绿色的芦苇丛，不远处，一群人带着各种骨制的饰品，手拉手围绕着篝火旋转，他们围成的圆圈，一会儿收缩，一会儿膨胀。几个幼小的孩子缠在他们的身边，嬉戏打闹着，手舞足蹈地唱起古老的歌谣。

眼前的夜空好似海洋，云朵是月光下泛起的白浪。少年平静地靠在木船上，脸上浮现了浅浅的微笑。老者的话在他的耳畔回荡，梦一样真实。他将冰冷的指尖伸入口袋，在那里躺着一封信，一封温热的信。

## 五、藤　　椅

次日的清晨，一位清洁工在清扫石街上的梧桐叶时，看见了一位蜷缩在藤椅上的老人。他深蓝色的毛衫上缀满落叶，熟睡的姿势就像上帝怀抱里的一个孩童。他轻轻地闭着眼睛，皱纹爬满他的面庞，就像干涸开裂的河床，阳光宛似流水，渗透进每一个裂痕。他安详地沉睡着，再也不会醒来。

## 六、梦

也许，那是老人跨越生死的一场梦；又或许，老人就是少年，那是少年存在的开始。

游

记

# 十二小时的火车（上）

## ——吉林之旅游记

攥着这张刷了无数次才抢到的、去往吉林的火车票，我有些说不清楚自己是怀着怎样的心情。从走入地铁的那一刻起，黑压压的人群一望无际。看到地铁玻璃窗里我的虚像，而后面是千千万万个和我一样的普通人，他们或是背着包，看着手机；或是与他人对视，言语中带着笑意；或是静静地倚在墙的一角，闭目养神……恍然间，我能强烈地感到自我的渺小。人流之中的我，仿佛河流中的一个水分子。当站在遥遥的高空俯瞰地铁的人群时，我将不再是我，而是组成这个世界的一颗微粒，世界看见的不是我，而是成千上万个人之中的普通一员。

去吉林的人如同洪流一般向站台涌去。暑假未到，像我一样早早结束学业的毕竟是少数，旅游不可能是主体人群的目的。我看到他们的背影，背着沉沉的打工包，默不作声地夹在人群中随波逐流。也许吧，这里面有留守孩子们盼望的父母，有"空巢"老人们思念的子女，有勤苦妻子等待的丈夫……他们的背影都是那么朴素，由于岁月的侵蚀，他们微微驼着背，穿着并不华丽的衣裳，沉默着，怀念着。我们就这样冷漠地擦肩而去，多少陌生的面庞，空洞或是动情的双眸，在我的眼中来来去去，留不下什么刻骨的记忆。几缕铭黄色的光从高空倾泻向站台，人们乌黑，每个车厢内部都是一格一格的小间隔，在窄窄的空间内，是左右相对的三层床铺。蓝色的床和黄色的光，让人觉得很温馨，是一种不同于家的、奔波中的温馨。中铺的姐姐与我们攀谈，由于没有直达吉林的火车，她辗转几天，坐长途大巴车十几个小时，先赶到北京，再从北京站坐直达吉林的硬卧回家。床铺上栏杆的影子倒映在她的脸上，依旧看得出，那淡妆下是她松弛的憔悴，粉色的眼影和长卷的睫毛驾驭着一双空洞的眼。她说到了吉林，想回家吃一碗老妈的热面。我仿佛已经看到了，白雾在她的脸庞荡漾着，筷子一提是一缕热气腾腾的面，这个世上最美的笑容将在她的脸上绽放。

人们匆匆忙忙地赶路，过着那种最质朴的生活。外出打工的年轻人们疲惫地奔波在职场，不辞辛苦。为了家，为了生活，他们拖着沉重的行李，步履维艰地走在回家的路上。

终于，承载着无数人们期望的火车，缓缓地开动了。北京站渐渐向后挪动，那些迷人的光波也渐行渐远。绿皮火车沿着悠长的轨道，飞驰在沉沉的夜幕中。坐在摇摇晃晃的绿皮车上，我的脑海中闪现了很多，我仿佛被那种最质朴的生活感动了。生而为人，我无法不去直视自身的平凡和渺小。人群中的我们大概都会被人遗忘，但那洪水一般的人流，也许会被人记住。因为那壮观的一幕，将社会展现得淋漓尽致，它的平凡、它的真实将永远地留在每一个人的心里。

静静地坐在车窗边，我向被甩在身后的北京城回望去。那个朝夕生活的地方，竟是梦一般的朦胧。每一个亮着不同光的高楼大厦，都像是住着一颗颗明亮的小星星，那犹如星光斑点的楼房，织成了整个夜空。月夜下高高的建筑物，像一块块晶莹剔透的发光体，被锁在有棱有角的牢笼中。

夜，朦胧着；车，飞奔着；心，憧憬着。

# 十二小时的火车（下）

## ——吉林之旅游记

　　也许更多的人会选择在硬卧长途火车上睡下铺，这里空间显得稍大，移动较为方便，当然是人人向往的稀缺资源。可我倒是个另类，当初是用下铺的票，去换到上铺去睡的。他们疑惑不解，但还是成全了我，满足了我这令人费解的请求。

　　爬上三层的床铺，才真真切切地感觉到它的不便。若不是有机会睡三层，我真的想象不到它有多么低矮狭小，每次喝水都是要扶着对面床上的栏杆，把半截上身探到两床之间的空间里，不然不仅坐不直身子，一抬端水的胳膊，杯子就直接碰到天花板，水不仅喝不进嘴里，还会洒到下铺的人身上。不过我倒觉得这样喝水蛮有意思的，毕竟这是平时体验不到的东西，它是属于这次旅行的。

　　9点，车厢里熄灯了，明亮的空间幻化为一片黯淡，嘈杂的声音越来越小，火车在轨道上行驶的"哐哐"声随之而来。人们回到了那个属于自己的床位，告别了奔波一天的疲惫。沉静，似迷人的香水，弥漫在整节车厢，随着每一个人入梦。

　　钻进暖暖的被窝，被空调吹得冰凉的手又有了往常的温热。打开那盏属于自己的小灯，微微发冷的光照得我捧书的手惨白，倚在这狭窄的小窝里，读了一篇欧·亨利的短篇小说，在微微颠簸的车厢里，渐渐有了睡意。

我把书放在枕头下，调暗了灯光。侧身，静躺着，我环顾周围，与我相对的上铺的乘客还举着手机，时不时地咧嘴笑笑，只是努力地抑制住笑声；对面中铺的男子早已进入梦乡，打起了小呼噜，他粗壮的小臂搭在脸上，仿佛在遮挡光线；下铺的母亲还在低声地哄小孩子睡觉，哼唱一首舒缓的摇篮曲。在车厢长长的走廊里，时不时地有手机微弱的光，把坐在窗边的姑娘的脸照得异常白皙。我从未想象过，在某一天的夜晚，我会和六个素不相识的人共用同一个狭小的空间。我们看得见彼此，却走不进彼此。我们甚至对于对方一无所知，更没有一丝了解的兴趣。这熟睡的 8 个小时里，我们离得这么近，甚至听得见彼此或沉重、或缓慢的呼吸声，但我们却各自过着不同的生活，有着不同的人生经历。所以，做着各不相同的梦。就像在同一平面内的几条直线，从四面八方而来，有着不同的斜率，却在某一个瞬间相交。

我就这样，努力地用心去感知，感知陌生的一切所带来的不同。一天，就要这样永远地结束了，等到明日的曙光从地平线升起并将人们唤醒的时候，我们会从梦里醒来，而昨天的我们早已不复存在，他永远地留在了梦里。相交的直线又要沿着自己曾经的方向继续前行。

闭上双眼，我想让自己尽快进入梦乡。但朦胧中依然能感到随时间的流逝，月光在我的脸颊上流动。火车低声地呜咽着，轻微地颤抖着，像一个因为怕黑而哭泣的孩子。车厢里时不时地有男人沉闷的鼾声，还有小宝宝睡得懵懵懂懂时咿呀的梦话……这些声音很低，但很真实，是真正的夜幕交响乐。它们在我的耳边徘徊，总也不曾离去。时间在黑夜飞奔的火车中，把脚步放得又轻又缓。我仿佛听到来自梦境轻柔的呼唤声："夜深了，晚安。"

这是舒适的一夜，我好像睡了很久，也很沉。有那么几个时刻我觉得很累，但很幸福。

……

又是很久，光线穿过白色的雾层，驱赶了夜的黑。晨光中，火车上的人们在苏醒，城市在苏醒，广袤的东北大地在苏醒，一片睡眼惺忪的样子。折叠的世界，翻开了崭新的一页。

# 做玉米地的守望者

## ——致谢东北的黑土地

小轿车奔驰在去往磐石郊外的路上，东北的夏天要比北京凉爽得多，没有北京那种燥热。风从窗户吹来，虽不是冷的，但也不热。我感到车开得很快，两侧的灌木飞速地向后移去，遗下一条条绿色的线。又是风，扬起耳畔的碎发，让我感到一阵飘逸。大片的玉米地映入眼帘，由于还未成熟，大多只有一米多高，它们一片油绿。间隙很密，把东北的黑土地严严实实地覆盖起来，绿得没有一丝空隙。玉米地的远方不是高高低低的土坡，而是连连绵绵的低山脉，山上有树木，欣欣向荣，生机勃勃。风裹挟着绿浪涌来，玉米地被笼罩在傍晚的白雾中，那是一种远离城市的喧嚣的美，令人释然。

注视着道路两旁连绵不尽的、翠绿色的玉米地，我终于懂得了为什么中国是农业大国，因为有东北朴实的黑色脊梁，因为有东北丰富的环境资源，因为有东北这个巨大的粮仓。一个人在丰厚的粮食面前，显得微不足道；但14亿中国人在粮食面前，却显得硕大无朋。粮食，是14亿中国人生存的最起码的保障，东北大粮仓对于大中华的重要性无可争辩。土地在特定时间所给予我们的总量是恒定的，我们不可能无止境地向其索取，资源需要保护，粮食需要珍惜，关爱需要传递。

我不知道此刻的我为什么会想到这些，也许就是因为这一望无际的玉米地，让我的目光流泻到哪里，哪里就荡漾着绿的希望的缘故吧。那一刻，这广阔无垠的玉米地仿佛在向我诉说，诉说着每一个属于中国当代的春夏秋冬，诉说着每一个属于中国命运的悲欢离合。它们默默地成长着，用绿色涂抹黑色，用果实驱赶饥饿。

　　它们在晚风中直挺着身躯，高昂着头，努力地向上生长着，仿佛想抻长脖子看到更远的景色。其实，对于这片玉米地来说，它的远方就是祖国的希望，因为它们填充了中国的粮仓，把中国这艘巨轮送往远方，编织那个属于我们的中华梦想。如果有机会我还会去那里，我愿意做一名玉米地的守望者，守望着中国的希望。

# 藕花深处

## ——微山湖游记

那个地方，梦里去过很多次，却一直未曾邂逅。在爷爷奶奶给我的印象里，那是一个绝美的湖，宽广的湖面上青色的水雾氤氲飘散，忽浓忽淡；隐约浮着菱花和芙蓉，有着那种"出淤泥而不染，濯清涟而不妖"的气质；荷叶连片，隐隐现现，碧波荡漾，渔船翩翩。

然而，梦终归是梦。那些我们常常在梦中到访的地方，永远属于我们的梦。它就像一个秘密，深埋在一个人的心底，只要还没有把这梦变成现实，我们就会一直向往。直到后来，我终于去了那个地方，那个让我终身都不会忘掉的地方——微山湖。

从第一眼看到那个地方起，我便觉得它眼熟。没有海的蔚蓝，也没有海的惊涛骇浪，但它仿佛独有一种力量，让浮华躁动的事物变得沉静，让人朦朦胧胧地觉得那是另一个桃花源般的仙境。那湖水是清澈的，远看却酿着醇厚的绿色。举目远眺，远处有若明若暗的山脉，边缘清晰明朗，就像是用蓝色圆珠笔画上去的。底色是碧蓝的天，像打翻在水里的蓝色颜料，并不均匀地混合着。

乘上游艇游览湖光山色，远处的山峰与我们遥相呼应，在湖中缓缓移动，一直环绕在我们周围。而近处的湖水被游艇劈开一条深沟，白色的浪花不断地向后翻滚，直到消失在我们的视野。就这样，我们任凭游艇劈波斩浪，随船在湖里荡漾，一束束火炬样的荷花，一顶顶绿伞样的荷叶，一群群游动的鱼群，一片片飞舞的彩蝶，一阵阵随风飘荡的渔歌……任无限的风景从我们的眼前匆匆掠过，谁都来不及按动相机快门，甚至无法在脑海中留下一点深刻的记忆，只是一味地感叹这梦幻般的美。就像喝几口酒，便醉了，只记得自己的逍遥，并无法说清那美酒美的所在一样。那种感觉，让我觉得微山湖的真实模样和梦里的情景，有着几分的相似相仿。

越驶向湖心，水面就越大，越平静。那是八月立秋节气当天的早上，天气很凉爽。但是夏天并没有真正走远，甚至都没有离开，而是在云层后面躲躲藏藏，仍旧在正午前后发动热浪。游艇绕着一个湖心小岛急转弯，那开船的人猛打方向盘，游艇以倾斜45°的姿态向拐弯的方向偏去，巨大的水花，在船身与水面快速摩擦的那一刻，向四周喷射，宛若一朵硕大的乳白色烟花。船上的人被惊得一片尖叫，大家嚷着叫他开得慢些，大概是因为这船上有小孩子。可他只是僵硬地提了下嘴角，不屑地瞟了大家一眼，依然是那般风度地驾驶着游艇，丝毫都没有减速的意思。他仿佛对自己的技术有着十足的自信。有人说，这微山的男人就像野猫一样，机敏生蛮，但又不失汉子的坚韧和野性。所以，人们叫他们"猫子"。我觉得他们的秉性确实与野猫有些相似之处，于是便瞟了一眼这开船的"猫子"：他梳着微微卷起的长发、高高的颧骨、红方格的衬衫，在我看来并不像渔人的形象，倒像个艺人。他侧面的脸上晶莹剔透，不知是汗还是溅上的水珠。船在河道里穿来穿去，阳光照在他的脸上时，他的皮肤有着古铜色的光泽；阳光被军绿色的棚子遮住时，阴影覆盖在他的脸上，他的皮肤变成暗淡的黝黑。他的眼睛眯着，直勾勾地盯着河道的前方，与野猫却有几分神似。

游艇在湖面飞驰而过，把碧绿的湖水划出一道道深沟，激起两侧白色的浪波。两旁的荷花池被迅速甩在游艇后面，荷花被逗得前仰后合，迎面而来的是被阳光镀了金的水雾、清凉的夏风和随风飘散的碎发。

就是在这里，宽阔的湖面，蜿蜒的河道，朦胧的湖心小岛，缄默的荷塘，仿佛就是梦中的仙境。唯有不同的是，这里要比梦境更加真实，有些东西触手可及。譬如水花溅在身上的清爽感；在渔网中挣扎不休，微微泛腥的鲈鱼；荷叶间跳动的青蛙；从我们船边游来游去的棕黄色草蛇；还有"猫子"把船停在独山湖的湖心时，给我们讲述那里的昨日今天……

梦里的地方，没有络绎不绝的船只，没有与我们热情攀谈的朴实渔民，没有送我们来往于码头和小岛的渔家姐妹。这些人们的气息好像天然地属于这里，就像白云属于天空，骏马属于草原。我看这里有些发痴了，我曾经只知道哪里是古迹，哪里有风景，好像那些就是绝美的。可直到进入了微山湖的那个世界，我才发觉，一个地方之所以被人铭记，让人向往，不仅仅因为有古迹和美景，更因为有与之相匹配的人。一种文化、一种民风，这才是让人永远不能忘怀的美，而这也正是旅行观光的意义所在。

珍珠一般晶莹的浪花后，那张微红的麦麸色的脸上，有一对憨憨的笑靥。船只渐渐停在微山湖的中央，那开船的"猫子"倚着桅杆，红方格的粗纺衬衫敞着一半，裸露着他古铜色肌肤上的叶绿色的刺青。岸上头盖方格红头巾的大嫂，纤瘦娇小的四肢在宽大的粗布衣服里晃来晃去，明朗乌黑的眼睛周围，是棕土色的皱纹。她微微笑着，哼着小调，满面春风地照料着每一位游客。他们是那样真实，是看得到的真实，我却又常常觉得虚幻。我们说同样的语言，甚至用着同一款手机。我生活的地方是遮天蔽日的高楼大厦；是数不清的深灰色马路；是一架又一架奔驰着汽车的立交桥；还有对门住了多少年，却叫不上名字的邻居。而他们的生活，是那微山湖的层层波浪，是水鸟低飞、鱼虾潜游，是靠岸停泊的几只木质小船，还有渔夫炯炯有神的双眼，清脆又爽朗的笑声，夹杂微微水腥的方言。它们似一幅悠长古朴的画卷，又似一场遥远而不真实的梦境。隐隐约约，朦朦胧胧，藏在湖绿色洒满碎金的光波中，让飘来的那片白云暗暗嫉妒。

我记得那时，我在飞驰的快艇上对着广阔的湖面放声呐喊，那种感觉，是我释放了体内所有的力量。但湖面没有波动，荷花没有颤抖，甚至没有惊动到荷叶上嬉戏的青蛙，远处一片虚无。那时我才觉得自己的渺小，哪怕是使尽全身的力气去向世界呐喊，都不会惊动蓝天下的飞鸟，不会唤来湖水中的游鱼。这时我才发现自诩为主宰万物的人类，其实是高估了自己。我们应该试图去归顺自然，就像微山湖的那些渔人。当他们和自然融成了一幅画卷的时候，他们的家乡便不再是没有灵魂的美景，他们也不再是普通的渔人，他们有着比梦里的地方更加迷人的东西。

## 乘船游荷塘

快艇停在了一座小孤岛，它甚至称不上是个岛，几乎就是湖中一块不大的葫芦状高地。不过，那土看上去很瓷实。几个穿着自己缝制的粗布背心的男人，戴着骨头制成的项链，远远地看见我们，便热情地朝我们挥手。这附近的水域看上去并不怎么干净，孤岛周围漂着一些空塑料瓶子、垃圾袋、一次性纸杯等，大概是偶尔有不文明的游客到来，随手将垃圾丢在水里，让这美景蒙羞。初临小岛，我对这里的印象不怎么好，甚至有些排斥。我发现，若只有美景，没有具备美好心灵的人，将是何等的悲哀。

在小岛的东侧，有一张简陋的木桌，几个肤色黝黑的老头，围在那里打着扑克。几个穿着渔家子弟特有的粗布绣花服饰的孩子，在他们的身边走动嬉戏。年轻的船人帮着把我们的快艇拴在附近的树上，又扶我们下船。

就是在脚踏上那片土黄色的小岛时，我突然觉得那仿佛是另一个世界。这狭长的小岛间种了一棵树，树冠很大。据船家一位老者介绍，人称这棵树"一亩枣"。它的树冠几乎遮盖了整个小岛，这枣树是嫁接在软枣树桩上的，并说枣庄市因此而得名。水里倒映着枣树婆娑的树影，西侧是两栋制作精巧的小木屋，屋前摆放着当地生产的旅游纪念品。沿着岸边，停靠着几艘木船，有的船头上站着头戴斗笠、衣襟敞开、哼唱小调的老人。他们有着稀疏花白的头发、棕色的皮肤。还有的船上立着身着素色花衣的姑娘。她们安静而腼腆地微笑着，身上有着属于水乡的独特气质，是荷花之外对湖面的别样点缀。湖水、阳光、荷塘、船家，听起来有些枯燥，但又有些令人向往，它们比我们天天惯看的人流、汽车、高楼、立交桥不知要多出多少生机。

我们上了其中一位中年男人的游船。那是个摇摇晃晃、斑驳陆离的小木船，船上却加装了柴油发动机。船家启动柴油机，小船徐徐向前移动，往荷塘的深处驶去。船越向深处划，两侧越安静，仿佛世界只剩下我们在荷塘深处里游戏。

驾船的渔人，头戴淡黄色的草帽，沉默地坐在船尾，守候着柴油发动机，把持着船舵。他有着这个世界最美的身型，古铜色的肌肤上闪烁着晶莹的汗珠；他靠在那个和木船格格不入的铁皮围着的柴油机旁，黑色的烟雾从机箱内喷出；他眯着眼睛，不时左右躲避。我抬起相机对着他，调焦，极力地抓住每一个瞬间。他看见了相机，不言语，只是用那双厚沉生茧的大手，遮住了脸，遮住了那张藏满阳光的脸。他害羞的感觉，让人觉得普通，普通到除了这满目的荷塘，再没有人记住他。我缓缓地移开相机，那一幕没能留在相机里，却留在了我的记忆里。

那渔人撑着船，向更深的湖心驶去。湖心的深处是连片的荷塘，我们的船拨开红花绿叶，钻进荷塘深处。油绿色的荷叶摸上去有些发涩，高高低低，有些在空中悬着，像美人撑起的阳伞；有些恰好浮在水面，像青蛙铺在水面做游戏的绿毯。荷花也各有千秋，有的是含苞待放，微微绽开；有的是一个荷箭，直指半空；有的已经完全开放，花瓣落在周围的水面上，露出未成熟的莲蓬。船头很窄，我蹲在上面，若是看到已经成熟的莲蓬，便用手够着，向左一扭，便摘了下来。

我们就这样，穿梭在荷塘深处，与渔人为伍，同游鱼嬉戏。

# 你若安好　便是晴天

## ——游学英国随笔

"轻轻的我走了，正如我轻轻的来，挥一挥
衣袖，不带走一片云彩……"

——题记

　　拿出信纸，拿出笔，仰望窗外的那一份蓝。白羽的鸟儿划破宁静，撕扯着白云。你是不是也常常这样，坐在古老的英式屋内，看着如画的蓝天，想念着她？她那齐耳短发、浓眉大眼，她的一举一动、一颦一笑，一定令你无法忘怀。

　　柔和的微风能吹起一片片涟漪，却吹不起你那乌黑秀美的发丝。荡起双桨，混混行驶的小船，撩拨谁的心弦？只知道那样的日子，是蓝蓝天空下比翼双飞的鸟儿，在纯净的海洋中，坠入深渊。

　　来来往往的情诗，是在哪一刻消失不见的？一封无情的家书，断绝了一对爱人，给予了他们痛不欲生的思念。是在那个雨后的黄昏吧，她痛苦地背上行囊，悄悄地离开这座古老的大学。雨后的潮气混合草地的气息，是她对剑桥大学最后的留念，转过头，泪流下。

　　再也找不到，那美好再也找不到。你在小船上的孤影，印在水中却是他的模样。这般的虚无缥缈。你知道，她走了，但思念留下了。

那些个日日夜夜，梦魇中的泪水，痛失的爱化作仇恨，可你无论怎样折磨自己，失去的注定失去。还想，撑一只小船，在康河的柔波里放歌，只不过听你放歌的只有夏虫。

空洞的眼神，和你嘴唇轻轻吐露的那三个字：林徽因。

那些过去的故事永远地过去了。他们扮演了不同的角色，或悲或喜。他们留下了，那些在剑桥大学中永生难忘的记忆。沿着古老的城墙走着，放眼望去，暗红色的瓦片，徘徊在天空中的鸟儿，漂泊在水中的小船，波光粼粼的湖面上还泛着淡淡的笑容，甜言蜜语的情话卷入康河的柔波，燃起一丝火焰。离别，中式离别，思念，从未停息。他们思念的剑桥和剑桥的生活，一去不复返。

若是有情人，终成眷属。情书便燃烧了青春岁月，思念了却了浪漫年华。

当你穿上一身洁净的婚纱，站在铜镜前，是不是也魂不守舍地想那古老的大学城，想念康河的柔波，想他。

我就这样呆呆地望着长长的小路，呆呆地望着小路两旁的学院。我好像同它们一起陷入了一段过往。

长恨便是长爱，因为不能长相厮守，而怨恨百年。他们没能执子之手、与子偕老，却留在了对方的爱恋与情谊之中。

相爱，相恨。

# 坎特伯勒的人间烟火

## ——英国家庭体验

觅来一排石阶，相伴而坐。我眯起眼睛，望着太阳落去的地方。那一刻，远处的大海泛着红晕，与那玫瑰色的晚霞连成一片。成群的海鸟从碧蓝的天空中划过，欢乐的叫声渐行渐远。美好得就像昨夜的梦境或者童话。

初来 Heren bay，我们的英国家庭带着我们四个中国小丫头，到海边散步。英国的晚上 7 点，天依然那么亮。只是风又凉了许多，吹在肌肤上，冷得发痒。Edward 看见了一群停息的石边的海鸟，尖叫着冲了过去。惊慌的鸟儿，猛地从地面跳起，张开翅膀，从我们的头上飞去。我抬头仰望，发现它们飞得离我们那么近。好像我只要伸出手，就可以摸到它们那柔滑的羽毛。有那么一瞬间，世界仿佛静止了，海鸟美丽的双翅遮住了太阳刺眼的光，留下温和的余光从它白色的翅膀后透过来。它们的身后是一抹彩色的晚霞和整个碧蓝的天空。

不远的前方，赤足的孩子们，在浅浅的海湾你追我赶地疯跑着，粉嫩的脸上挂满汗水，无忧无虑的，就像一群可爱的天使。夕阳无限，我有着内心强烈的冲动，随着风儿慢慢移动着双脚，我想和他们一样，沿着那浅浅的海湾奔跑，留下一串属于自己的足迹。不会忘记，在沙滩上迈出的第一步，踩着沉甸甸的幸福。风真的会唱歌，伴随着我追逐夕阳的脚步，拉长的影子旁，还有Edward灿烂的笑容。我向他做了个鬼脸，他却不理睬我，自娱自乐地手舞足蹈，在沙滩上寻找什么。等他抬起头，用他那双蓝蓝的、清澈透亮的眼睛望着我，捧给我几个贝壳。如果我能定格那个瞬间，脏脏的小手后，有一个弯弯的嘴角被挡住了，但我还是看见了，因为它就在那儿，永远在那儿。

太阳就要落入大海了，是不是不久它就会在爸爸妈妈的世界升起？我久久地凝视着远方，透过夕阳，我仿佛能看到彼岸。张开双臂，我想拥抱这转瞬即逝的美好。我眼前的一切虚幻得像梦境，我真羡慕 Edward，这场童年的梦，还会沉睡那么久。

如果没有那一抹余晖，我就分不清大海和天空，分不清童话和现实。回头眺望袅袅青烟，却又有不食人间烟火的滋味。

# 另一个世界

——2017 年游大洋彼岸随笔

### 自由女神前的遐想

低回沉闷的鸣笛声，惊走了几只灰白色的海鸥。Lady Liberty 号游轮，缓缓地驶离了码头，游客站满了观景台，他们把手臂伸到栏杆外，向码头奋力挥手，不知道他们在告别什么，但那种感觉，却让人心动。我眼前浮现的是泰坦尼克号游轮驶离码头的景象，也许那要比现在更壮观，但我还是久久地盯着驶离的轮船，静静发呆。阳光正好，照得海面波光粼粼，他们远去的背影和离别的欢呼，显得那样明朗清澈；微风不燥，吹到人的心坎里去，一切都和往日如出一辙，那些笑声、赞美惊奇之声、相机留下的咔咔声，会在每一天的 Eill 岛上响起，不足为奇。足以为奇的是我，第一次亲眼看到了，波澜壮阔的大西洋，自由女神的真面目。

游轮劈开微波荡漾的海面，激起一团又一团银白色的浪花，海水在阳光的照射下，近的发绿，远的发蓝，似一条渐变的冷色色谱。浪尖与浪尖相撞，尖部便激起白色的泡沫，被小小的波浪顶在头上。有那么一瞬间，像极了山尖被雪覆盖的富士山。浪平了，白色的，绿色的，蓝色的，扭曲在一起，那是透彻的翡翠上雕刻的白色祥云。

远处，仿佛一直都那么遥远，是看不见的彼岸，来往的有挂着淡蓝色帆布的船只，几个闪烁银光的冲浪板，还有挂着星条旗的桅杆。

# 棱 角 天 空
## ——我所看见的美国街景

美国，纽约。

走在窄窄的人行道上，两侧是咖啡色的石板，带着发灰色调的楼房，笔直的沥青马路上，塞满了大大小小的车。走过的行人，每个人都仿佛沉醉在自己的世界。你的目光扫射周围，耳机、墨镜、口罩、遮阳帽，他们就像一扇打不开的门，紧紧地锁着属于他们的全部秘密，与这个世界格格不入。但是，他们属于这里，他们塑造了这里。是他们的生活演绎了那些冷暖与共、爱恨交织的匆匆岁月，填充了那些参天的高楼大厦、拥挤的十字街道、深邃的地铁和沉默的站台。他们让世界变得立体而丰满，有血有肉地活着。

有的时候，我会抬头仰望。纽约的天空，不是草原上的天空，不是海面上的天空，不是山谷里的天空，那是一个有棱有角的天空。无数栋高楼大厦拔地而起，忽高忽低，参差不齐，那是一种凌乱的层次感，却显得异常立体。在透明的大厦玻璃上，浮动着明媚的阳光和低飞的云，它们伴随着人们的脚步，暗波涌动。有时人们会抬头，看见大厦墨蓝色晶莹的外壳上，闪过一抹银光，映着金边的淡粉色云朵，然后他们又习以为常地低下头，沉醉在自己的世界里。

每一次抬头，我看见的都是残缺的天空，那些边边角角的视野，被鳞次栉比的大厦遮挡住，只留下一块瓦蓝色的天空，好似一块散落的蓝色布料。那是压抑中的唯一释放，是纽约的出口，所有的思念和祈祷，会从那楼房间夹着的洞口飞出，并捎去一些对云层的问候。唯一的蓝色，是住在纽约的人们习惯又珍视的全部，那棱角的天空，像是一个缺口，在那缺口里，有他们看见世界的全部。

# 冷　世　界
## ——纽约地铁

那是不见天日的地方，灯管发出的冷白色幽光充满了整个世界，铁制的金属扶手上，好似浮着一层熔化的白银。无法想象，在那些参天高楼的脚下，是无数幽阴的隧道、孤独的站台和拥挤的人群。那些匆匆而来又匆匆走去的地铁，掀起一阵阵的空洞的风，好像百年来从未改变。

素不相识的人们，野蛮地、争先恐后地在窄窄的列车铁门口进进出出。从他们的眼神看，好像此时的世界与他们毫不相关，他们用看怪物的眼神，冷漠地看着这匆忙流逝的一切。有穿着灰蓝色破洞牛仔裤、乳白色厚外套的白人姑娘，戴着耳机，嘴唇扭曲地说着什么，带着神秘的笑容；有穿淡黄色皮夹克、深棕色条纹西裤的亚洲男士，提着磨得有些破旧的皮包，不以为然地站在那里，沉默地环顾四周；有戴着深黑色橄榄球帽、身穿蓝红两色格子衫的黑人，靠在发灰的墙面上，目光呆滞地仰望空中……更多的形形色色的人们，低着头，看着那发着微光的手机屏幕，或笑，或皱眉，或面无表情，他们在那同一班地铁上，彼此隔绝。有那么一刻，我觉得生活的冰冷超过了目光及触的冷光，手触金属的冰凉，那是一种冷漠，就好像一个人突然倒下了，人们丝毫不予理睬，跨过他，继续自己的生活。

情不自禁地，我抱住了自己，尝试给自己一点点温暖。

# 沙　盘　世　界
## ——One World 大厦的俯瞰

那些林立的高楼、车水马龙的桥梁，透着钢筋和水泥的寒冷，笼罩在白雾朦胧的日光下。在街道上，仰望 One World，光滑透明的蓝色玻璃窗，越来越窄，它们仿佛还在生长，直插入云霄。因为渴望接近天空，眺望远方，所以，我们坐电梯来到 One World 观景台。

102 层，俯瞰，林立参差的楼房、鳞次栉比的大厦密密麻麻地排布着，震撼到让人受伤的地步。同时，它们又变得那样小，遥遥相望的帝国大厦，比手中的水杯还要小，整个纽约城尽收眼底，所有的建筑一览无余，就像一片 3D 的沙盘，真实里带着虚伪。我想起曾经登上泰山极顶，俯瞰远方的时候，整个世界一半是触手可及的天，一半是无边无际的绿。无数大大小小的翠色山包、泛着银光的山涧河流以及广阔无垠的、绿得流油的田野，俨然是一条毛绒织成的山水画毯子。而山下的泰安城就像小朋友摆弄的一堆积木，那时你会真正体会到唐代诗人杜甫"会当凌绝顶，一览众山小"的诗情画意。那种登高望远的感触，只有亲自登临者才能体会得到。在山脚下的时候遥望群峰矗立，山高路远，不由得畏难发愁；攀到半山腰的时候仰望近乎直立的十八盘，觉得南天门遥不可及。直到登上山峰俯瞰，才觉得岱宗的雄伟和群峰的渺小。与今日相同的感受是站在高处那冷飕飕的风，而不同的则是站在这 102 层的大厦的观景台上，没有杜诗的那种感慨，反倒是随着越来越冷，我的心中多了些许孤独感。是啊，人造景无论如何巧夺天工，又怎能与造物主的鬼斧神工相比呢！

我静静地看着，纽约的城市，大西洋的海面，我看不见一个人。我觉得那些重峦叠嶂的山峰和鳞次栉比的大厦在重合，在缩小，小到出现在同一个沙盘，小到整个地球都成为宇宙沙盘里的一颗尘埃。

## 草坪上的家庭
### ——草坪上给小朋友们照相

华盛顿的林肯纪念堂前，是一块草坪。草坪薄薄的一层，站上去却着实松软。草坪上人们躺着，坐着，奔跑着，寥若晨星般散落在绿色的巨大毛毯上。这里的微风让人忘却了纽约的浮躁，能够沉下心来看这个世界。低头看是一尘不染的草翠，抬眼看是碧空如洗的天蓝，有那么一刻，我觉得自己的心，赤裸地放在那凉飕飕的晨风之中，舒坦安逸地跳动着。

这里的一切，比纽约都要慢，空间好像也比纽约要宽敞。草地上天真烂漫的小孩子们在追逐嬉戏；成片的鸽子自由自在地啄食；三三两两的游人仰面躺在草地上，慵懒地晒着太阳，生活在暖阳下懒散而自在。我注视着树荫下的一家四口人，爸爸和妈妈坐在草坪上，两个萌娃在他们身边蹦来蹦去，像两只圣洁的天使。他们欢呼着，跑来跑去，是那种孩子式的撒欢儿。金色的阳光在翠色的草尖流淌，他们清澈单纯的童年，融化在一片片金灿辉煌的浮光里。我被迷住了，那是属于一个家庭最简单的星期天的早晨，他们的孩子在林肯纪念堂前的草坪上玩耍，没有什么特别的景象，只是觉得世界变得单纯了，眼里还有幸福的泪光。追忆我的小时候，却只有几位老人陪在身旁，那时父母都很忙，他们带我出去的次数寥寥无几，但也一定像这远方的情形一样美好。

如果是往常，我可能会在远远的对岸悄悄看他们，但那一刻我想做的不只是一个感动者，更是一个参与者、记录者。于是我端起相机向他们走去。

踩在松软的草地上，我觉得每一脚都踏得很深，但却好像有一种无形的力量托住了我，让我陶醉在松软中的双脚不再下沉。蓝天、白云、草地、萌童，我仿佛在一步一步地走进电影中的某一个画面，走进一个梦幻般的世界。

几句交谈，听说我们要为他们拍照，他们的父母爽快地答应了，边频频点头，边教两个宝宝摆造型，脸上挂满了华盛顿人经典的微笑，嘴角微微向上扬起，露出洁白的牙齿，整张脸显得更加明朗精神。

透过相机调焦的镜头，我才这般仔细地看了那女孩：一头棕色的小鬈发，一条黑白相间的小裙子，弯卷的长睫毛，粉红的嘴唇，嫩到出水的脸蛋，无处不在的精致表情。微风吹来，被阳光照得发黄的棕色鬈发，在蓝色眼睛上面随风飘动。她安静地站在草坪上，手里拿着粉红色的雪糕，直勾勾地盯着镜头，没有特别微笑，也没有特别表情，任头发遮住幽深的蓝眼睛，散发着由内而外的女王范儿。等着相机痛快地响了几下后，她歪着头，用舌头左舔舔，右舔舔，不断变换身姿，等待我再次按动快门，那天真呆萌的模样真是可爱至极。于是，我就跪在、趴在、蹲在她的面前，咔嚓、咔嚓、咔嚓，不时地按动快门，仿佛这宽广松软的草坪，就是巴黎时装秀的大舞台。

突然，一双明亮的蓝眼睛出现在那未定格的画面里，闪着懵懂的金光。大概是那小男孩，看着我一直在给他的姐姐照相，便也凑过来。我定睛看去，白皙的、胖胖的脸蛋上，蹭的都是半干的巧克力，他却丝毫没有察觉。他专心地看着手里的雪糕，弯卷的睫毛向上翘起，在目光下垂的那一刻，勾勒出一条完美的上扬曲线。

两个孩子，草地上，树荫下，非常享受地边吃着雪糕，边注视着相机的镜头，那直勾勾的眼神，还不时地扫一下一旁笑盈盈地看着他们的父母。他们好像忘记了那些炎热，也忽略了眼前的我与他们肤色不同。他们这样的简单、美妙，我陶醉在他们微微发甜的清爽中。他们的可爱不需要任何的修饰与装扮，浑然天成的感觉，是一种心醉。

他们的父母给我写下了邮箱，我心不在焉地应付着，却依旧专注地盯着俩孩子。看见他们在斑点的光亮下，友好而幸福地笑着，那是属于他们的那种天真烂漫的笑。我感到了一种真实，像是看见刚学会走的小宝宝，跟跟跄跄地向前跑；像是看见母亲温柔的臂弯里，抱着一个睡眼惺忪的孩子；像是看见小朋友用舌头去舔他那似花的小嘴巴：那是一种令人融化的懵懂。透过伞状的树冠，阳光稀稀落落地洒在草地上，像跌落到地上的星星。在那亮点斑斓、树影婆娑的草坪上，孩子们追逐着蝴蝶，牵着大手的小手，和谐得令人陶醉。

有时候会微微羡慕，他们绿草坪上的童年，他们的家庭会在每一个星期天的早上出现。对于我而言，那是一种活着的童话。

## 摔倒了，自己爬起来

天不是很晴朗，在很高、很高的天空，乳白色的云层和远方褪色的山脉融在一起。那是雨前湿润的气息，青草散发着特殊的清香，露珠挂在枝头与草尖，滴滴答答地坠入泥土的怀抱。

草坪像缓缓的绿色波浪，一条蜿蜒曲折的石阶，像一条伏在草地中伸缩的灰色的蛇。那一刻，世界异常的沉默，乳白色和翠绿色沿着远处的山脉搅在一起，几块白色的大理石石碑，陪伴泛着金属光泽的雕像，远远近近地伫立着。远处的马路上偶尔传来汽车飞驰洒下的唰唰声响，再没有别的什么。

我们走了很久，便在公路旁休息。"Hi"一句清脆稚嫩的声音，划破了寂静。不远的草地上停着一辆婴儿车，探出一个可爱的小脑袋，他懵懂地、呆呆地凝望着我们，脸上挂着稚嫩的羞涩。

一位红色头发、微微发胖的女性坐在他的身边，那是他的母亲。她朝向我们友好地笑了笑。我当时正端着相机，便走过去与他们搭讪。

淡棕色的头发、白嫩的脸蛋，两颗刚刚长出的乳牙咬着粉红的嘴唇，看上去有点腼腆。他既不哭，也不闹，坐在长椅上，用那种好奇的表情注视着我。不一会儿，他开始在长椅上爬来爬去，他的母亲把他抱起来放在草坪上，他一颠一颠地爬行在绿油油的草地上，自娱自乐，一边爬，一边还咿咿呀呀地叫着，一会儿他又晃晃悠悠地站了起来，边跑边叫，好像在和谁追逐嬉戏似的。我的镜头对准他，一次，又一次，直到我熟悉了那有些陌生的外国孩童面孔，以及他摇摇晃晃的身子。

我一直蹲在草坪上，跟在小宝宝的后面，他的母亲一直站在我俩的一旁和一个姐姐聊天。突然，他摇头晃脑地跑过来，歪着头看了看我的相机，又开心地跑走，刚跑了几步，他自己绊了一跤，小身子前倾摔倒在绿草地上。我当时两只手都拖着相机，看到他即将摔倒，赶忙上去要扶，可他还是摔倒了。一瞬间，我觉得整个草地顿然安静了，安静得甚至有一丝窘迫。我僵在那里，等待着一声打破寂静的号叫，还有满脸泪珠的哭泣以及他的母亲三步并作两步冲上前来，检查他有没有受伤，将他抱起。我准备好了这一切，它几乎就要发生，像是在我的家乡总会发生的一样。

可是，这些却都没有发生。只见小宝宝在地上趴了一会儿，回过头来看看我们，那张本该有着泪水的脸却堆满娇嫩灿烂的笑容，那笑中有几分得意，好像也有几分自嘲。

那位母亲站在后面一边聊天，一边冲小宝宝微笑："You did a good job." 她用那种最坚定、最灵动的声音说。于是，那小宝宝摇摇晃晃地站起来，仿佛什么都没有发生一样，继续在湿漉漉的草坪上奔跑。这是我最佩服美国母亲的地方，也是我最佩服美国小孩子的地方。

一旁围观的中国留学生也都很惊讶，我们便与那位年轻的母亲攀谈。她特别开心地给我们讲她的小宝宝成长的故事。"孩子的成长离不开摔倒，这是很正常的事情，第一次他摔倒，会想哭，他会看向你，那个时候你的表现，决定了他面对困难的态度。你要告诉他，这没什么，并鼓励他自己站起来。如果你表现出很担忧的样子，他会哭得很凶，他会加倍地觉得需要你，这样他长大后会非常脆弱与懦弱！"

那时我看着她的脸，白皙的脸上镶嵌着一双蓝色的大眼睛，眼角在大笑的时候有一些细密的皱纹。她绘声绘色地讲着，时不时地动手比画一下。我觉得她是一个幽默风趣的母亲，是一个睿智的好母亲。"他们会在想要东西的时候哼哼唧唧，难受得要哭。这个时候你要告诉他如何表达他想表达的意思，要让他冷静地说出来，然后再奖励他。要给他讲道理，而不是在他做不好的时候发脾气，孩子喜欢那些给他讲道理，但又有耐心的人。"

听完这几段话，我对这位母亲肃然起敬。她享受作为母亲的这种感觉，并知道怎样正确地引导一个孩子。曾经常常看到一些孩子摔倒了就哇哇大哭，其实并没有伤到什么。家长心疼宝贝，捧在手里怕碎了，含在嘴里怕化了，一点风雨和挫折也不愿让孩子承受，总喜欢帮孩子打理好一切，这样长起来的孩子往往很脆弱，也很低能，禁不住人生路上的挫折。孩子需要释放天性，需要摔倒，需要面对挑战，需要自己动脑筋解决自己遇到的困难和问题。一个真正的好母亲，是站在不远的草坪上看着他奔跑，在他摔倒了要哭的时候，告诉他"It is not a big deal"，然后鼓励他自己站起来。

我们在谈话的时候，好几次，小宝宝抓着一座雕塑推车的横杆荡秋千。我担心他会摔下来，几次想去扶一下他。但他的母亲很自信地摇摇头，跟我们说："让他自己玩吧，摔下来也不要紧的，那都是他需要体验的。"这位母亲可做亿万母亲的导师，我想。

宝宝最后被抱上了路边的长椅，他用那种好奇的眼神望着我不断对焦的相机，"Camera"他一边指，一边用稚嫩的声音说，并用渴望认可的眼神望向他的母亲。临别前，我顺便摸了摸他头上软软的小头发，捏了捏他在草坪上踩得湿湿的小脚丫，还抱了一下这个可爱的乖宝宝。他坐在长椅上，用那种好奇的眼神看着我们。"Bye"他挥舞着小小的拳头，抿着肉嘟嘟的小嘴，用那种最稚嫩的方式跟我们道别。

天空是一望无际的白色，天空的下面是波澜起伏的绿色，我们的车沿着田间公路越行越远，那个小宝宝稚嫩的声音和他摇摇晃晃的身影还在我的脑海回荡。很久，开车的姐姐突然问道："他以后会上纽约大学吗？还是不远处的俄亥俄州立大学？他会成为一名能让我们记住的人吗？还是永远地留在那片美国的乡村？"

我们沉默了，回复她的是飞驰而过的声音，是两旁快速倒退的树木和田园。但吹来的风告诉我，他的母亲是一位好母亲，他会是一名好孩子。

坐在疾驰的大巴车上我浮想联翩，我想起了我已渐渐远去的童年，想起了辛苦陪伴我长大的父母，谢谢你们！谢谢你们这么多年的养育和呵护。但不远的将来身为孩子的我们也会离开父母，独自走进这个荆棘丛生的世界。放开你们的手吧，亲爱的父母，请用你们那并不放心的眼神注视着我，我可能会摔倒，也许会走偏一些，甚至会遍体鳞伤。在我们想哭的时候，请你们微笑着说："你做得很好，自己站起来吧，这不是什么大事！"慢慢地我们就能学会坚强；当我们遭遇挫折，摔倒在地，爬起来继续前进的时候，请你们用力鼓掌，大声地说声："加油！"哪怕没有回头，我们也一定会按照你们希望的那样，义无反顾地走下去，直到成功。

## 慢　生　活

席地而坐，才觉得视觉中的广阔是这样的耐人寻味。从纽约到华盛顿，又从华盛顿到伊萨卡岛（Ithaca），觉得生活的节奏一点点地慢下来。街道上，冷漠的表情变成了友好的点头微笑，野蛮的争抢变成了礼貌的谦让，拥挤的街道变成了宽阔的草坪，高楼大厦变成了独栋的矮房；追逐时间的脚步变成了陪伴孩子成长的停留：奔驰的节奏恍然慢了下来，让人有一种时间停滞的错觉。

记得初三冲刺中考的时候，怕迟到，我就背着沉重的书包，一边跑，一边往嘴里塞面包。窘迫中带着疲惫，心里又是急，又是气，有时甚至羡慕退休老人的生活。所以，常常和朋友谈及关于生活节奏的问题。清晰地记得那时候我说："我想过那种每天写写文章，遛遛弯，慢慢地吃饭，安安静静地看点书的日子。"我还记得她也极力地点头，说了那么多羡慕老头、老太太的生活的话。

后来真的如愿以偿了，中考完，尘埃落定，初中的一切都结束了，忙碌紧凑的时间砰地一下刹住了，缓慢到大把的时间让人不知所措。于是每天和姥爷待在家里，感受退休老人的生活。不过刚过两天我就难受得不行了，嚷嚷着什么时候出国，什么时候开学，那种漫长的孤寂沉默，让人由内而外地空虚和急躁。我甚至开始无聊地对窗思念，甚至思念我们初三做过的卷子，思念同学讲的段子，思念老师的那些指导，思念所有人奔跑在八百米跑道上的压力。我突然间看到了那样的一幕：在曾经的某一个清晨，我背着沉重的书包，一边跑，一边往嘴里塞面包，匆匆忙忙地从胡同里跑过去，那些买完早点步履蹒跚的老人，望着我的背影，嫉妒我的青春年华。

生活就是这么神奇，快节奏的时候，就觉得自己适合慢节奏，而真正当生活的节奏慢下来了，一切又都不是那么回事了。大概是当人处于快节奏之中时，有一种本能的惰性吧！我们总是渴望好的、舒适的，渴望时间可以随着节奏的缓慢而停下，可那是不可能的。对于这个世界上的我们而言，最可怕的好像是，生活节奏慢下来了，但时间依然我行我素地流逝着，而且一去不复还。

## 湖　　光

我们的车从公路上拐了下去，沿着一条很陡的石子路一路向下，车子停在了一片石滩，那里没有人，只有绝美的风景。

湖水清冽，近处是黄绿色的几株水草，细碎的石块。远方是一片藏蓝，浪波轻柔地涌上石块堆积的湖岸，像母亲抚摸婴儿。清澈的水，涌上去时，石滩是拇指般大的碎岩石；退下来时，是无数细碎圆润的小石块。那些斑斓的砂石被打湿，留下的是那种潮湿的深色，堆积成弯弯的一条湖岸。西方的天空，倾泻明朗的黄色光波，斜射在蓝色的湖面上，微风轻拂，闪烁着粼粼的碎金子般的光，在碧空如洗的天空中，荡漾着悠长柔软的蓝调。一片藏蓝的湖天，华美到几乎受伤的地步。那个午后，阳光正好，微波荡漾，推开车门，饱览了人间绝美风光。

融化在大自然怀抱的那一刻，是脚尖触碰冰凉的湖面，晕开一阵阵圆弧的水波，所有的烦恼和负能量都以电流的形式导进了湖水，在天、地、湖之间，显得这样渺小。脚下的石头滑滑的，踩上去，有些不稳，摇摇晃晃地站着，可心里却是欢喜。抬眼看，远方是湖蓝的水面，水面的远方是绵延不绝的山脉，山脉的远方腾着一片青色的雾，像是一场遥不可及的梦。我就这样，提着鞋，漫无目的地沿着湖岸线，向更远的地方走去。湖水有些凉，但让人感觉很舒适；石块有些硌脚，但让人有一种与大地亲密接触的真实感。风从湖面吹来，是那种能让人有些瑟瑟发抖的凉意。还好，有那西斜的太阳暖暖地洒向大地的光，给了肌肤最渴望的温暖。

那是一种无人涉足的沉默，除了风的耳语、山谷的回响、水鸟的徘徊、湖的微波，就是万物默默的生长，完全是一种自然和谐的美。那里的一切都是不属于人类的简单和沉默，但却像是所有人心里向往的那片极乐净土。

五指湖是藏在镂空的窗格里的天堂。恍恍惚惚地觉得，世界之初到处都像这里，令人迷醉。多想沿着那没有尽头的湖岸一直走下去，直到夕阳把水平面晕染成殷红，一轮皎洁的皓月悬挂在朗空。那时，微风能把我吹散，让每一颗尘埃和碎片沉睡在绝美的天际。

## 湖 畔 小 屋

车在美国的乡村里奔驰了很久，沿着那些七拐八拐的石子小路，行得越来越深。两旁的树木显得更加茂盛，小路显得更加曲折。颠簸了一段，车便在半山腰的地方停下了，那荫翳的绿色树林，硕大的翠色树冠组成了眼前美妙的世界，镶嵌在其中的，一间斑驳的鹅黄色墙身、冰蓝色砖瓦铺盖的顶棚，像是那种童话里的小屋。

推开门的那一刻，"吱扭"一声，瞬间把人拉入那种梦幻的世界。房间内全部是不同于外景的暖棕色，到处是木框的照片墙，古朴的万花筒图案地毯，做旧的褪色小饰品，华丽布料的陈旧吊床，充斥着强烈的异国风情，给人一种温馨感。

推开二层的门，是朝向广阔湖面的阳台，暖光透过葱茏的灌木，留在咯吱作响的木板上，大大小小颤动的亮点。翠色草坪上沉默着那些大大小小黑影，像一条斜斜的长线。天上有一片白雾朦胧微红的天际，与它相接的是波光粼粼的金波。

远方在那些微风抚过的地方，藏着多少写给岁月和山水的诗歌，碎发飘摇，树影婆娑，微波荡漾，水鸟徘徊……

## 流 光

醒来的时候，世界很安静，很沉默。不远处的湖面上腾着一片氤氲轻柔的雾霭，遥远的小山峦涂着一层柔软的乳白色，像一幅被水洒湿的山水画。整个森林充斥着各种昆虫和鸟儿轻灵婉转的鸣叫。我想象着无数奇形怪状，长着长长触角的小虫，躲在深棕色雨水浸湿的洞口，诉说着那些关于它们的故事。几只霓裳般羽翼的鸟儿，纠缠着划过天空，肆意地撕扯着云雾，它们用最清澈灵动的歌喉鸣唱，那是一首对山水和自然的赞美诗。并不刺眼的白光透过半开的窗帘和透明的推拉门，聚集在屋内。房间里暖色的复古陈设仿佛正在苏醒，睡眼惺忪，在朦胧的晨光中缓慢地喘息着，仿佛他们都有生命似的。微风，清晨的第一缕微风，夹杂着潮湿的水汽，扑面而来。在它消散的那一刻，我感到温热的面颊和脖颈上，留下了阵阵清凉。

忘不了昨夜，啤酒瓶在昏黄的灯光下碰撞，清脆的声响，像微风拂过风铃，清脆空灵地颤动着。在台灯暖光的侵蚀下，啤酒瓶浮掠着黄绿色的莹莹之光。顶着白色泡沫的啤酒在绿色透明的玻璃杯中晃荡，久久不能平静，像月光下的海面，浪峰撞击，留下漂浮的白沫，像一层打发的蛋清。桌面簇拥着啤酒瓶，坐在阔绰的大厅里酒气飘香，一束暖色黄光下，是我们挂满笑容的脸和闪烁明亮的眼睛。那一刻就像电影里的一幕，像一张加了岁月特效的照片，好像这一天我们等了很久很久，在这里的遇见来之不易。畅谈，每一个人都在讲述自己的故事，只有我，独自一个沉默的倾听者。他们谈论关于过去、今天和未来。在他们的回忆里，时空仿佛可以任意穿梭，我能看到他们说到的那些画面，就像偷看一个人的相册。我听见爸爸摩挲着酒杯，望着头顶那盏昏黄老旧的灯感慨，他说："我是看着你们长大的啊，我还记得高中的时候，你们还那么青涩，也就是转眼间，十年过去了，你们在美国都留学了这么久，都这么成熟懂事了，真的很欣慰。"他的眼里闪烁着光，但那光不是泪，他点点头，很沉重的样子，眼角有些低垂，藏在那深深皱纹里的是岁月的痕迹，"很欣慰"，那是他微微颤抖的声音。我看着围坐的他们，这世上最温馨的一刻，重逢后的回忆，关于过去的那个有哭有笑的十年。不知道下一个十年会怎样，我会在十年后的一天，也和他们感受到相同的释然和责任吗？我会坐在一家家庭旅馆里，和我久别重逢的导师和校友喝啤酒，畅谈人生，打扑克消遣吗？旁边还会坐着一个小姑娘吗，就像现在的我一样？大概也是导师的女儿。

人生如梦，十年，十年，就这样地过去了，听起来有些疯狂，但更多的是夜以继日的平凡和煎熬。也许只有在回首的时候，心里才会有那么多滋味吧！含着泪举杯，微笑着喝干最后一滴酒。饮下的酒就像过去的岁月，让人有些晕眩、沉醉，不能自拔。

那个时候，窗外下起了小雨，雨滴又细又密，落在繁盛的枝叶上，滴答、滴答地坠在刷着白漆的镂空躺椅上，沿着栏杆滑下。窗外并不凉爽，大概是因为没有风，所以周围的一切都蒙着一层湿湿的水雾。那种感觉有些压抑，在漆黑的天空上，什么也看不见，但我觉得那里应该是有一团团的云，遮住了唯一的月亮。那个时候世界很静，虫鸣像一首悠扬缓和的摇篮曲，轻哄这个世界慢慢地进入梦乡。

从窄窄的过道传来了客厅里狂野的笑声，我猜到了他们的笑脸，被笼罩在台灯橙色的光波里。每一个人的脸上酝酿着红润，深深的酒窝里除了那一小片阴影，还挤满了欢乐的记忆。那一刻，他们向彼此亮出底牌，前仰后合地颤抖着。很久很久，没有那样放松和快乐，又好像是一种对压抑和沉默的释放。那种笑声振进沉厚的墙壁和毛毯的绒绒的缝隙中，沿着木质的地板和挂满照片的走廊，延伸到每一个角落。在那间远离尘世的黑色夜幕下的小屋里，哪怕没有相机的闪烁，也会在此定格。因为在遥远星空传来的缥缈的声音，是我们笑容的全部，是我们对过去十年的全部回忆。

烛光摇曳，深棕色和深紫色沉淀在木板的每一个缝隙中，古旧的窗帘遮住半边窗户，人的影子重叠着，在透明的玻璃上若隐若现。我并不端庄地坐在那铺着褪色蓝垫子、有些掉漆的咖啡色的木椅子上。那长发飘飘、身材纤细高挑、浓眉大眼的姑娘，坐在地板上，举着相机。说来也怪，我成了相机里的主角。可那时，房间里除了沉默的摆设，再没有什么别的。我突然觉得狭小的卧室变得异常空旷，没有什么能告诉我，怎样的笑才算得上美丽，所以我只好自己琢磨，有些僵硬地笑着，摆一些不知道怎样的动作。从来没有做过别人的模特，当相机对着我咔咔响的时候，我是那么不知所措，有些激动也有些尴尬。有很长一段时间，我都是那个举着相机，去记录世界的人。我看见美女摄影师趴在地上，摆弄着相机，黑色的外壳、越来越深的镜头，我不知道那深处有什么，只是知道对着它一笑再笑。不知道笑给谁看，也不知道谁会看到这笑。可我也不知道该做些什么，僵在那里，既对不起这绝好的机会，也对不起摄影师的一番苦心。恍然间感受到了，那些面对我的镜头不知所措的人们，他们也是笑，不一样地笑，就是陌生和神秘的感觉，仿佛藏满了故事，仿佛这个世界上没有比笑容更能化解尴尬的。我想起了蒙娜丽莎的微笑，那种鬼魅的感觉从她的眼睛里渗透出来，刺穿人心。我没有那样的笑容，笑起来只能说是衬托了那暖光，就像屋里的一个陈设。

那夜，过了很久还没有睡着，虽然已经很疲惫，但依然屈腿抱着膝，坐在露天阳台的长椅上，感受被蒙蒙细雨打湿。闭上眼，漆黑一片；睁开眼，背后那抹温和的光，像一种隐形的力量，让我并不怎么怕眼前的虚无。我遥望天空，那里没有星河，没有婵娟，没有嫦娥，没有玉兔，那里什么都没有。但闭上眼睛，那里有了闪闪发光的明亮，就好像是黑暗中的一丝亮光。我张开双手，伸向天空，那里什么也没有，抓住的是一片液化在我掌心的水珠和迷蒙的细雨。

有一刻，我感受得到时间顺着屋檐上积满的雨，滴滴答答地坠下，就像教堂里老钟的声响，明朗的月光在厚厚的云层后，唱着一曲悠扬的小调。

房东老太之前说过，如果天气好，这里会有流星雨。可是那一夜，沙沙的雨控制了整个黑夜，那是不会发光的雨。我的眼睛里是一望无际的黑色，没有流星雨，甚至没有一颗星星。但我依然是那样地渴望看到，一颗又一颗的流星滑落蓝黑的天际，那些闪着银光的长尾巴，一定载满了思念和梦想。垂下的目光，落在草丛中，那里成片闪烁着萤火虫发出的光亮，像无数偷跑到人间的小精灵，又像沉睡天际的星光。合十双掌，我许了一个愿，不是许给流星的，而是许给萤火虫的，那些会发光的小精灵会听到我的梦和美好的诉求。

昨夜，小楼吹南风，细雨迷蒙；昨夜，举杯再畅饮，开怀尽情；昨夜，没有流星雨，萤火朦胧；昨夜，雨声、笑声、定格声，沉睡已久。昨夜……

昨夜成了永远回不去的梦，坐在小楼的顶层露天阳台，静静地看着眼前的一切，那种感觉可以让任何一个人陷入沉思。这一刻，天空又下起了小雨，山水蒙上了一层白纱，越发朦胧。我想昨夜的雨，大概也是这样。天空是淡淡的灰蓝色，从穹顶开始一层层地逐渐淡下去，缥缈在那里的，是不食人间烟火的袅袅青烟。

# 冷　夜

　　洛杉矶的夜晚，有些寒冷。虽说是8月底穿着长衣长裤，但依然冻得瑟瑟发抖。可那些从我眼前走过的人们，大多穿着短衣短裤。如果这是电影里的一个场景，我也许会觉得这个夜晚很热。街道上灯火通明，繁华得有些过火。街道两侧的人行道上，到处是卖纪念品的小商贩、做热狗或快餐的小推车；留着爆炸发型的推销商不停地往行人手里塞黑光碟；穿着奇装异服、装扮成电影人物的行为艺术表演者，玩弄着大型蟒蛇……

　　流水一般的人群，在那条街道上来来去去，各种吆喝声、聊天声、争执声、尖叫声、笑声混作一团。我在寒冷中感到了一丝恐惧，比冷漠更深的那种恐惧。

　　我静静地站在人群中，就像小溪流水中一块沉默的石头。世界好像给我罩了一层保护膜，让我跟眼前的这些人格格不入。我看见那些坐在路旁抽烟的女人，整条胳膊都是刺青花纹；那些浑身涂了蓝色颜料躲在路旁的行为艺术表演者，出其不意地吓人；那些胳膊上、手上、脖子上放着各种爬行动物的人，不停地往行人身上放它们。

　　我的目光停在了那条2米多长的蟒蛇上，它的头部悬在半空中，但还像在地面上爬行一样，扭来扭去。它圆柱形的身体，一半是那种淡淡的鹅黄色，一半是乳白色。它那位于头部两侧、黑琉璃球般的眼睛，什么也看不到。那拿蛇的人，仿佛发现了我对蛇的兴趣，他跨过隔在我们中间的一两层人群，幽灵一般地闪现在我的眼前，那条蛇离我那么近。

　　我看见那人的眼睛里闪烁着古灵的精光，但我的反应有些僵硬木讷。他让我摸那条蛇，我伸出了手，旁边的姐姐轻轻地拦了一下我的胳膊，我的手在空中踌躇了一会儿，却还是摸了上去。

　　它的皮肤冰凉干燥。我沿着它长长的脊椎摸了下去，柔软但有力度。我刚收回了手，那人就直接把蛇放在了我的脖子上。我就觉得脖子一阵冰凉，有什么东西在涌动。姐姐见状大声地训斥那人，让他把蛇从我脖子上拿下去。可他向我们要10美元，空气在那一刻冻住了。姐姐掏出2美元打发他，并据理力争。直到他把蛇从我的脖子上拽下来，我的心才稍稍舒缓了一些。姐姐赶忙拉着我速速地消失在流动的人群里。

逃离那恐怖的鬼地方，我想自己曾经最喜欢的，是在电视里看原始森林里的蛇，隔着厚厚的液晶屏幕，看到的只是蛇最灵动的一面，一点儿也不恐怖。可现实中当那人把蟒蛇套在我的脖子上时，我简直被吓得魂不附体。我恐惧它会紧紧地缠着我，我恐惧它冰冷的身躯，我恐惧它暗中涌动的力量。不知怎的，我觉得洛杉矶的月夜就像一条蟒蛇，当你在很远、很远的地方看它时，它留给你的是繁华的灯火；当你初步接触到它时，就像触摸蛇皮一样，从指尖开始寒冷；当你深度地接近它时，你会感到无与伦比的恐惧。

## 酒　　庄

宽车带轧过碎石子路，咯吱咯吱地响着，那简直就是阳光被轧碎的声响。车子停的地方是一小片空地，空地的前方是一整片葡萄园，那些葱绿的空隙里，镶嵌着整齐的、棕色和绿色的、一片连着一片的葡萄架，整个庄园里都飘着红酒的浓浓韵味。

推开酒庄木屋的门，红酒的香味夹着冷冷的空气，一同从屋里涌流出来，一阵迷醉。木屋的二层有露天阳台，在那里可以看见酒庄的全部。那天的天空十分晴朗，微风撕扯几缕白云，阳光照在木桌椅上，洒在木制品里的红酒，又从木头中溢出，和阳光混在一起，升腾在空中。有几个留着金色波浪发型，有着一对深棕色眼睛的姑娘，坐在吧台的另一头，举着高脚杯，微微地晃荡着盛满紫红色酒水的透明酒杯，优雅地说笑着。那一刻，她们的样子就像一幅会动的油画。

走的时候依旧恋恋不舍，就这样约定，等到二十一岁那年，还要来 Ithaca 的酒庄，在那满是红酒香的木桌前谈笑风生，对着镜头摆几个僵硬的 Pose。到那时阳光和微风会一如既往，只是我们的脸上多了几条细嫩的皱纹。挂在墙上的照片褪了色，但也许我可以尽情地举杯，含着幸福的热泪回望，回望一路走来的那些匆匆时光和燃情岁月，我想也一定会谈起今天。

# 昨夜的港湾

## ——香港之行回忆录

　　5点，天空还未亮，一轮皓月挂于长空，倾泻冰洁的光波，给大地镀上一层薄薄的银粉。这是我在香港的最后一个早上，此刻的我们漫步在有些寒冷的晨风中。蕴明和她年近九十的爷爷陪我在黎明前的最后一片月夜里，依恋地走过界限街。这是星期天，只有在星期天的早上，香港的界限街上才会摆鱼市，这规矩只有附近的居民知道。

　　从幽深的街道转过来，在那条向无限远方延伸的路上，摆满了大大小小的白色塑料箱，箱子里装满了一袋一袋的金鱼，很是壮观。来往卖鱼的人拿着手电筒，在箱子上晃来晃去，时不时拿起一个，用光照着，里面的鱼就好像静止在空中。

　　她的爷爷跟我说，界限街在英国殖民期间是新界和九龙的分界线，当时路两侧的人们不能往来，两侧的居民都会自动在这条街上摆鱼，以此表达思念和警诫。现在香港回归，新界和九龙的分界线向北移动，直至狮子山。原来的这条界线变成了新九龙和旧九龙的分界线，但是在界限街上摆鱼市成了一种习惯。

　　听完这个故事，突然觉得从鱼市里飘出一股忧愁，但眼前的一切又在人们匆忙的生活中淡忘了。我们从鱼市走到花市，不知不觉天空开始泛白，东侧晕染出一片清淡的橘色，渐变到天上。卖花的人们进进出出，忙活着清早的生意。看到有人经过，他们就会迎上来春风满面地说上一句广东风味的"你好"，我们也用普通话回应上一句，冷冷的空气顿然充满了人情的温暖，飘散着鲜花的清香。

还是这个早上，蕴明坐在窗前，弹唱着吉他。她的歌声天籁一般的灵动和旷远，她的眼睛在浓密的睫毛里陶醉地微合着。还是这个早上，我拉着箱子走出这个窄窄的家庭，和每一个人拥抱；还是这个早晨，我们坐上离开的巴士，挥手依依惜别。我看着他们渐渐向后退去，最后只剩几个墨蓝色的点。

我们的香港交流告一段落，但我的内心颇不平静，激荡着千层的波浪，我的感触更是无限延伸，一言难尽。


## 回忆一：月夜下的维多利亚港湾

我们登上游轮的时候是黄昏时分。天空像被牛乳洗过一样丝滑而油润，云层很平，就好像白色的平原，又被两岸玻璃蓝的高楼映得清蒙。海风吹来，碎发飘扬，我觉得我的脸一阵儿热，一阵儿冷，微微地发痒。我倚靠在船篷里，扶着铁栏杆，绿色的油漆由于长期风吹雨打，从里面裸露出暗红色的斑斑锈迹。凝眸远视，湖蓝色的海面泛着青绿，像一块晶莹剔透的翡翠。细密的涟漪层层叠叠，像婴儿脸上的皱纹。苍白的天空渐渐暗下来，染上一层灰蓝，仿佛整个世界都弥漫着淡蓝色的香雾，又似一曲悠扬的蓝调。对岸香港岛高楼上的灯光牌子闪烁变幻，笑而不语。船渐渐离开码头，劈开平静的海面，掀起白浪。我感到自己乘着大海的波涛缓慢沉浮。

我痴痴地望着，眼前的海湾、彼岸的繁华，缥缈虚无，恍然如梦。我像坠入了沉静而安谧的深渊，被那如水墨画般的景象摄取了魂魄。我想象着，几百年前外国的航船就是这样驶入这片平静的海湾，只是那时，对面的小岛上还覆盖着厚厚的橄榄绿，没有那些鳞次栉比的高楼大厦。他们是怀着怎样的心情踏上了这片陌生的神秘国度，强迫腐败的清政府打开了国门？曾经生活在这里的渔民又受过怎样的摧残，他们会不会在痛苦的时候独自一人坐在小船上，沉默地凝视远方和大海？毋庸置疑，时代变了，但大海和天空还没变，它们一直在那里记录着发生的所有故事，他们用最博大的胸怀去包容、去守护。船在码头转弯，青碧色的海面撞击出层层白沫，就像玉石里柳絮一般的杂质。

当我们登上摩天轮的时候，天空还是亮的。等我们走下摩天轮的时候，天空已是一片漆黑，远处的璀璨繁华淋漓尽致地展露出来。璀璨的灯火围绕着灰蓝色的海湾，海湾两畔的楼房里的灯亮了起来，像一片栖息着萤火虫的草坪。

香港的夜晚，各色的灯火不曾停歇地闪烁和流动，斑驳陆离，令人眩晕。摇滚的鼓点在地板的罅隙里振动，但直到走出来，才觉得海湾那边是遥远的喧嚣。


## 回忆二：演讲在刺沙

这是我最不紧张的一次报告，也是第一次在正式的公众场合做英文报告。拿到话筒的时候，还有些紧张，但是当我的声音随着话筒从音箱传出，传达到听众的耳膜里的时候，我的心渐渐平静了下来，微笑着向台下的人讲解。

在这个过程中，我也有错误的地方，因为脱稿又和场上的人进行目光交流，一时间忘记了下一句话，但我清晰地记得我是如何淡定地用自己组织的语言弥补这个遗忘，继续努力地保持微笑。报告结束后，我们坐在观众席里倾听了其他两个城市的学生作的报告。我们人大附中是唯一脱稿的，并且与现场有互动的。那一刻，自豪感油然而生，我们的付出让我们赢得了场上所有外校学生的掌声。我想起，在出发前我们那样重视这次报告，一行十二个人多少次抽出时间来集体排练和演习，稿子改了一遍又一遍，从中文稿，到英文稿，再到口语稿，反复修改、琢磨、切磋，连放学回家的路上嘴都不停地叨念着，于是才有了我们今天在场上的从容、淡定和大气。

下场的时候，嘉仪拉住我的袖子，"特别好"，她说："最好的一次！"我笑着望向她："你也是。"虽然在场上难免有些小错，但与阿根廷和香港的同学相比，我们的形象是最好的。我想，这比你说了什么更重要。很多年后今天在场的阿根廷和香港的学生也许会忘记我所介绍的内容，但不会忘记我们塑造的人大附中的形象。就像有些东西是相貌和装扮所不能代替的，它源自内心深处，比如说稳重、优雅、端庄和从容的气质。为了能达到这些，我们要付出比别人更多的努力，对每一个接到的任务都认真地对待，做足准备工作，因为只有这样才能在最后展现良好的形象。在此借用孔子的一句话："质胜文则野，文胜质则史。文质彬彬，然后君子。"

## 回忆三：海边漫步

吃过饭，蕴明的爸爸和我们两个人，一起沿着护城河散步。

那是一条怎样沉默而平静的河呢？它就像一条在城市中爬行的蟒蛇，但它又是那样的缓慢，那样的温柔而可爱。宽阔的河水在乌黑的月色里，就像一池黑墨。黄色的、白色的光波，在粼粼的水面上浮动。微风夹杂，吹得两侧的棕榈树摇晃着庞大的墨绿色枝叶，随着风一起飒飒作响。西边的天空和河水溶为一片巨大而深沉的黑色，西侧向右延伸，斑驳陆离的楼房伫立在天边，仿佛劈开了一条光道，遥远得就像一场与世隔绝的梦。

我拿起手机开始拍照，可照片里的景象并不像想象中的那样美，照片里没有晚风，没有棕榈树，没有远处灯光的震撼，没有两侧跑步人的喘息，没有那种触动我心灵的温柔，只有发白的灰蒙蒙和模糊的光。放下手机，再一次望向天际，我想，有些东西是拍不下来的，因为它将幻化成一种感情封存在心里。也许不是所有美好都能通过照片记录和传递，只有真正置身那个环境，才能感受到环境中的那种美好、自然、优美、震撼。

不知有多久，没有见过宽广的河水，没有清闲的散步，没有和一个人聊起自己的家乡和生活。微腥而潮湿的风，迎面飘来，在干燥的脸上消融。我们谈论起了彼此的学校、彼此的生活，时不时地笑起来，或是惊讶地望向对方。有那么一刻，我觉得她的面容是那样精致而姣好，就像展馆橱窗里摆放的洋娃娃。浓密的睫毛覆盖在脸上，挺起的鼻梁、颤动的发丝，在那零星的橘黄色路灯下，出落得更加美丽。我们沿着这条河继续往前走，一直走下去。

前面后面时不时跑过运动的人们。他们矫健的身影让我觉得，这座繁荣的城市充满朝气和蓬勃的希望。在返回的路上，我们也禁不住诱惑，在那清凉的晚风下跑了起来。虽然赶了一天的路程，到那时已经很疲惫了，腿脚都沉甸甸的，但是飘起来的那一刻，我突然觉得自己变轻了，轻得就像一朵飘在天边的云，我就好像跑进了一段与世隔绝的童话。

光影绰约、云雾缱绻，柏油小路上橘黄的灯火，陆陆续续，散漫光辉，只是那凉凉的晚风一直都在。

夜愈加深了，我们乘坐香港的双层巴士回家。看惯了北京宽敞平坦的马路，只觉得香港的马路很窄，在黑色的笼罩下，更加狭窄和压抑。道路起伏不平，仿佛在山上穿行；两侧的树木在月光下沐浴着柔软而晶莹的圣光，飞速地向后挪移；昏黄的路灯和两侧的树融为一体，我在斑斓的灯火中穿梭跳跃。

## 回忆四：我的住宿家庭

我和蕴明住在她的爷爷奶奶家。她有一个比她小两岁的弟弟，和她长得很像。印象很深的是那次去蕴明姥姥姥爷家吃饭的情景。

在一个普通的三室一厅的房子里，十几个人进出自由，但每个人的脸上都洋溢着很真实的微笑。她的小姨穿过客厅来问我北京的天气怎么样；她的弟弟趴在木地板上找着玩具；她的妈妈坐着马扎，靠在墙上凝视着我发笑；她的表哥在里面的屋子里做功课；她的外婆倚在沙发上看着电视；她的二姨在厨房里忙活着；她的外公端着热腾腾的菜从厨房里走出来，呼唤着我们“可以来吃饭了哟！”不久，铺满报纸的木桌上摆满了铁盆，每个铁盆里都热气腾腾，饭香四溢。我和她的家人们说笑间都靠近圆桌坐下了。

第一筷子下口，香软的米饭就着香港的蜜汁烤猪肉，成为我日后不间断的回忆。

当我离开那里的时候，香港的街道上除了阵阵清冽的风，就是一派宁静。月光一泻千里，挂满星星的天空上飘着几片淡淡的云。我的精神莫名地有些恍惚，他们欢笑的声音、交谈的声音，像是一场沉醉的梦境。

白炽灯有些昏黄，但每一张面孔都清晰明朗，在那个八十多平方米的小屋子里，挤着十四个人。一大家子都围坐在圆的木桌旁，吃着晚餐，有说有笑。他们谈论着昨天的事情，谈论着明天的安排。一切都是那样的自然，好像并没有因为我而改变；一切又是那样的真实，好像我就是他们中间的一员。那种感觉让我倍加温暖，倍加幸福，就好像我走进了另一个人生活的全部。

## 回忆五：关于香港的教育

我的伙伴蕴明是玛丽诺中学的学生，所以我的一切活动几乎都是在玛丽诺学校完成的。

玛丽诺学校是一所天主教女校。蕴明跟我说，她在这里从小学上到高中。但是令我惊讶的是，她们从初中到高中没有压力，甚至没有与我们相似的中考。她还告诉我，在香港，大多数学校都是直升，只是有一部分学校，像玛丽诺，每年都会重新分班，但她们的分班会让每个班里成绩好的学生和成绩差的学生非常平均。正因为如此，在这里，同学们之间不会攀比成绩，学校给学生一种母性的关怀。

这所学校给人一种很古老的感觉，不过它确实也有一些年头了，相传还是英国殖民时期创建的宗教学校。那校门普通里又带着别样的感觉，就像一扇私家庄园的门，黑漆的铁栏门，上面沾着湿漉漉的水滴，让这个普通的早上显得别样宁静。棕红和亚黄的砖头交替形成玛丽诺的教学楼外墙，隐约地藏在几棵有着深绿树冠的古树里，显得更加古朴典雅。虽然今天的天气 10 度左右，降到香港的最低温度，但玛丽诺的女学生们都还穿着灰蓝色的半截裙子，露出纤细修长的腿，披裹着深蓝的大衣，有说有笑地行走在校园的曲径上。

进入教学楼，里面也给人一种别样的风情，楼梯间的墙上挂有一些关于天主教的油画，那种幽暗的色调和柔和的色彩，看上去和楼道里棕红的宗教气氛融为一体。我们的教室位于三层，教室门口装着奶黄色的窄铁门，室内棕黄色的桌椅成对摆放。上课铃还没响，身着深蓝色制服的姑娘们三三两两地堆在教室里，有说有笑地谈论着。我的目光不经意间落在一群姑娘身上，其中有一位，坐在教室的中央，丹凤眼笑得弯成一道月牙，鼻头微微起皱，樱桃红色的嘴唇张开得恰到好处，露出里面洁白的牙齿。她的脸上充满愉悦，但并不张狂，就像教室里充满女孩们细碎的声音但不沸沸扬扬，一切都美好得恰到好处。她侧转过身向后，聆听着同学们的话语，她的目光忽然间向远处望了，刚好与我对视，她便再一次微笑着和我招手，那一群姑娘也都转眼望着我，一个个粉红色的面颊上露出了那种甜甜的、淡淡的笑。那一幕，深深地刻在我的脑海里，成为那个阴雨绵绵的香港清晨的一道光芒。

　　午后在香港的街道小吃店吃下午茶的时候，再一次谈到了香港的教育，这一次主要问了中文教学。我询问了协恩的中文带队老师。他告诉我们，在香港，学生们最怕的就是中文，而中文也是香港最看重的学科，并且是香港高考的难点。我告诉他们中文也是内地高考里面难度最大的，但必须学好。香港高考的时候中文分为五卷。卷一是阅读理解，分为现代文、议论文和文言文，其中现代文的主观题多且问题深入，议论文的篇幅较长。卷二是作文，要求立意明确，文字优美等。协恩的老师告诉我们，一篇好的作文一般都要写到两千五百字，而这在一个半小时内是很难完成的。卷三是听力理解，这也是香港不同于内地的地方。卷四是口语交流，不仅要能听懂普通话，而且要会说普通话。卷五是综合能力，也就是同时考查听说读写，对学生的要求最高。

　　听完香港老师的介绍，不禁感慨良多。在现在的时代大背景下，语文教学在中国各个地区的比重和难度都越来越大，这应了我们同学那句玩笑话："得语文者得天下"。确实，作为一名中国人，我们没有理由不学好中文，没有理由不传承中华民族博大精深的文化，没有理由不下功夫记诵那些饱含着先人智慧的诗词和经典文章。就像梁启超说的那样："少年强，则国强。"一个国家要想长久地兴盛和强大，必须要有一批文化底蕴深厚的、学识渊博的、热爱祖国的、能看清国家未来发展的、对文化了解深入的青年精英去担当发展的重任。无论是香港还是北京，都是中国版图上瑰丽的一抹亮色，而处在这抹亮色中的我们，作为祖国的下一代，我们的存在不仅仅是为了自己，更是为了让中国走向世界的巅峰，这一切都离不开中文，离不开我们现在每天学习的基础，离不开我们对中文的理解和认知。

# 地中海的摇篮

## ——西班牙交流随笔

### 一、邂逅巴塞罗那

初到巴塞罗那，让我过目不忘的第一眼是机场清晨的美丽景色。深灰色的机场大楼沉默在晨雾中；太阳像蛋黄一样被包裹在奶油似的云层之后，阳光又从翻卷的云雾中透出金色银色的光线；乳白色、浅灰色、淡蓝色的云，深深浅浅地起伏着，就像中国传统山水画里那些看不见尽头的层叠山峦的山峰。空气里含着淡淡的潮湿，又夹杂着一种来自大海的清香。与北京冬天寒风的猛烈和冰天雪地的空旷不同，巴塞罗那的冬天仿佛氤氲着一种浅蓝色的忧伤，悠长而缠绵，就像一曲慵懒而舒缓的小情歌。

### 二、面朝大海，春暖花开

由于住宿家庭的活动安排，刚到的周末我住在 Hamelin-Laie International School 的学生宿舍，无论以后还会经历怎样的住宿，我都敢肯定，这次的学生宿舍会成为我住过的最难忘的学生宿舍之一。宿舍区里，草坪修剪成一层又齐又薄的浅绿色，一颗孤独的足球雕塑歪在草坪的旁边。道路是由白色的大理石板铺成的，在小路两侧的间隙里，摆着盆栽的柠檬树，明黄色的拇指大小的柠檬挂在枝头，在温和的阳光下反射出雪一般的白光。所有的宿舍都只有一层，但每一排宿舍都错落有致地排在上升的山丘上，和前面的校园和再远处的大海融为一体。宿舍内极为整洁雅致：米色的书桌、浅灰色边框的书写板、棕色的衣柜、洁白的床单，给人一种极明快而纯粹的感觉。拉开宿舍的落地窗可以直接通向浅绿草坪的小花园，踮起脚尖就能看到远处被深绿色灌木所挡住的、深蓝色的、波光粼粼的大海。好几次，我搬一把木椅靠在桌前，任凭海风吹乱我的长发，吮吸着清澈而香甜的湿润，感受暖洋洋的光把我缓缓地加热，就像潦水在冷风和暖阳下蒸发。温和而湿润的海风吹拂着，把天空中的云朵撕扯，柠檬树的叶片在风中微微颤动，小草上集结着细密的水珠，棕红色的窗帘在落地窗前摇晃，像旋转舞女的裙摆。鸟雀儿在歌唱，灌木丛也和着清脆的啼鸣而飒飒作响，世界忽然间变得无限广阔、无限温柔，时间就像被按了减速键，沙漏中的沙一粒粒地向下滑去，很慢，很慢。有那么一刻，我坐在那摇晃的世界里，看着远方的大海，便不由自主地念出了海子的那首诗：

> 从明天起，做一个幸福的人。
>
> 喂马、劈柴，周游世界。
>
> 从明天起，关心粮食和蔬菜。
>
> 我有一所房子，面朝大海，春暖花开。
>
> 从明天起，和每一个亲人通信，
>
> 告诉他们我的幸福。
>
> 那幸福的闪电告诉我的，
>
> 我将告诉每一个人。
>
> 给每一条河每一座山取一个温暖的名字。
>
> 陌生人，我也为你祝福，
>
> 愿你有一个灿烂的前程，
>
> 愿你有情人终成眷属，
>
> 愿你在尘世获得幸福。
>
> 我只愿面朝大海，春暖花开。

那一刻，任凭海风撩拨发丝，那停留在静止时空中的我，面朝大海，春暖花开。

我就像走进了海子的梦，来往的只有轻柔的风与雾，在广阔的淡蓝色天海间徘徊、彷徨。偶尔还有那几只盘旋的白色海鸥，猛然间停驻在那坑洼的巨石，哀鸣几声，又把头埋在茸茸的羽毛里暗自神伤。在那片飞鸟不惊的地方，仿佛世间所有的匆忙和喧嚣都被遗忘在诗的彼岸，遗忘在不会被记起的、遥远的地方。


## 三、海边散步

那天的午后，阳光驱散了所有迷蒙的雾，湛蓝的天空像大海一样辽阔和明净，我们散步去了海边。

大海的声音和眼前的波澜，让我有一种化身河流的冲动，想用自己的柔软和温度，奉献无垠的大海；想让自己生命的全部，奔腾进那没有尽头、没有彼岸的汪洋。大海在呼啸，也在呼唤，像母亲呼唤她年幼的孩子，像帝王呼唤他忠诚的将军，像晚辈呼唤他天堂的亲人。那呼唤声是那样的深沉，又是那样的剧烈，它不计其数地冲上沙滩，撞击布满青苔的岩石，然后又缓慢地退向远方，留下一阵淡而咸腥的白色泡沫，还有蜗牛爬过时留下的湿润。触目皆是那翻滚在波涛之中的无法释怀的辽阔与情怀，是那无法用人的生命来丈量的宽广与深沉。

我脱下鞋子，赤脚踩在沙滩上，沿着悠长而蜿蜒的海岸线，留下一串脚印，等待着海浪的冲刷。巴塞罗那的冬天就像北京城的春天一样，寒与暖共同浇筑在湿润的空气中，温度在不均匀地扩散和融合。脚下的沙子也是如此，有些地方的沙子被阳光烤得温热，而那些刚刚被冲刷过的、湿润的地方，则略显寒凉。沙滩层叠地变化着，有些地方的沙子颗粒大，夹杂着大小参差的贝壳；有些地方则是像面粉一样细腻，踩上去软绵绵的；有些地方被踩得遍布足迹，有些地方则被海浪抚摸得极为平坦。走在沙滩上的感觉，不同于走在石板路上的感觉，每一步都带着大海的眷恋和怀念，每一步都能感受到沙滩的挽留，那些缱绻的忧伤和欢乐，就在脚下滚动的细小沙砾间，被思念、被珍爱、被封藏。

## 四、等一场受伤的落日

我想等一场落日。

一场在北京看不到的、异国风情的华美落日。

在沙滩上，我徘徊了很久。太阳缓缓地向西划去，温度开始变冷，带着淡蓝色水汽的云朵在大海和天空间聚集，灰色的海鸟盘旋着鸣叫。

西边的天空微微发红，暖金色的光渐渐隐没在浓淡不均的云层中，遮住了那刺眼的锋芒。柔和的光开始浸染云雾间的每一条缝隙，把它的赤红和金黄，蔓延到生命和气息的所有角落。整个天空暗淡下来，海蓝色和鹊灰色爬满了大海的穹顶，与绯色的霞光交相辉映。各种温柔的光色混合在空中。沙滩上的影子长起来，沙子也不像曾经那样泛着鲜亮的光泽，天空就像打翻在水里的颜料盘，那些暖的、冷的颜色，在云朵织成的画布上，扩散，渗透，撕扯，融化，被深蓝的天空和淡粉天际所取代，就像光影模糊的万花筒。那一刻，天空和大海都是多情的，他们在为那受伤的落日而低吟悲歌、隐隐啜泣。

沙滩上面的高台平地上，偶尔跑过几个年轻的情侣。一些金发的小孩子追逐着嬉笑着，高高地挥着胳膊跑了去。后面还走过步伐缓慢的遛狗老人和一群意气风发的俊朗少年。他们自顾自地走着、谈笑着、聆听着。他们丝毫不能察觉那一刻的他们，就是我眼中极致的景色。他们就像点缀在一张巨大画布上的生动的装饰品，他们细碎而零星地散落在那牙白色的石台长廊上，和谐而优雅。又仿佛正是因为他们的存在，才让眼前的落日显得那样的惆怅，那样的广阔，那样的忧伤，那样的彷徨。只是他们中没有一个人为那绝美的晚霞而驻足感慨，甚至不曾去看它一眼。他们沉醉在那个属于他们自己的生活中，他们沉醉于那其中的苦辣悲辛。而那美到令人哭泣的落日，则孤独地唱着她谢幕前的最后的歌。

当我放下照相的手，身旁的西班牙留学生笑着对我说，他刚来的时候，每天都要用手机拍很多的照片，就是从学生宿舍的小山到海边的沙滩，可能都会拍几百张照片，天空仿佛在旋转，色彩一直在流动，冰蓝色、桃粉色、朱红色、秋香色像水一样在流动，触目即是醉人与自然的美，后来就不照了，因为每天的天空都是这样的。那些斑斓的色彩，那些清凉的风，还有奇幻流动的落日，变成了生活的底色，而不是生活的焦点。看着眼前来来往往的人、波澜壮阔的大海、云霞怒烧的天空，那与世无争的自由和平静，那让我深深迷恋，却又不属于我的安然与自如。突然间就想到张晓风在散文《不知有花》里的一段话："不为花而目醉神迷、惊愕叹息的，才是花的主人，对那'不知有花'的山村妇人而言，花是树的一部分，树是山林的一部分，山林是生活的一部分，而生活是浑然大化的一部分。她与花就像山与云，相亲相融而不相知。"沙滩上漫步的巴塞罗那人，便是那"不知有花"的花的主人吧。

那个下午，我独自漫步在沙滩，看夕阳西下。落霞与海鸟齐飞，秋水共长天一色，太阳落在了遥远的城市里，一边是粉色与红色交织的晚霞，一边是蓝紫色的天空和牛奶一样的白云。受伤的落日用它鲜红而奔放的血液，染红天空，染红大海，深深浅浅的色彩在流动的空气和大海的水波中搅拌着、撕扯着，像是一场童话，又像是一场五彩斑斓的梦。


## 五、被大海吞噬的交谈

夜晚，凉风又起，我们爬上低矮的山丘，回到淹没在暮色中的宿舍。西方的天际还有最后一丝浅紫色的光亮，暖黄色的路灯，已经照亮了牙白色的石板路。

餐厅里灯火昏黄，西班牙厨师，在开放式的厨房里忙碌地准备着，哼着小调，我们在柔和的灯光里说说笑笑。

一个在西班牙读书的中国留学生开始与我们交谈。他戏谑又激进的言语，让流动的暖光变得僵硬和寒凉。他一直讲述着那些他自认为是真理的、无懈可击的言论，又透出些许傲慢与自得。我们和他萍水相逢，我不知道他为何要这样急于倾吐他对政治的看法和他那些过往的岁月。他是那样的成熟，仿佛漆黑不见底的深渊，让人好奇又害怕。通过他的言语，我忽然间觉得自己像踏入了一片踩不到底的水洼。他的记忆、他的思想与我们的价值观相背离，而在他成长的那些环境里，在他接受的教育中，看到的又都是生活的负面。以往遇到这样的人，我便不等他三言两句就选择回避，但这一次我却一句句地追问下去，又一句一句地进行反驳。我知道，我无法用短暂的仅仅一个下午就改变他对这个世界的看法，但我说了那么多发自肺腑的话却真是想让他知道，这个世界不只有一个侧面，如果他只相信自己的领域，便会屏蔽很多真实，便会有很多善良和美好被他抛弃和遗忘。就像大海，当一个凶猛的巨浪拍向沙滩的时候，可能会送来珍珠和贝壳，但也有可能会送来残骸、腐尸和污垢。忽然想到斯宾诺莎说过的一句话："当我们遇到不同的时候，不要急着去嘲笑，不要急着去批判，要先试着去理解。"

在这个世界上没有人可以断言他看到了世界的全部，我们之于世界就像蚂蚁之于陆地，哪怕我们看到的都是真实的，也只不过是世界的一个剖面，就像我们奔跑在沙滩上冲向大海的时候，不能同时拥抱森林、穿越沙漠、看到冰原，可是那些瑰丽和奇幻的景色，它们也和大海同时存在着的。我们都是基于自己的经历、自己的岁月、自己的性情去选择一种解读这个世界的方式。也许适合的才是最好的，就像壁虎喜欢沙漠、鱼儿属于河流和大海、鸟儿向往天空，它们用那种属于自己的方式去看待世界，去理解世界，而我们人类也一样。

这样说来所有人看到的世界都是真实的，但也都不是真实的。我们看到的都只不过是世界的一个剖面、一个侧面，不同的角度，导致不同的视野、不同的世界罢了。

那天晚上，我徘徊在夜晚的沙滩。听黑色的大海用它沙哑的声音呼唤和咆哮。

黑暗中，高台上的路灯发着棕黄色的暖光，斜长的人影镶嵌在沙滩褶皱般的足迹中，顶着白色泡沫的海浪在浅灰色和暗白色中晃动，像阴暗中打在人体上的光影，大海在无边无际的黑暗中沉沉地呼吸。忽然间，我感到大海在黑色中扩大，而我自己的灵魂在躯壳内缩小，恐惧和哀伤聚集在我的心头，像雾一样。但没过多久，又被风声和涛声吹打得烟消云散。在那混沌而清朗的黑暗中，我想了很多，晚餐时的那些谈话依然萦绕在我的耳畔，只是有些被大海的浪涛带走了。这个世界竟有那么多形形色色的人，就像生活在平行宇宙，如果不是突然推开了一个人的心门，我也许永远不会知道，竟有这样的人存在于世界的某一个角落。他活在他自己所认为的真理中，奔跑在那童话一样的海滨，沉醉在他所依恋的强烈的爱与恨中，成为他自己命运的臣子。

人生竟是那样的不同，我想。

## 六、喷云吐雾的海上日出

清晨，太阳还没有苏醒，繁星已经从深蓝的天空退去。遥远的天际蒙着一层淡蓝色的雾，坠在波涛四起的海面上，结成细细的雨丝，飘落在湿润的沙滩上，散发着一股淡淡的不食人间烟火的清香。

低垂的天空、辽阔的海域、翻滚的云涛，一切都是那样的辽远而广阔，又是那样的静谧与安然。浅浅的海湾、柔和的晚风，氤氲在一片慈祥的暖光中，就像那怀抱着婴儿的摇篮。海浪像一只温柔的手，轻抚孩童的额头。海浪夹杂着绵绵细雨，在来往的清风中低吟浅唱，像是哼着一曲古老而深情的民谣。我感受到湿润的水汽渗进我的皮肤，冰凉冰凉的。

天空的东方与大海相连，泛起明亮的色彩，起初浅暖色，随着云雾的聚散和流动，天空绞出一片炙热的火红，极长的一道红光，像炉中的铁丝。"海上日出！"我兴奋地叫起来，带着几个也住在西班牙学生宿舍的中国学生，一路从宿舍所在的小山丘上冲下来，朝向太阳喷薄欲出的地方。我们走上沙滩，招呼海鸥，欢呼朝阳，我甚至无法想象那一刻的美好和幸福。一群稚气未脱、意气风发的孩子，在那个生机勃发、云霞怒烧的清晨，欢呼着、奔跑着；在一个与我们的生活相隔千里的遥远国度，沐浴着晨雾和海风，冲向朝阳灼烧的东方，拥抱那无法用生命丈量的大海。我们深深地呼吸，在柔软的沙滩上奔跑、跳跃，甚至闭上眼睛，对着那太阳许愿。我们远远地眺望，等待着太阳蹿出海面，放射出它的第一束光。很远处的大海已经亮起来，浓厚的片状云层，从鹅黄色鸭绒变成一团怒烧的酒精棉，散着鲜亮的赤红，如烈火蔓延一般地喷云吐雾。顿然，整个东方的天炼成一片浓郁而华丽的奇光。某一瞬间，我耳边回想起了《牡丹亭》里杜丽娘的一段唱词："朝飞暮卷，云霞翠轩，雨丝风片，烟波画船。"单只凝望着那红通的光波和流动的色彩，便觉得此中有真意，欲辩已忘言。

太阳被海浪慢慢托起，徐徐升高，云层的赤红却慢慢淡了下来，不到半个小时的时间，太阳就从云层中挣脱出来，爬上湛蓝而清澈的天空，用它崭新的阳光普照世间生灵。我望着沙滩逐渐恢复白天明亮的颜色，阴影隐约消散，便想到随着时光的流逝，日出每天都会有，它会在这个世界上的任何角落出现，高山、大海、湖泊，还有那些聚集着人们的城市和乡村。但无论如何，我都不会忘记那个清晨，在孩子们积满金光的笑脸里，我看到像太阳一样美好和光辉的东西，热爱与渴望。我们在黑暗中等待着，期待着它的光芒和它的色彩、它的光辉和它的绚烂。我们就像是太阳的臣子，毕恭毕敬、望眼欲穿地等待着参驾朝拜。

当我们离开沙滩的时候，那片遥远的海域，便开启了新的一天的勃勃生机。


## 七、喧闹的巴塞罗那街头

两天来我的生活满是一望无际的大海和柔软而漫长的沙滩。我们走在青灰色的板石路上，偶尔看到一条悠长的小巷，仿佛是通向童话中的小镇。明黄色的墙壁、白色的雕纹浮窗，站在斑驳木门前聊天的欧洲男女随处可见。清新的笑声和问候声、鸟儿盘旋的啼鸣声和滑翔声不绝于耳。中午的天空浮着连片的白云，像大海里推来的层层白浪。我们从小山上走下来，沿着大海，平坦的浅灰色柏油马路，到小火车站乘火车去巴塞罗那市中心。

小火车站就在大海的旁边，是露天的，站台两侧都没有任何保护措施，来往的只有清风和零星的几个行人。车上人并不是很多，很安静，有凝视窗外风景的白发苍苍的老人，有靠在窗边读着书的欧洲少妇，还有抚摸着大狗的、眼眸深邃的西班牙男人。窗外的风景蒙着一种淡雅与清闲，路过的几乎所有的高架桥和荒废的老房子的墙壁上，都是五彩缤纷的字母艺术字涂鸦，色彩的冲击没有混乱之感，反而带着一种浓郁而和谐的异国风情。

不知过了多久，小火车忽然蹿进隧道，开始地下的路段。世界瞬间漆黑起来。站台外到处都是压抑的深色，映着那些欧洲男子的大胡子和一张张拥有着深色眉毛和眼眸的面孔，后方的辽阔与淡薄，在那些来往的深沉色调中迷失了方向。

巴塞罗那的市区有着令人过目不忘的欧洲风情，古铜色、栗壳色、驼色、黎色的建筑错落有致地衔接着。来来往往的行人穿着深色系的外套，脚步匆匆，洁净的轿车在马路上飞驰而过。

等天边的云彩连成一片绚烂的霞光时，华灯初上，深浅棕米色的建筑，在灯火的映衬下就显得古朴而典雅。街道很窄，两侧的欧式楼房很高，人们稀疏地走在街头，穿过彩色涂鸦的墙壁，在斑驳的光影中谈笑。

偶然间走进一间巴塞罗那的餐厅，浸染在浓郁的芝士般的咸香中。夜幕笼罩，人们簇拥在一起用餐，听着踢踏舞的声音，看着斗牛舞的姿态，和着强烈而动感的节奏，在音乐的鼓点中感受生命的气息。


## 八、西班牙住家

在西班牙的住宿家庭让我特别难忘。去他家的那天下午，我的接待伙伴 Pablo 的妹妹 Olivia 和他们的爸爸到学校来接我。Olivia 一直羞涩地低着头，她的脸颊红红的，皮肤在下午金黄的光芒里散发着迷人的白光，她长而卷的棕黄色睫毛对着地面轻轻地眨动，有时候突然抬起头望着她的爸爸，咬着嘴唇微笑，然后又眯着眼睛友善而害羞地望向我，温柔而可爱。她的面容稚嫩而美丽，深邃的眼眸、细细而高耸的鼻梁、立体而协调的面容、浅棕色的弯眉，宛若浮上沙滩的白浪，那样的协调而雅致。她就像一幅文艺复兴时期画中的小姑娘，浓墨重彩的颜色和光影，使她优雅而又纯粹。她就像一位隐藏在云朵中的小天使，把最温柔和可爱的目光与微笑，投向她周边的一切世人。

我的这个西班牙接待家庭，住在距离学校三十公里外的一座小山上。小山上盖满了低矮的白色独栋房屋，它们带着略显沧桑的灰色，凝视着不远处的深蓝色大海。车程是将近四十分钟的海边高速路，无论是早晨还是傍晚，阳光总是斜斜地打在波光粼粼的大海上。那些白墙深顶的小屋，错落有致地依附在起伏的山峦之上，闪着梦幻般的银光，就像那些经典影片中从空中划过的长镜头，蒙上一层壮阔、深邃、幽远的朦胧。而那些随着镜头旋转和推远的注视者，就像冲向云霄的海燕，仿佛化为天海间的神话。当汽车拐弯爬上了山，便开始在蜿蜒的公路上盘旋、漂移，车窗外面的一切都在颤动和摇晃中倒下，就像乘坐极限过山车，惊险但又给人一种神秘感，撩拨着人们的好奇心，诱使着人们向往。车开得越久，穿越越多的起伏小路，便越觉得进入了一个遥远而与世隔绝的空间，一个不属于我，却又冥冥之中相遇的桃花源。

车停在一座独栋房子前，有那么一刻，感到周围的一切美到有一种不真实的虚幻，像是从时空隧道里穿越而来。脚触碰在湿润而滑腻的地面，空气里飘着植物的清香和泥土的芳香。阳光西斜，但天空依然十分明亮，光波温柔而金黄，把散步的人影拉得很长，世间的一切仿佛都安然沉默于那与世无争的沉寂与安详中。

小姑娘下了车，大概是因为路途的颠簸，她棕色的头发有些松弛，一绺蓬松的长发垂在她美丽的脸庞，当她抬起头时，忽地触碰到我的目光，她投来幽深而清澈的眼眸，几句温馨的问候，然后低下头送我一个浅浅的微笑。她那樱桃红色的嘴唇微微上扬，顿时满面春风。她的爸爸帮着我把行李箱拿下来。他的头发全都白了，连眉毛也有些灰白，眼角布满深刻的皱纹，看上去年事已高。后来我才知道，他的大儿子都已经三十多岁。接待我的 Pablo 是 14 岁，他的妹妹 Olivia 只有 10 岁。他们的爸爸把行李箱很小心地从有些凌乱的后备箱中拖出来，微笑着递到我的手中，又非常俏皮地冲我眨眨眼睛。

就在我还在车库整理箱子的时候，院子里响起了犬吠声，小姑娘告诉我那是他们家的大狗。我远远地看到它，就拴在房子侧门前的花园中。它大概是一只猎犬，有着流线型的形体，瘦得十分干练。棕灰色的短毛、下垂的双耳、像黑玛瑙一样有神而尖锐的眼睛。它把两只修长的前爪搭在前面，拉长身体，撅起圆韵的屁股使劲地摇摆尾巴向我致意。走近它的时候，它不安分地向我扑来，把有分量的爪子按在我的身上，又用它湿乎乎的鼻头来蹭我的上衣。当锁链被解开的那一刻，它从我的身旁像箭一样猛蹿出去，仿佛那种力量已经积蓄很久，一直等待着爆发一样。它奔向房子后面的大花园，被棕红色砖瓦房子遮挡住，留下一串爪子撞击花园石板路面的清脆响声。

## 九、对东方的凝眸

推开西班牙住家的木制房门，一股暖暖的熏香味蔓延在房子的每一个角落，那一刻我发现夕阳是那样的美丽，它柔和的光透过客厅的落地窗，充满整个房间。一只白色的小狗仰面躺在沉香色的地毯上晒太阳，它的毛略微有些长，粘了浅浅的泥土。听到我们的声音，它一个骨碌翻身起来，四只小脚轻盈地捯着，哼哼唧唧地叫着，伴着挂在脖颈里的小铃铛的声音，调皮地颠到我的身旁，一下一下地往我身上扑。它直立起两条前腿，像中国小孩子拜年时给长辈作揖一样地上下晃动，让人笑得腰都直不起来，而它却乐此不疲，蹦蹦跳跳地跟随着我，摇头摆尾地变着法儿向我示好。

我的接待伙伴从房间里走出来。他瘦而高挑，披着一件较厚的羽绒服，浅棕色的头发蓬松着，仿佛刚从睡梦中苏醒过来。百叶窗的阴影打在他立体的脸上，挺拔的鼻梁、棕黄色弯卷的睫毛、深邃而清澈的琥珀色瞳孔，还有注视你时迷人的眼神和微笑。他伸出手，又用有些变音和别扭的中文说道："Hi，我叫Pablo，我的中文不是很好。"他非常友善地跟我握手点头。他真的不像一个14岁的学生，身高、举止、表情都像一个比我大的高中生。他拿出电脑陪我坐在沙发上，展示他收集到的关于北京的照片，他说他已经学习中文5年了。我问他为什么会选择中文而不是其他的语言，他说，他觉得中国很特别，他很向往中国的文化，中文不同于其他的欧洲语言，世界上有很多人并没有真正地了解中国，但他说中国是一个有未来的国家。这是他在小语种里选择中文的原因，并且他还补充道，虽然现在还不太会说中文，但是他愿意一直学下去，用一生来学习中文。

有那么一刻，我感受到一种特别的骄傲和幸福，生活在北京的时候也不觉得自己所处的国度有什么特别令人向往和憧憬的，我们所说的语言，我们所拥有的思维习惯，我们每天早晨朗读的诗词歌赋，我们脚下的历史沉淀与文化蕴涵，好像一切都平平常常，不足为奇。但是，当我忽然间推开了一扇欧洲家庭的门，走进他们的生活，看到他们眼中的世界，便觉得自己是那样的幸运。而那矗立在东方的遥远的中国，又是那样磅礴而震撼、典雅而端庄。我感到澎湃的血液在撞击我的心房，让我感受到一种前所未有的勇气和力量，中国正在被越来越多的人尊重和向往。

我有时会在他们家的院子里散步。每一次，站在高台的晚风中，我看到通红的太阳从巴塞罗那的城市里沉落下去，便想到它将很快从故宫的红墙里升出来，用金灿灿的光芒，普照着那养育我的土地。我特别强烈地意识到，人世间最远的距离，不是跨越山川和大海，而是接受和认同那盘踞在它肉体之上的灵魂，还有那渗透在血液中的、雕刻在骨头上的文化。

晚餐的时候，我送给他们一个画着喜鹊和红梅内画的鼻烟壶，并且给他们讲了这种鼻烟壶的制作特色，以及上面的图画关于幸运和幸福的象征意义。他的家人特别温暖地拥抱了我，微笑着致谢。那是我在巴塞罗那最美好的一段记忆。在那昏黄的灯光和如花的笑靥中，我强烈地意识到，交流不仅仅是建立联系，成为朋友，它的本质目的是达成一种理解，是对不同的好奇，是接纳、尊重、理解。其实文化交流离我们一点也不远，它就在我们的身边，不只是那些在大会厅堂上的外交家进行国际交流，很多时候，我们每个人都是文化交流的使者，我们的表现和言行都在展示中国的理念与文化。比如这次，我留给西班牙学校和家庭的印象，就是他们对中国的印象。当我在为他们介绍中国的把玩之物时，他们频频点头，非常好奇而激动地询问。我在他们深而清澈的眼眸中，窥视到那种对中国内在文化的向往。语言只是一种工具，最重要的是用这种工具去阐释文化的不同，从而达成一种认同和理解。

## 十、巴塞罗那的夜

傍晚，冰冷的寒气从玻璃窗外渗进来，对着落地窗的沙发被一盏温柔的灯照亮。小姑娘 Olivia 有些不太舒服，她穿着碎花的白色睡衣，有些疲倦慵懒地蜷缩在米黄色的沙发里，白色的长毛小狗卧在她的怀里。灯光昏黄，尘埃在空中缓缓沉降，时间仿佛刹住了脚步。Olivia 的目光垂落在半旧的棕红花边、秋香底色的硕大地毯上，深棕色睫毛的阴影覆盖在她麦色稚嫩的皮肤上。她没有任何多余的动作和言语，只是静静地歪坐着，把红红的脸颊贴在小狗的身上，一只手轻缓地抚摸过它的毛发，轻轻抚弄着它软绵而低垂的耳朵。懂事的小狗往她的怀里蠕动，用粉嫩的舌头舔着小姑娘的鼻头。眼前的一切便像是被封锁在了一幅油画中，而那匆匆的时光就在她忧伤的眼眸中停滞了。

离开前的最后一个晚上，也是在那客厅中，我同住宿家庭一起看中国电影《战狼》。到晚上的时候，全家的灯都关了，只有屏幕的光亮在移动，电影中的声音在客厅里回响。在影片的末尾，冷锋把中国国旗绑在自己的手臂上，穿过开战区，枪支从坦克车上扔下去，他们呼唤着和平，非洲大地上的两方都停了战火，他们喊着"中国人"，镜头掠过非洲的热带雨林和草原，拉到很远、很远的地方。这部电影我看过很多遍，但这一次和外国友人一起看却又有不同的感受。夜晚湿润而略带寒气的晚风，搅动着屋内温热的香熏味。我窝在西班牙住家的沙发中，怀里抱着熟睡的小狗。黑暗中，我感到自己激动得眼眶湿润，但又掺杂着诸多感情，甚至有对于离开的不舍，也有对中国和北京的思念。每一次回想，我都觉得很奇妙，一部关于维和的中国电影，正在一个遥远的欧洲家庭里播放着。而我们在茫茫的人海中相遇，把中国的文化和情怀带过来，感受着不同的风情与精神。

中国，北京；西班牙，巴塞罗那。无数的名词和记忆在我的内心中交织，蜂拥而至。我蜷缩在沙发的角落里，小狗依靠在我的腿上，把肚皮半翻着朝上。我轻轻地，一遍又一遍地抚摸它。它身上散发着淡柠檬香波的味道，软软的绒毛，温热而厚实的身体，凝固在那不会流动的时光中。

## 十一、闲情逸致

那是一个特别晴朗的下午，阳光温暖，海风清凉。我们中国学生和西班牙学生席地而坐，那是一节关于语言学习的课——Chinese Class（汉语课）。一个西班牙学生和一个中国学生分散地坐成一排，起初西班牙的老师让我们玩传话游戏，传话的内容都是一些中文的词汇，我每次听到上一个西班牙学生说的都感到特别奇怪，看着他阳光下灿烂迷人的笑，便搜索出一个与那发音相似的词汇，而又说给下一个，坐在最尾端的几个西班牙和中国学生，一直向前面的我们眺望，他们总是眯着眼睛，又激动又好笑地抿着嘴。游戏玩了好几轮，有的错了，有的对了，但他们也并不很在乎输赢，只是觉得过程特别有意思。

几轮游戏过后的休息时间，好多西班牙学生仰面躺在绿色的草坪上，眯着眼睛望向无限的天空，年轻的男生女生都躺在一起，他们仰面朝天地聊天，又笑起来。一个女生棕色的波浪长发，均匀地撒在草地上。他们极其享受地躺在那里，来往的是清风白云和他们轻柔的思绪。

我想起晚上在我的西班牙住家，晚饭后有时和Pablo、Olivia以及"家人们"一起看足球，有时去院子里的蹦床上蹦跳、在泳池旁边散步，有时坐在棕红色调的厅堂里读一本书，有时吃着零食和水果看一部电影。生活是一种与世无争的悠闲与自如，人们爱他们之所爱，任由自己在感情中流连忘返，像晚霞落日一样浪漫。

我记得有一天晚上，保姆收拾完了桌上的食物，Pablo坐在客厅的沙袋里打游戏。西班牙小姑娘坐在我的对面，她特别开心地跟我说，明天是情人节，他们都特别地期待。我便问她，他们会怎么样庆祝情人节。她特别开心地讲到，他们会在那一天给自己的男朋友或女朋友送巧克力，还会在操场上表白。我便想象出那样一幅场景，一群年轻而成熟的孩子，在下课后去了海边，大海无比的广阔，沙滩柔软，他们在那里追逐、奔跑、嬉闹、拥抱，然后一起冲向洁白的海浪。

每天这所学校里的学生，无论是幼儿园学生还是高二学生，他们一下课就到操场上奔跑运动，小孩子开心的时候就直接躺在草坪上打滚，他们的生活仿佛海浪推上沙滩的节奏，又像白云一样轻松。有的时候忽然间觉得，在北京的生活就像爬山，所有的人蜂拥而上，用尽体力去攀登那个最高的山峰，因为只有站得越高，才能看到越远，才能占据最优势地位，立下一个永不能败的丰碑。而巴塞罗那的生活就像是在海滨散步，是一种与世无争的自在与潇洒，极目远眺便是沙滩大海，人们慵懒而自在地在平静的沙滩上留言，埋下一串脚印，他们享受着满足与淡泊，又安然地接受它被傍晚的海浪所冲淡。


## 十二、离　　别

清晨4点，飞机盘旋在北京的上空，我沉默地凝视着窗外。

茫茫黑暗中，北京城就像发光的青苔，附着在参差不齐的暗礁上，又像是璀璨的星河，在流动中闪烁。随着一阵颠簸和轰鸣，机舱内传来了清晰的广播声："……从马德里到北京的飞机已落地……"又过了一阵，两排略微发黄的灯光亮了起来，安全带解开的清脆声和人们交谈的骚动声渐渐地充斥在温热的空气里。而我依旧安静地坐在座位上，凝视着窗外，望着那朦胧的天际和流动的光影。有那么一瞬，我深刻地感知到，我回到了属于我的世界，北京熟悉的一切像迷蒙的雾一样飘向我，拥抱我，吞噬我，让我在那熟悉的气味中凝结成一颗晶莹的水珠。闭上眼，我感到了一阵恍惚，跨越十二个小时，我从地球的一侧飞回地球的另一侧；跨越万里长空，巴塞罗那的校园生活和马德里的足迹仿佛被封锁在了那些个遥远而美丽的记忆中，而天使又为它涂上了斑斓的颜色。

我想着那深蓝色的天空、无际的大海，想着云朵被晓风撕扯，宛若哀思。

巴塞罗那，那是一个我永远难以忘怀的地方，它蜷在地中海的摇篮中，就像一场逆旅眼中不会结束的梦。

# 读 与 行

——冬日游南京随笔

　　绿皮火车正从北京开往南京，我倚靠在有些微晃的车窗旁，凝视窗外。眼前的这一切倒不像是南方，却像是"千里冰封万里雪飘"的北方。火车沿着悠长的铁轨钻进银装素裹的世界，我想象着淡灰色的烟雾从车头恍然飘出，融化在翻飞的雪花里。偶尔有几片轻轻地落在氤氲着雾气的车窗外，结成小冰晶，连成晶莹的一片。时间在绿皮车里变缓了，光像流水那样，缓缓地游动。阳光透过淡灰色的纱窗，摊在深蓝色针织毛衣的袖口，我翻开《红楼梦》，一块明亮的光斑，刚好打在那《琉璃世界白雪红梅　脂粉香娃割腥啖膻》的题目上。

　　相传，一场雪过后，南京变成了金陵。

　　那是我第一次看到金陵，沉睡在洁净的白色里。道路两旁的冬青和草坪上，覆盖着毛茸茸的积雪，厚厚的一层。几摊积雪陷在冬青微微发黄的枝叶间，表面晶莹剔透，泛着闪闪的银光。大都市的那种浮华喧嚣，隐匿在飘飘然的大雪里，留下的是茶一般的宁静纯朴。

　　漫步在南京的古城区，四周被参天的梧桐围绕。那梧桐的树干，栗红里泛着灰青色，手摸上去好像是有温度的，就像一个人紧实的肌肉。白墙由于岁月的腐蚀略显斑驳，融化的积雪像雨水一样沿着有些残破的青瓦滴滴答答地向下流淌，好像几百年的光阴不曾流逝，一直驻足于此。

朱红色大门沉默地屹立着，砖铺地上浮动着一层金灿灿的阳光；晶莹剔透的美玉，装饰着华丽的帘幔，映着窗外的景色，里外都是纯白，像窗外洁净的冰雪。"光摇朱户金铺地，雪照琼窗玉作宫"。我想着当日贾宝玉梦游太虚幻境时，所见的警幻仙姑们居住的宫室楼阁，大抵就应是这个样子，华丽而洁净，伫立在皑皑的白雪中。

"满纸荒唐言，一把辛酸泪。都云作者痴，谁解其中味。"

恍惚间，如梦似幻，我好像进入了另一个世界，眼前的一切在曹雪芹的笔墨里都曾遇见。我的内心不禁一颤。红楼遗梦，这场梦延续了几百年，不曾醒来，多少痴情的人不能自拔，枉送了青春，枉送了性命。

身着华丽服饰的姑娘们，说说笑笑地走在雪地里。我认出了走在最前面的那个姑娘，她是湘云。前仰后合地笑着，眼睛笑成两道月牙，洁白的牙齿从鲜红的嘴唇里露出来，上气不接下气地"爱（二）哥哥、爱（二）哥哥"地叫着。她们簇拥着，手挽着手，时而追逐嬉闹，时而驻足赏梅，竟好像忘记了周围似的。她们的音容笑貌，深深地刻在我的脑海里，她们的一颦一笑、一抬头、一驻足，都惹人怜爱，令人神往。忽的一阵风过了，雪花翻飞，只是她们像云烟一样飘散在空中，没有留下一丝痕迹。

"为官的，家业凋零；富贵的，金银散尽；有恩的，死里逃生；无情的，分明报应；欠命的，命已还；欠泪的，泪已尽。冤冤相报实非轻，分离聚合皆前定。欲知命短问前生，老来富贵也真侥幸。看破的，遁入空门；痴迷的，枉送了性命。好一似食尽鸟投林，落了片白茫茫大地真干净！"

是啊，就是在这场皑皑的大雪里，贾家为庆祝第一场雪，围坐在火炉旁烤鹿肉；就是在这场雪里，黛玉为宝玉披上了红袍，目送他渐行渐远；就是在这场雪里，宝玉冒着风雪，离开了世俗的一切，独自踏上征途。历经磨难，伤痕累累的心被覆盖。当我望向长空的时候，雪花翻飞，终究是"落了片白茫茫大地真干净"！

读 后 感

# 英 雄 泪

## ——《三国演义》读后感

是夜，捧书灯前，秋风入户，月光映帘，望三国之英雄，敬而畏哉！

又夜，冷月高悬，倾倒一束惨白光波，似流水，沿着蜿蜒曲折的小路流淌，追赶一路行于山间的败兵马。夜色沉沉，看不见他的脸，手中的青龙偃月刀，拖着长长的思念，胯下油光闪闪的赤兔马，寻觅黑暗中仅存的希望。不知，霎时，火光冲天，呐喊声此起彼伏。他心中一惊，大呼不好，来不及勒住马绳，绊马索在飞快的铁蹄下一拦，跌落下去，跌落在敌军的阴谋中，跌落在复兴汉室的路上，跌落在英雄的悲剧中。

他，已经没有退路。

次日的清晨，天才蒙蒙亮，只见他被五花大绑押回东吴，赤红的面相、深绿的战袍、长飘的胡髯。即便在败兵之地，于敌将手中，他依旧高昂起头，眯起丹凤眼，蔑视地望着一群无名小辈。他毫无畏惧地走向帐中，此刻的他不像是一个俘虏，更像是一个要去取他人首级的猛将，丝毫不失当年温酒斩华雄的英雄气概。

他仰着头望向青涩的天际，大雁恰巧飞去，他激动地注视着那排大雁，心中殷切地期望那大雁能带去他对大哥刘备开创的伟业的祝愿，对汉室的忠心，对蜀地的思念。他的心在狂烈地颤抖，他想起当年跟随大哥打天下，金戈铁马，气吞万里。而如今人虽老了，不再有当年那样的勇猛，可他对汉朝的那颗忠心一直没有改变。现处于吴军帐中，回想起这么多年一路拼杀，血雨腥风，过关斩将，屡建奇功；多少次征战沙场，抛头颅洒热血，危在旦夕；多少次勇冠三军，力挽狂澜，拯汉室于即倒。曾经纵横沙场的骁勇英雄，如今在他那枣红色粗糙的面颊上，也不禁滚下了两行伤感的热泪。

那一年他去投军，在酒庄遇上志同道合的兄弟，他们在灼灼桃花下，许下诺言，从此一路驰骋。平黄巾，斩吕布，诛颜良，杀文丑，入曹营，过五关，斩六将，走单骑，掩七军，复汉室……他咬紧牙骨，赤诚的忠心从未动摇。

"斩——"

雄厚的声音从帐内翻滚而出，震碎了天地间的朝霞，孙权一声令下，要终了关羽的豪迈一生。

他面不改色，双目微合，眉毛安详地卧着，嘴角轻蔑地向上一提，长长的胡髯微微飘动，毫无惧色，大步流星地走到铡刀处。只见关羽最后望了一眼天边，他见太阳正要升起，东方一片火红，正如当年兄弟结义时园中灼灼的桃花，不负当年的诺言。他眯上双眼，心中默念道：汉室的江山啊，请你留下关某的一颗头颅，一腔热血，一份肝胆，一份祝愿。他遥望滚滚的长江水，希望它记住关羽的忠肝义胆，他的故事、他的神话。

刀起，头落，四面楚歌！

驱驰半世，孤傲半世，骁勇半世。

千古忠心，千古恩义，千古佳话。

他持一把青龙偃月刀，翻飞于万人之中，劈开乾坤，扰乱日月；他走过战地黄花，流着血泪，踏着铁马冰河，奔天南地北；他望着边关冷月，思绪万千，驱驰于血雨腥风之中，心系汉室江山。骑一匹赤兔马，报恩情，施忠义，诛邪恶，过五关，斩六将，从不忘初心。他的骁勇令敌军丧胆，他的忠义让万世崇敬。

英雄一去豪华尽，唯有青山似洛中。

合上古书，倚傍古树。

朦胧天际，他傲立于风烛之中。姓关，名羽，字云长，吾之谓三国之真英雄也。

# 追梦的路

## ——《摔跤吧，爸爸》观后感

　　——那个披着红头纱的女孩脸上没有一丝笑容，静静地听吉塔和芭比塔诉苦。她含着泪说："他在和世界对抗，承受所有的冷嘲热讽，为的是让你们两个拥有自己的未来。而不是和我一样，生下来就洗衣做饭，在十四岁就把一辈子交给一个素未相识的男人。"

　　小小的屋子沉默了，吉塔和芭比塔的脸上流满了眼泪。也许吧，懵懂的她们第一次有点明白了，在那些折磨她们的训练深处，有一颗沉甸甸的心在跳动。那是父亲追逐理想的心，是父亲望女成龙的心，是父亲不甘心让子女平庸的心。这颗心承载了太多，对于两个幼小的女孩来说，它太过沉重，以致她们还并不能完全地理解父亲。但她们已经感受到了，父亲把她们当作孩子，而不是负担。这已经是命运和上天赐予她们最好的礼物和眷顾。

　　镜头拉长，舞乐声下，是两个女孩的晨练。没有喊苦，没有喊累，她们在太阳升起的时刻，奔跑在稻麦丛生的田野上。剪短的头发、晶莹的汗珠、幽深的双眸，执着得令人心疼。

　　功夫不负有心人。在父亲辛格的指导下，身为姐姐的吉塔取得了印度全国摔跤冠军的金牌，父亲的脸上也只是露出了一点点笑容。因为身为父亲的他深知，真正的梦想，是让印度的国歌响彻世界赛场。

冠军的光荣，让吉塔得到了去更专业体校学习的机会。第一次，她离开了父亲。也是这时，父亲犹豫地把冠军女儿交给了国家队的摔跤教练。这位专业教练在第一节课上对队员们大声地吼道："请你们忘记之前所有的技巧，应该记住的只是我教的东西！"

无数的诱惑，新的生活，新的技巧。吉塔在这与家里天壤之别的环境中渐渐迷失了，她开始不再那么敬重父亲，开始不再把父亲教的东西放在眼里。因为她觉得，父亲的雕虫小技只能应付国内比赛，况且父亲本来就是一名失败者，而身为冠军的她接受着最好的教育，理当比父亲厉害。

她真的不再是以前的那个吉塔了。

在回村的日子里，昔日的摔跤场地笼罩在正午的骄阳下。她，一次又一次地扑向父亲，扑向那个给予她一切的父亲。她，疯狂地愤怒，坚定地把父亲重重地翻倒在地上。这位已经半头白发的父亲，青筋暴出，他多么渴望自己不会输在女儿手里，多么渴望吉塔还是那个曾经的女儿。

但岁月太过残忍，它夺去了辛格的所有，只剩下那张布满皱纹的严肃的脸，和藏在心底多年的不能言说的沉重父爱。也许，那一刻吉塔正在努力地向父亲证明，她学到的新技巧更有用，而父亲的技巧已经过时了。但所有坐在荧幕前泪流满面的人们都知道，她所证明的一切，是她长大了，而父亲变老了。正如吉塔本人所说，这一天迟早要来，只是当它真的来到的时候，还是那么猝不及防，把人心撕得粉碎。

就是从那时起吧，吉塔和父亲之间有了一层可悲的厚障壁，而她在专业教练的错误指导下，与金牌渐行渐远。

突然觉得，或许所有的人都是这样。在我们成长的路上，终有一天，放开了与家人相牵的那只手，踽踽前行在坎坷的道路上，懵懵懂懂地一心向前，忽略了那双背后望穿的双眼，以及并不遥远的身影。鄙视前人的经验和成功，疯狂地、妄图通过不断地学习新的东西，探索未知的一切，去超越前人。每当我们发现新的东西，就会觉得得到了真理，而眼前的假象会让我们在一段时间内相信这是真的，相信过去的、前人的知识和经验全是错的，相信那些反对的声音源于时代的不同。

我想，这也许是源于人本性的一些东西，因为我们总相信自己看到的才是真的。也许只有岁月和挫折才能让我们明白，亲人的话比看到的假象更真实。

其实，和吉塔一样，我们都变了。之所以当看到吉塔把父亲摔倒在地上，当看到吉塔的身后有父亲远远的眺望，当看到吉塔叛逆地轻视父亲的时候，我们会哭，是因为我们在故事的外面，旁观者清。我们看到了身为父亲的辛格付出的一切，看到了他在变老，看到了他细腻的牵挂和沉甸甸的爱。因为我们渴望美好，渴望时光的停滞，渴望善良的父亲永恒的年轻，渴望父亲辛格被理解。但生活中的我们，并不都是旁观者，我们也在自己的故事中。所谓当局者迷，我们也常常像吉塔一样，那么令人心痛地伤害最爱我们的人。

终于，等到了那一刻。电话的这头是女儿吉塔泣不成声的道歉，而电话的那头是父亲辛格默默的老泪横流。我想，此刻的辛格比女儿的心更痛，泣不成声只是一个孩子醒悟的宣泄，而隐隐的默默流泪是让痛楚隔开喉咙。冥冥中撑着的，则是做父亲的尊严和这么多年来最脆弱处的酸涩。

吉塔，彻底地醒悟了，是父亲多年来的教诲，使她站上了世界赛场。那一刻她懂了，这世界上最爱她的人是父亲；最了解她的人，也是父亲。而正是因为这份对女儿的爱，辛格在观众席里的每一句呐喊，都是对女儿最正确的指导。也许，这些指导并不专业和完美。但是，它是父女之间的信任和默契、支持和鼓励，它一定是最适合吉塔的。

"记住，爸爸不会时刻保护你，爸爸只是教你如何战斗，你要自己战胜恐惧！"在这场争夺世界摔跤冠军的战场上，身为父亲的辛格，先是被困在器材室中。他尝试着出去，他知道吉塔需要他，但命运就是喜欢给人磨难。辛格全然不知，赛场中女儿连连败退，眼看就要与金牌失之交臂，在最后的时刻，最后的十秒钟，那句话又一次划过吉塔的心灵："不要忘记你是怎么一步一步走到今天的！"回忆蜂拥而上，与男孩子在沙地中殊死搏斗，在赛场上一次又一次被重重地摔在地上。她迷茫过，无助过，伤痛过，哭泣过，绝望过，恐惧过，然而她都咬着牙挺了过来。为了自己的命运，为了父亲的梦想，为了千万个宿命的女人，为了能让国歌响彻整个世界赛场。试探，出击，五秒，她用智慧将对手反摔在地。尖叫、呐喊、掌声、哨声，一片喜悦的混沌，她做到了几乎不可能的事。吉塔，为印度赢得了第一枚女子55公斤级摔跤比赛的金牌。

她，成为永远地被人们记住的第一，传奇的榜样！

印度的国歌响彻了整个赛场。被困在器材室的辛格听到了，这是他等待了十年的声音！那一刻，梦想真的实现，所有的一切五味杂陈从心底迸发，他喜极而泣。

奔跑在长廊中，我们和他一样都哭了。因为这幸福来得太不容易，金牌的下面埋葬了多少痛苦和泪水，多少迷茫和恐惧，多少流言蜚语和冷嘲热讽。但是在这一刻，在辛格奔向女儿的这一刻，在吉塔亲吻奖牌的这一刻，全部变成了赞美和掌声。那是他们苦苦追求的来自世界的掌声，他们经受住了命运的考验，牵引了命运的方向。

人这一生，要有一个梦想，要有一个为之奋斗的理由。是挫折让我们懂得爱，是希望让我们有了无限的可能。不是所有人都能拿到那块金牌。每一个金光灿灿的金牌背后，都有一个泪光闪闪的故事。感谢父亲辛格和女儿吉塔，他们的故事让多少人动容，又让多少人看到了渺茫的希望之光，并在追梦的路上义无反顾地奔跑着。

# 现实与幻想

## ——《革命之路》读后感

在革命之路旁的山坡上，坐落着一栋白色的房子，里面曾经住过一对夫妻。但邻居们觉得这对夫妻很怪，神经兮兮的不像正常人。

丈夫法兰克，在一间大公司做员工；妻子爱波，在家里照顾两个孩子。他们的生活稳定而美好，邻居们都羡慕他们。正因为如此，他们是别人眼中的模范夫妻。

但邻居看到的只是他们所能看到的。他们不知道，法兰克夫妇每天晚上都在为各种事情争吵，他们甚至一度活在对方的折磨之中。终于，妻子爱波再也无法承受这些，她决定要改变，让生活重新开始。她决定把房子卖了，把他们拥有的一切卖掉，离开革命之路，去丈夫年轻时梦想的巴黎定居。

于是，她把想法告诉了丈夫。法兰克觉得她疯了，他们的生活这么安逸平和，为什么要改变？"你有过曾经的梦想，是现在你并不喜欢的工作占据了你的生命，我们才相互折磨。"妻子爱波如泣如诉，"我们活在压抑之中，而这种生活抹杀了真正的你。"

窗外雷雨交加，恍然间，我被这句话击穿了。我想到了故事开篇，那个充满朝气的、有着理想的法兰克，想到他举着红酒杯为爱波遐想巴黎的生活。那个少年时的法兰克仿佛死了，永远地死了。如今他日复一日重复着他父亲生前的工作，可能吧，他一辈子都只是这里的员工，他会一辈子生活在革命之路。他已经被生活磨圆了棱角。梦想，这缥缈的东西，终于还是被现实的风吹跑了。我想起了曾经，和大学生们的某几次交谈，当我说到梦想的时候，他们望着天空长长地叹了口气，然后又意犹未尽地对我说：小妹，但愿十年后的你还能有一个梦想。我突然间觉得自己离他们那么遥远，虽然我们只差了五六岁，但他们说那句话的时候，显得那么老成，仿佛已经被真正的世界征服了。现实这东西，太过残酷，终于有一天，我们会为了职业、婚姻、生存等，放弃曾经的种种妄想，循规蹈矩地面对现实，去活成社会所需要的那个样子。这是成长的代价，是岁月的痕迹。

可是，那一刻，那个年少时的法兰克又一次复生了，他同意了妻子爱波的请求，并决定辞职去定居巴黎，开始新的生活。也是那段时间，他们夫妻又回到了往昔，那么相濡以沫，仿佛再没有什么能打倒他们。

当他们把定居巴黎的计划告诉邻居、同事的时候，法兰克夫妇静静地看着他们露出的惊讶的表情，或是捧腹大笑的仪态。是的，至少这个世界上的正常人，都不会放弃正常的生活，去一个遥远的、陌生的地方定居。

直到有一天，他们把这件事告诉了玛格太太患精神病的儿子时，他说出了那句真正理解的话："很多人知道生活很空虚，或者说很绝望。但是要承认没有希望，真的需要勇气。"我们的生活，终有一天也会成为一种模式，做着我们曾经并不爱的事业，带着自己的孩子，过着循规蹈矩的生活。这样的日子有时让人们看不见希望，只是混着过日子而已，它在别人眼中幸福而正常，但自己常常感到极度的痛苦。这不是因为我们贪婪，不懂得知足，而是因为我们不能接受现在的一切，就是我们不能放下曾经幻想的生活。它不是，毕竟誓言是誓言，幻想是幻想。而现实是漫长的磨难，再加上度日如年的空虚。我大概是明白了，为什么这么多人，连我也一样，曾在年少的时候喜欢三毛。因为三毛从某种意义上来说，她是自由的，她行走在撒哈拉沙漠上，带着伤痛，孤独而幸福地走着。她就是那种活在幻想中的人哪，她就是那种走了自己的路的人啊。可谁又知道，在遥远的沙漠中，她是不是也和我们一样，感受着自由的幻想和离愁别绪的束缚？我们向往绝对的自由，但我们的自由经常与集体的自由相克，我们的自由经常与他人的自由相冲突。所以，令人感到可悲的是，这个世界上根本就没有绝对的自由。

就在生活要重新开始的时候，法兰克得到了上级的极度赏识，他将拥有更高的工资和更好的生活。但他不以为然，他的心和妻子爱波在一起，他们是那样极度地渴望着生活能重新开始。但当老板告诫法兰克，在人的一生中，机会只有一两次，且一去不复返时，无情的现实让法兰克犹豫了，就是在那一刻，年少的法兰克最终还是被现实的生活给驯服了，他选择了留下。

在一次激烈的争吵后，爱波的心枯竭了。第二天清晨，她强颜欢笑，为丈夫做了最后一顿早餐。那顿早餐是那样的和平宁静，是一对夫妻最美好而温馨的场面。送走法兰克，爱波独自一人收拾餐具，她在晨光中默默地低啜着。

那天下午，医院里传来爱波去世的消息，她无法忍受这样的现实，去了天国。那时，法兰克正痛不欲生地哭泣着。

这个世界上，活下来的人都不容易，他们经历了磨难，适应了社会，放弃了妄想，调整了心态。他们活下去，不再像孩子那样单纯；他们为了生存和家庭，牺牲了自己原有的梦想，尽管那是无比美好、十分诱人的梦想。而那些从未停止追求梦想的人，他们本身没有错，但是他们或者不该来到这个现实的世界，或者降临人世时只带了一颗空洞的脑壳。所以，他们或者被现实打败，成了无情现实的弃儿；或者变作了另类，成了现实世界中旁人眼中的精神病，可悲地孤独着。

如果，你活着，并且还有着梦想，那太好了，只是请你听我一句劝告：希望你在追梦的路上，能一步一个脚印地踏着脚下的实地，坚毅地盯住远方既定的目标，在黑暗中不屈不挠地努力前行。

# 莫忘初心

## ——《建军大业》观后感

"那些被战火洗礼过的灵魂，将同人民的命运融在一起，无上光荣。"

——题记

炮火连天，狼烟四起，铁马冰河，血雨腥风。

这是我所能看到的 1927 年那个褪色的中国：所有的孩子眼里都充满着惊慌，所有的母亲眼里都含满泪水，所有的士兵眼里都闪烁着信仰的希望。那个年代，枪声和爆炸声侵蚀了百姓内心深处的安全感，殷红的血液浸红了土地宽广的胸膛，跟跄的脚步走出了敌军重重的阻挠，颤抖的双手握住了残破的红色旗帜，佝偻的背影坚挺地朝向太阳升起的地方。那些叹息着死亡悲哀的灰烬，哭泣着希望缥缈的余烟，那些看见的、看不见的手和眼，那些感受得到、感受不到的光和热，一直都在，不离不弃。就在每一个战死沙场的军人心里，就在每一个中国人的心里。

当迫击炮冲垮了敌军严防死守的防线，狼烟蔓延了磁青色的湖面，鲜血打湿了玫瑰色的夕阳，那些侥幸活下来的人们，沉默、悲愤地守望着这刚刚死去的地方。在他们狰狞的脸上挂满泪珠，沙哑的喉咙释放的是痛不欲生。他们用最敬重而简短的仪式，脱下军帽，低下头，默默哭泣，默默祈祷，默默思念。他们多想有一天，潘多拉的盒子永远地关上，灵魂还能重新回到这片土壤，踩着那沉厚土壤的孩子，追逐嬉戏。他们会忘记那些深埋的尸骨以及战争的痛苦。他们用咯咯的笑声，笑着；用那种最灵动清澈的声音，笑着；用那种战争年代没有的声音，简简单单地笑着……

忘不了那个深夜，星月朦胧，微光下的南昌城被炮火唤醒；忘不了那个秋天，冷风飒飒，槐树下的毛泽东举起枪杆，意气风发地讲述革命；忘不了那个谷雨，欢呼阵阵，两只历经沧桑的手，在九死一生后紧紧地握在一起……毛主席那样说，星星之火，可以燎原。农民就像是干柴，给一点星火就会燃遍整个草原。他懂中国，懂中国的昨日今天，更懂中国的未来。也许，正是那段慷慨悲壮的热血岁月，让中国人懂得了，要想让自己强大起来，要想重组革命的火种，就必须有属于自己的军队，必须要用枪杆子打出政权，夺取天下。

那些我们从老旧的光碟中看到的战争，无数个白天黑夜的侵蚀，明晃晃的阳光，会刺痛黑暗中人们的双眼，会迷惑士兵们疲惫的心智。只有革命者们眼中才有异常的光芒，因为他们知道，白天再怎么漫长，也会迎来夕阳。清冷的月光，会让独自外出的人不寒而栗；伸手不见五指的深夜，会让走夜路的人瑟瑟发抖。只有革命者的拳头会紧紧地攥着，因为他们知道，那是黎明前的黑暗。

回望中国人民解放军建军以来走过的这些路，就像见证一个不可能的奇迹。我无法想象，那些拥有着革命崇高理想的人们，他们是怎样毫不犹豫地奉献自己的生命，坚韧不屈地承受敌人的折磨！他们是那种人，可以咬着牙，依然愤怒地微笑，用鄙夷的目光投向敌人，他们不怕死，哪怕是奄奄一息，也要有尊严地昂着头，也要为新中国的成立，付出自己的全部。也许，当那一天到来时，当五星红旗飘扬在全中国的蓝天下时，他们已经永远地沉睡了。但他们为着初心，为我们今日中国的强大、人民的幸福，不惜流尽最后一滴热血。

当我在电脑上敲下每一个字，写下每一句我想说的话时，我感到心中荡漾着一份强烈的震撼和感动。我们现在的和平与富强，是怎样地来之不易，它不知沉淀了多少先烈们的泪与血，多少无名英雄坚定的信念和无悔的选择。

"如果你觉得活得很舒服，是因为有许多人在为你付出；如果你觉得活着很安全，是因为有许多人在替你承担风险。"我不知道现在每一个简单普通的一天，会让那些生活在水深火热中的人多么艳羡。当看着五星红旗冉冉升起的时候，我看见了原野上燃烧的星星之火，我看见了手持长枪的士兵坚强的背影，我看到了祖国东方那冉冉升起的朝阳。每当这时，我心中强烈的自豪感就会油然而生。我知道，无论哪一天，无论我走到哪里，只要我说我是中国人，我都会被羡慕和尊重。因为他们知道我来自一个强大的祖国，来自一个独立站立起来的民族。我感到了厚实的安全感。我知道，无论我身处何方，遇到了什么样的困难，我的祖国都会保护我，都能保护我，我有一个最坚实的臂弯。

哪怕有一天，我忘却了所有，我也不会忘记中国，不会忘记这养育我的土地，还有那红旗之上温热的鲜血。我坚信，当今天的人们看到共产党的号角在枪林弹雨中吹响，鲜红的旗帜在井冈山的战火与硝烟中飘荡，红军战士挺胸勇对敌人的枪弹，八路军战士面对日寇手上带血的刺刀时，心底都会燃起一份烈火，眼里都会涌满一汪清澈的泪，人们都会暗暗地提醒自己：莫忘初心。

# 人生自有定力

## ——读《苏轼传》有感

东坡诗云："回首向来萧瑟处，归去，也无风雨也无晴。"

北京的夏天，风雨向来喜怒无常。放学回家，刚好被雨淋在路上。起初觉得狼狈不堪，但恍然间想起了东坡居士的这首词，便几番吟咏。路上的行人撑起了伞，我走在迷蒙的雨中，听着雨打银杏叶，飒飒作响。我放下遮挡的手臂，大阔步地走在石板小路上。那一刻，我有一种感觉，跨越千年的时光，东坡居士心里的那份自如与潇洒，忽然也爬上了我的心头。

"莫听穿林打叶声，何妨吟啸且徐行。竹杖芒鞋轻胜马，谁怕？一蓑烟雨任平生。

料峭春风吹酒醒，微冷，山头斜照却相迎。回首向来萧瑟处，归去，也无风雨也无晴。"

风雨天和晴天自然是不同的，就像得势与穷途不同一样。但是，因为东坡居士的内心像大海一样宽广而浩渺，无论是晴空万里还是电闪雷鸣，都不会让诗人的内心涌起过大的波澜。在那广阔而平静的精神世界里，所有世事的变化，都没有那么值得在意了。当人登上更高的人生境界时，就会放下很多心灵的包袱，会活得更自如、更随性、更泰然、更开阔。

回想起苏轼来到黄州的第三年，从初到此地"惊起却回头，有恨无人省，拣尽寒枝不肯栖，寂寞沙洲冷"的低落与愁闷，走向了更广阔的天地空间。历经人世坎坷，从天堂坠入人间，回首曾经的风风雨雨，心中自是感慨万千。这场令众人狼狈不堪的风雨，不仅仅是沙湖道的雨，更是官场上的政治风雨。但是，是风雨成就了苏东坡，就像涅槃之路成就了凤凰，破茧之痛成就了蝴蝶一样。也许只有当生命历经磨难的时候，才会走向一个精神的高峰。在那里，"海阔凭鱼跃，天高任鸟飞"；在那里，"采菊东篱下，悠然见南山"；在那里，"竹本无心，节外偏生枝叶，藕虽有孔，心中不染尘埃"；在那里，生命变得更宁静、更高洁、更有定力。一个人从世俗的目光中走出来，活得潇洒、自如、真实。

"蜗角虚名，蝇头微利，算来著甚干忙。事皆前定，谁弱又谁强。且趁闲身未老，须放我、些子疏狂。百年里，浑教是醉，三万六千场。

思量。能几许？忧愁风雨，一半相妨。又何须，抵死说短论长。幸对清风皓月，苔茵展、云幕高张。江南好，千钟美酒，一曲满庭芳。"

东坡居士和我们一样，都曾经那样在乎自己的观点，那样在乎别人的目光，那样在乎建功立业的政治抱负。可是又怎样呢，不过是在争那些"蜗角虚名，蝇头微利"。如今年过半百被贬黄州，而曾经的那些在意都被雨打风吹去，飘摇零落。政治生涯和生命都几经磨难，前途未卜。是啊，人生向来不就是风雨一场吗？原来是狼狈不堪，萎靡苦楚，遮遮掩掩。但如今真正的风雨降临了，从泪水和萎靡中走出来，听穿林打叶，阔步走在雨中；看水落石出，吟啸饮酒于浪头，便有了一份潇洒，有了一份无拘无束的清闲与自在。

记得有这样一个故事。说苏轼曾与佛印泛舟江上。忽然，东坡居士看到岸上有只狗在啃骨头，便指着那只狗对佛印说："狗啃河上（和尚）骨。"然后将狡黠的目光投向佛印，看这位老朋友会怎样回应他。佛印不慌不忙地微笑着，将写有苏轼诗的折扇扔到水里，指着水中的扇子说道："水流东坡诗（尸）。"这一哑联和它背后的故事，一直传颂到今天。在那份略显轻快的欢乐背后，我看到了一颗在苦难中缓缓下沉的心，因为这颗心的定力，东坡居士在困境中依然保有淡然的幽默和风趣。

嘉祐二年（1057年），苏轼进士及第。宋神宗时在凤翔、杭州、密州、徐州、湖州等地任职。元丰三年（1080年），因"乌台诗案"被贬为黄州团练副使。历经坎坷的东坡居士，用最高贵、最包容的姿态，拥抱所有的不幸和苦难，灵魂在最狼狈的那个时刻，得到了洗礼和升华。

"宠辱不惊，闲看庭前花开花落；去留无意，漫随天外云卷云舒。"那份人生的定力，是面对命运的淡定与豁达，是历经磨难，依然能选择捕捉生命的美好。如果心中已是一片大海，波折的路途就掀不起滔天巨浪；若心中已是一片原野，即可任由那马儿驰骋。正是因为心中有定力，有对于命运坎坷的承受，有对于人情世故的包容，有对自我价值的追求，东坡居士最终能坦然地面对风雨，面对坎坷，面对磨难。张九龄说："草木有本心，何求美人折。"草木有自己本心的那份定力，它绝不在意任何外在的目光和世俗的评价。我想，一个人的价值，不仅仅是对社会的作用，更是一个生命自我完成、自我升华、自我坚守的过程。就像杨绛曾在《一百岁感悟》里写的那样："我们曾如此渴望命运的波澜，到最后才发现，人生最曼妙的风景，竟是内心的淡定与从容……我们曾如此期盼外界的认可，到最后才知道，世界是自己的，与他人毫无关系。"

生命的定力，让一个人从苦难的深渊中走出来，看云淡风轻，水落石出；生命的定力，让一个人从呜咽低吟的愁苦中走出来，唱大江东去浪淘尽，千古风流人物；生命的定力，让生命不再被标榜，活得真实、潇洒、豁达。

# 忏　悔

## ——读《红楼梦》有感

他是这个世界上最不想长大的孩子，也是贾府最不可原谅的罪人。

——题记

　　"面若中秋之月，色如春晓之花，鬓若刀裁，眉如墨画，鼻如悬胆，睛若秋波。虽怒时而似笑，即瞋视而有情"，"面如傅粉，唇若施脂；转盼多情，语言若笑。天然一段风韵，全在眉梢；平生万种情思，悉堆眼角。"

　　很多年后，宝玉也沦落成了一无所有的和尚，当他回想起那段在大观园里鲜花似锦、烈火烹油的盛世年华时，忍不住要失声痛哭。他所有的风采都留在他的青春里，被记忆冰封在遥不可及的曾经。他恨那个曾经的自己，恨那个荒废了青春的自己，恨那个拖累家族的自己，恨那个没有深谋远虑的自己。他恨自己的这一辈子，但这些都是徒劳的。因为一切都不能再改变，他只能在饱含岁月的折磨中，永恒地忏悔。

　　他含着玉出生，他是贾府的希望。因为在这个时候，贾家的富贵主要是依靠皇帝的恩宠，以及贾政在朝廷为官的作为。其实，一直都是贾政一个人在养活整个家族。贾家急需要一个人能通过科举来改变这种被动的局面，巩固家族的根基，而贾宝玉就应该是这个转机。可以说，他的出生肩负着光宗耀祖的责任。因此，所有的人都围着他转，都把他当珍宝一样呵护。

宝玉的每一次亮相都光彩夺目、神采奕奕。他"头上戴着束发嵌宝紫金冠，齐眉勒着二龙戏珠金抹额，一件二色金百蝶穿花大红箭袖，束着五彩丝攒花结长穗宫绦，外罩石青起花八团倭缎排穗褂，蹬着青缎粉底小朝靴。"简直是集华丽、风采于一身。从着装上就能看出那种大家公子哥的气质，显然可见的是，他在贾家的受宠地位。不止这些，他还可以在贾母的怀里撒娇打滚，"扭股糖"似的厮缠。他所到之处，姐姐妹妹们都如众星捧月，呵护他，打趣他。

但是，权利与义务是相互的。

他在享受贾家最好的待遇时，也应该肩负起让贾家更加富贵荣华的责任。可是，他没有。他不喜欢富贵之道，却寄生于富贵之家；他只想永远地享受那个温暖的巢穴，享受被人呵护和宠爱，但从来没有打算站出来为这个家庭做点什么，一点也不曾。面对青春，他只是无故寻愁觅恨；面对责任，他只有退缩、逃避、麻木。

有人说，上天的残忍，不是让你一出生就一贫如洗，而是把这世间所有的荣耀和富贵都给你，然后，再从你身边一一夺走。对于宝玉来说，这个夺走他全部的，其实就是他自己。


## 最不想长大的孩子

在当时，光宗耀祖的正道就是科举。可是他不喜欢仕途，他讨厌一切劝他走上仕途的人，因为那样的生活让他不快乐。只有大观园才是他人生的逍遥场，他每日只和姊妹丫头们一处，或读书，或写字，或弹琴下棋、作画吟诗，以至描鸾刺凤、斗草簪花、低吟悄唱、拆字猜谜……无所不至。从宝玉写的四首即事诗就能看出来。

### 春 夜 即 事

霞绡云幄任铺陈，隔巷蟆更听未真。枕上轻寒窗外雨，眼前春色梦中人。

盈盈烛泪因谁泣，点点花愁为我嗔。自是小鬟娇懒惯，拥衾不耐笑言频。

夏 夜 即 事

倦绣佳人幽梦长，金笼鹦鹉唤茶汤。窗明麝月开宫镜，室霭檀云品御香。

琥珀杯倾荷露滑，玻璃槛纳柳风凉。水亭处处齐纨动，帘卷朱楼罢晚妆。

秋 夜 即 事

绛芸轩里绝喧哗，桂魄流光浸茜纱。苔锁石纹容睡鹤，井飘桐露湿栖鸦。

抱衾婢至舒金凤，倚槛人归落翠花。静夜不眠因酒渴，沉烟重拨索烹茶。

冬 夜 即 事

梅魂竹梦已三更，锦罽鹴衾睡未成。松影一庭惟见鹤，梨花满地不闻莺。

女奴翠袖诗怀冷，公子金貂酒力轻。却喜侍儿知试茗，扫将新雪及时烹。

读这几首诗，都能感到一种富贵人家的慵懒和华贵，夹杂着青春那种淡淡的迷茫和闲愁。这种慢生活的情调，对于生活在快节奏今天的我们来说，是一种求之不得的宁静和舒缓。很多人觉得这四首诗是宝玉对生活一种很高的品位，是他对美的独到见解。但我并不这样认为，在雍容华贵的笔墨之下，还有些别的东西。

我觉得也许宝玉总是挤在姑娘堆里，在姐妹之间不断地调节，这些操心不是因为他选择单纯的喜欢，而是一种对长大的逃避，对童年的眷恋，以及对内心空虚的弥补。

从某个角度来说，作为贾府最受宠的人，他也最怕孤独，最怕冷落。此时的他已经意识到自己在长大，意识到生活在改变，但是，他不想改变，不想失去。所以，他用各种形式参与到姐姐妹妹的生活琐事里，来弥补对未来的迷茫以及内心的极度空虚。宝玉，已经是一个十三四岁的男孩子，可以看成一个大人了，但是，他的精神世界还完全停留在童年。他每天想的还是怎么和黛玉一起玩，院子里又有什么新鲜事。他想的还是在贾母的怀里打滚，在丫头的身上撒娇，怎么吃女孩子的胭脂。这些小孩子的行为，再在他身上表露出来，显得有些不合体。他作为富贵人家的孩子，由于生活条件过于富足，所以，什么事都无忧无虑，觉得富足的生活是理所应当。这种幻觉会让他觉得天下的所有人都和他有一样的待遇。他发现不了丫鬟心里的恨、贾芸的卑微、小红的艰难，也因此心智成熟得晚，想法也单纯。但随着时间的推移，宝玉也体会到了这种长大的威胁，黛玉不能再和他睡一张床，湘云不再给他扎辫子，鸳鸯不再允许他在自己的怀里撒娇。这些改变，都让宝玉的内心变得空虚且害怕，他怕失去这些，他怕失去这些宠爱。所以，他不停地在姐姐妹妹的闺房里厮混，他为的是能再多留一秒钟青春，多享受一会儿那种没有性别界限的打闹。而对于那孤独的书案，他恐惧、逃避，因为那里是通向成人世界的光明大道，那里有各种八股文章，有各种人情世故。他不愿去想这些烦心的事，他只想这样舒舒服服地活下去，单单纯纯地活下去。

## 最不可原谅的罪人

有人说，宝玉对仕途的厌恶，是对内心世界的坚守，是一种清高和执着。但我觉得这种想法太过吹捧宝玉。对一个人来说，厌恶仕途，在混沌的大社会背景下，毅然选择坚守自己的内心，需要极大的勇气。因为这意味着放弃荣华富贵，放弃所有世俗的荣耀和物质的享受，然后用余下的生命，去忍耐寂寞孤独，并渐渐被那个时代所遗忘。

这是常人做不到的，但确实有人做到了。东晋的陶渊明，他年轻的时候看透了社会的腐败，所以，他选择远离官场，坚守生命的洁净，不同流合污。我敬佩陶渊明，因为他是一个真正懂得到自己想要什么的人，他在那个纷繁的世俗里做自己。当然，他失去了很多享受的机会。但是，他也体验到了生命的淳朴和自然的真实。尤其是站在几千年后的今天看，陶渊明的失去是有价值的。他虽然没能参与那个时代，但他也永远地被人们传颂，而他的那份高洁的生命状态，也被万代后人瞻仰。只有有追求的人、知道自己想要什么的人，才能坚守得住，因为他们清晰地知道生命里最重要的部分是什么。再看宝玉便发现他对仕途的厌恶和陶渊明不太一样。宝玉寄生在富贵之家，他享受的就是这种不人道的社会剥削和社会腐败，他是社会腐败和剥削的受益者。他的这份厌恶是因为"良药苦口"，他是想逃避那份沉甸甸的家族责任，而只想享受荣华富贵。在受宠的时候，他可以对所有人好。因为他没有生存的压力，他可以活得无忧无虑、天真烂漫。他可以轻轻松松地说自己讨厌什么，喜欢什么。但当一个人卑微到一无所有，徘徊在生死边缘的时候，为了生存他可以不惜一切，甚至是伤害别人。那个时候他没有资格去选择喜欢什么，讨厌什么，因为他只能选择接受，接受冷眼，接受嘲讽，接受苦难，接受命运！

所以，对那个衣食无忧的宝玉来说，他根本不知道厌恶仕途意味着什么，他更不会为此去坚守什么。他每天关心的只是林妹妹怎么又生气了，宝钗的膀子要是长在林妹妹身上就好了。可是这样的生活，谁来提供呢？

有句话是这么说的，如果你觉得活得很舒服，那是因为有许多人在为你付出；如果你活得很安全，那是因为有许多人在为你承担风险。这个世界上没有绝对宁静的港湾，所谓的岁月静好，不过是有人在为你遮风挡雨而已。

宝玉不知道，这个大观园的春色满园、万紫千红，是元春枯竭的青春换来的；宝玉不知道，他的锦衣玉食，是他的先祖用血和生命打拼下来的；宝玉不知道，眼前的繁华已经风雨飘摇，他的一步错就会导致全盘皆输；宝玉也不知道，当他为林姑娘而如痴如醉的时候，是他的父亲贾政在艰难地维系着这个家族；宝玉更不知道，他在风花雪月、吟诗作赋的时候，这个世界还有很多像刘姥姥一样的人在为生存而奔波忙碌……

我们总是在分析宝玉身上那些美好的品质，但我想他表现出的种种美好，都是因为自身吸收了太多光芒，所有的人都以爱对他，他也就以爱相报。贾宝玉，他享受了这个家族最好的待遇，但他却在这个家族需要他的时候，选择逃避和退缩。他不曾为这个家族奉献过一点，他沉醉在自己的诗词歌赋中，他在以寻找美的借口逃避责任，躲避成长。他依依不舍地眷恋着童年的余温，不怪这个世界抛弃了他，只怪他自私地活在缥缈无垠的精神世界里，不愿醒来，不愿担当。

宝玉想拥有自己的爱情，想拥有自己的人生，这些都没有错。但是他忘记了，他的舞台就是这个家族，当这个家族坍塌的时候，他也没有机会、没有资格去追求他所想要的东西了。他作为这个家庭的一分子，尤其是未来的顶梁柱，他的命运将永远地依附于他的家族，同存同逝。有这个家族在，他就可以享受荣华富贵，追求自己想要的；一旦这个家族不在了，他就不再是宝二爷，他不过是人世间的一个穷儒罢了。这就不难理解贾政对宝玉的恨铁不成钢。宝玉被寄托了那么多的希望，但终究是"无材补天"，哪管世人诽谤。

没有人能一辈子被别人宠爱。成长是痛苦的，但每个人都必须成长。成长意味着奉献和牺牲，可能要做自己不喜欢的事，说自己不喜欢的话，成为自己不想成为的人。但是，这一切都是为了心甘情愿地爱着的一个人、一个家、一份事业。成长是心底里的一份信念、一份担当。贾宝玉的生命里没有追求，没有信念，没有责任，他只是空空地爱着、享受着、眷恋着，却不做任何的付出。

贾宝玉，他是那个蜜罐子里泡大的孩子，一个永远不想长大的孩子，他也是贾府最不能原谅的罪人。

# 一场凋零的青春

## ——对《红楼梦》女子元春的慨叹

二十年来辨是非，榴花开处照宫闱。三春争及
初春景，虎兕相逢大梦归。

——题记

沉睡的元春，梦到了这一幕。

那一天，飞甍限罘、花明柳暗的温柔乡也难逃衰败之悲命。凤阁龙楼沦为
陋室空堂，玉树琼枝化为衰草枯杨；曾日里的长戟高门，如今却蛛丝结满雕
梁；曾日里的蔷薇繁漫、阶柳庭花，如今只是青苔爬漫、杂草疯长；曾日里的
雕栏玉砌、抄手游廊，如今却是斑驳沧桑、满目颓唐。一切的繁华，一切的富
贵，在漫长的岁月中消磨殆尽，只余下一场空空如也的幻殇。

那一天，她早已沉睡，不再醒来。她柔弱的身躯在泥土的深处瓦解，可是
她的灵魂，还会回到那片使她魂牵梦萦的花园，她会独自站立在落花翻飞的庭
院中，隐隐啜泣。被封锁的大观园杂草丛生，陷入一片无人问津的荒芜和萧
索，就像她那凋零的、被遗忘的青春一样。

作为贾家的长女，自幼惹人疼爱，从小在锦衣玉食中长大，十一岁因"贤
孝才德"选入宫中，从此踏上了永无退路的尘世。初任女史，后来封为凤藻宫
尚书，加封贤德妃，又蒙天子降谕特准鸾舆入其私第，也正因此有了"大观园

试才题对额　荣国府归省庆元宵"的鲜花酌酒、烈火烹油之繁华盛世，正应了元春判曲里所写的"喜荣华正好"。只是人们不会轻易看到，在这繁华的背后，藏着一颗怎样孤独的心。当她披金戴银地端坐于高堂之上时，当她挽着贾母与众姐妹呜咽对泣之时，当她隔着帘幔看到父亲跪在她的面前俯首称臣之时，她的青春、她的生命已在那苦涩的泪珠中缓慢地凋谢了。

元春的青春，如昙花般闪现，又如流星般陨落，转瞬即逝。

《红楼梦》中曾有一段这样写道："元春因在宫中自编大观园题咏之后，忽想起那大观园中景致，自己幸过之后，贾政必定敬谨封锁，不敢使人进去骚扰，岂不寥落。况家中现有几个能诗会赋的姊妹，何不命她们进去居住，也不使佳人落魄，花柳无颜。"

是元春用自己零落成泥碾作尘的命运，换了贾府里年轻姊妹们一次拥有青春的机会。是她，轻轻地推开了那扇美好的生命之门，掀开了尘封的帘幕；是她，为姊妹们提供了一个可以"枕上轻寒窗外雨，眼前春色梦中人"的诗情画意；是她，给了年轻的生命一次自由生长、自由开花的机会。一切的梦、美好、青春都是源于她。是她，用自己的青春换来了贾府姊妹们的青春；是她，用自己的生命，换来了贾府的富贵盛世。

懂事而温婉的她深知，作为贾家的长女，她担负着"保持家族兴旺"的责任。为了稳固钟鸣鼎食的簪缨之家，她应该无怨无悔地付出一切。于是她放弃了轻松与享受，放弃了安逸与慵懒，孤身一人进入"那见不得人的去处"，从一个被保护的人，转变为一个保护他人的人。在钩心斗角中察言观色，不能说错一句话，不能走错一步路。每一天都战战兢兢、如履薄冰，因为她的肩上不仅仅是绣花的丝袍，更是一个家族的命运。她的荣，就是家族的荣；她的衰，也将为家族带来不可估量的损失，为原本就风雨飘摇的贾府，掀起更大的惊涛骇浪。

元春曾经说过："如今虽富贵已极，却骨肉分离，想来终无趣意。"这个为贾府带来烈火烹油、鲜花着锦之盛的女子，默默忍受了多少暗无天日的寂寞与痛苦，独自吞下了多少魂牵梦萦的思念、恐惧孤独的泪水。在她的盛装之下，在她的帘幔之内，藏着一颗怎样伤痕累累、血流不止的心。

当贾府中的男人们肆意淫荡的时候，当大观园的姊妹们吟风弄月的时候，他们都忘记了，眼前的良辰美景，是元春用命运换来的。他们忘记了富贵的来之不易，仿佛一切都是理所应当。这就像《红楼梦》的叙述中很少提及元春一样，在日常的琐碎中，她已然被人们遗忘。因为安逸的生活，不会使他们每天铭记着那位高高在上的娘娘。他们也不会知道，当他们沉醉于自己的乐土时，那个在宫廷中独自哭泣的女子，又是怎样在电闪雷鸣之中，捍卫着他们风雨飘摇的家族。直到发生大的政治变革，温柔乡中的人们才会猛然一惊，发现自己所拥有的一切，并非那样理所应当。当贾府中的人们再一次将目光聚焦在富贵的源头时，那遮风挡雨的盾牌早已千疮百孔。而这个盾牌，就是元春。她就像是贾府的一颗棋子，贾府供奉神灵的殉葬品，她就像是一朵在暴雨中开放的花朵。她抛弃自己的生命，去争夺一点点没有雨水的安全。怪不得《石头记》开篇这样写道："今风尘碌碌，一事无成，忽念及当日所有之女子，一一细考较去，觉其行止见识皆出于我之上。何我堂堂之须眉，诚不若彼裙钗哉！实愧则有余，悔又无益之大无可如何之日也！"

是的，所有的良辰美景与风花雪月，都有人为此殉葬；所有美好与幸福的背后，都必将要付出代价。"如果你觉得活着很舒服，是因为有许多人在为你付出，如果你觉得活着很安全，是因为有许多人在为你承担风险。"这个世界上从来没有真正宁静的港湾，所谓的岁月静好，不过是有人在为你遮风挡雨。元春所能做的，只能是这么多。当她死在病榻之上的时候，她一定在含泪追忆，追忆那些她用自己青春换来的温柔、富贵与金碧辉煌。

贾府所有的人都在吮吸和蚕食元春的青春。青春很短暂，再怎样尽力都无法挽留，待人们顿悟过来的时候，只能含泪惜别与悔恨。而大观园中那份属于青春的美好，也终将会逝去。也许，元春用自己青春换来的，不是姊妹永生永世的无忧无虑，只是一段无法忘怀的记忆而已。但是，当他们从记忆中走出来的时候，也都要尝尽元春曾为他们熬过的艰辛。

有一天，大观园一片萧索，满目疮痍。大观园里曾经的人们，也早已各奔天涯，消散在茫茫人海中。那一天，袭人也会膝下满堂；那一天，探春早已远嫁他乡；那一天，湘云抽泣着独倚亭廊……待到草长莺飞、桃杏争艳之时，散落于世俗的女子们，她们又想起那段不与人言的岁月，独自一人面对着身旁的器物出神，怀念那佳木茏葱、奇花闪灼、雕甍绣槛、清溪泻雪的大观园，以及那段描鸾刺凤、斗草簪花，拥衾不耐笑言频的慵懒时光之时，她们应该想起元春。那个在春天第一个凋零的花苞，还未曾真正地绽放，就化作其他鲜花的土壤。

"一番风，连夜雨。收拾做春暮。艳冷香销，莺燕惨无语。晓来绿水桥边，青门陌上，不忍见、落红无数。

怎分付。独倚红药栏边，伤春甚情绪。若取留春，欲去去何处。也知春亦多情，依依欲住。子规道、不如归去。"

# 无力的反抗

## ——对《雷雨》中人物蘩漪的分析

　　她的眼睛直勾勾地盯着手中的相片，片刻，冷静地把它撕碎。她没有表情，眼神呆滞，仿佛被摄取了灵魂；皮肤松弛，就像挂在衣架上的毛毯。她的面颊像石灰一样苍白，没有表情，没有动作，没有神态，一切都是停滞的。她已经遭遇了这个世界上最寒冷的袭击，她亲耳听到的，那个曾经深爱他的男人，用最暴怒的语气对她吼道："你真的疯了！""我希望你去死，再见。"

　　奇怪，那一刻，她竟然没有哭。

　　也许是眼泪流干了，多年的折磨已经让她心如死灰，所有的反抗和自我拯救，都变成了发疯的铁证。对于任何的爱与恨，都已经丧失了知觉和信任，她就像老虎掌下一只丧失自由的小鸟，被肆意蹂躏、摧残。羽毛掉落了一地，但是任何的反抗，都会带来更痛的折磨。

　　我想，蘩漪的悲剧在于她的反抗是那么的强烈，但是，在她所处的家族和社会面前，却又是那么的无力甚至不堪一击。她拒绝，她追求，她述说，她呐喊。可无论怎么做都被逼向另一个绝境，她的反抗似乎没有意义。她的反抗被看作疯病，她反抗得越强烈，就被认为是病得越深。而且她越反抗，越糟糕，越痛苦。直到最后，她的反抗具有了毁灭意识：既然我的反抗是没有力量的，那就让所有人都去为之送葬吧！抛弃我的人也一定要受到我的惩罚！这不是她反抗的本意，但是在漫长而扭曲的家族阴影下，她过于孤独，过于压抑，过于痛苦。直到最后，她只想让更多人陪她一起感受生不如死的感觉。

## "你喝下去！"

"你最好现在喝了它""喝了它，不要任性""喝下去！"面对周朴园的呵斥，蘩漪的眼里充满了泪。她没有选择直接喝下去，她依然在周旋，在反抗，她在为自己争夺一点点权利。在此期间，她的反抗可以分为三层。

第一层，蘩漪选择毫无畏惧地说出事实："我叫四凤把药倒了"，而不是选择敷衍、遮盖事实。这本身就是一种反抗，她在用她的言语告诉周朴园以及在场的所有人，她是正常的，她是有感知的，她是有决定自己行为的能力的，她不想被人逼迫！

第二层，是蘩漪明确地告诉周朴园："我不愿意喝这个苦东西！""我不想喝！"，这是她的立场，她在向逼迫她的人宣誓，这是我的立场，我捍卫我的立场，我不妥协，我有选择的自由和能力。她在众人面前争夺她应该有的权利，这是她坚定的反抗。

第三层，是在周朴园一次次怒斥和威胁下，她呜咽地恳求："留着我晚上喝不行吗？"这一次她已经妥协了，她已经感到被惩罚的痛，她感到自己的卑微、无奈、弱小。她只想再为自己保留一点点尊严、一点点自由。但是，即便如此，也都注定是幻灭的。她终于还是在周萍即将跪下的时候，喝了下去。那一刻，她的心在流血，她别无选择。

蘩漪反抗了，真实地反抗了。但这样的反抗，在周朴园的专制与家族的威严与压抑下，显得是那样的无力甚至不堪一击。周朴园是这样说的："当了母亲的人，处处应当为孩子着想，就是自己不保重身体，也应替孩子做个服从的榜样。"蘩漪的反抗，却正是对服从的反抗、对强加的反抗。她不想成为一个只懂得服从的奴隶，她想拥有自由，拥有选择，拥有爱。她不想做一个被装在模子里的橡皮泥，她想做自己。

## "你有疯病!"

蘩漪没有病:"有病"不过是周朴园为了控制她而贴的标签而已。周朴园知道蘩漪了解他太多的底细,是一个巨大的隐患。为了不让别人相信她说的话,就得不停地把"有精神病"这个概念灌输给她身边的人,使周围的人用一种对待疯人的状态对待她,最终把她逼向了疯病。

蘩漪反抗过:"谁说我精神失常? 你们凭什么这样咒我,我没有病,我没有病,我告诉你,我没有病!"她一次又一次大声地宣告"我没病"。但越是情绪上强烈地反抗,就越被认为是疯病的征兆。因为一个正常的人,不会去强烈地反抗一切事物。但是,蘩漪看到了,她看到了这个家庭里的弊病,看到了这个家庭里的一切都是错的。所以,她不停地去反抗任何事物,她想争取一点属于自己的部分,包括她不停地请求周萍带她离开。她不怕被骂背叛伦理,她甚至不在乎周萍不爱她,她说如果带她走,以后把四凤接来是可以的。她只是想离开,想逃脱。

是的,但也许是因为这样的反抗太强烈了,再加上"神经病的标签",她被逼向病态。

## "带我离开这儿!"

蘩漪与周萍的感情是话剧里很重要的一条线。蘩漪的死死不放,她用任何手段强迫、乞求周萍,也促成了最后的悲剧。

蘩漪的错在于不该把自己寄托在周萍身上。蘩漪说过:"自从我把性命、名誉交给你,我什么都不顾了。"但是,当一个人把自己的全部交给另一个人的时候,无论她多么漂亮、年轻、温柔,都将迅速地走向枯萎,走向悲剧。我们没有人可以成为另一个人的全部,当把生命的全部托付给另一个人的时候,就从一个独立的人,变成了一个包袱。而一个包袱,无论他多么的华丽,都只有被抛弃的命运,因为他不过是别人手指间的一个小小的选择。

但悲剧在于,蘩漪别无选择,这是她唯一的稻草,这是她拯救自己的唯一希望。她清晰地知道，在这个家里她说的话不会被人们在乎，大家用看怪物的眼神看她，她的反抗有病态的理由来做支撑。如果想要改变，唯一的希望就是离开。谁叫周萍的爱救活了繁漪呢？就好像在沙漠里，你救活了一个奄奄一息的人，却又不带他走出沙漠，这难道不是对于被救者更深的折磨吗？

总之，她太冷了，太孤独了，太麻木了。她的反抗四处碰壁，她的生活了无希望。是的，她还是周家的太太，她活得很体面。但是她活得同样很卑微、很无奈。她的卑微，体现在她的反抗没有任何的力量，她就像一副没有灵魂的躯壳。因为背叛，因为抛弃，因为折磨，因为蹂躏，她心如枯槁，颜色憔悴。

# 最丰盈的生命

## ——《老人与海》读后感

一个人不仅要战胜失败，而且要超越成功。

——题记

　　圣地亚哥将残断的船舵举过头顶，向啃食大马林鱼的犁头鲨攮去。他的肌肉剧烈收缩，强大的力量让他不由自主地颤抖起来。血液从他粗糙的手掌中流出，滴在鲨鱼的眼睛里。在这片广阔无边的大海上，他呐喊道："人可以被毁灭，但不能被打倒！"

　　每一个生命都会被圣地亚哥的这份坚韧所震撼，并为他热血沸腾，我也一样。那个时候，我是多么地希望他可以征服这片海洋，赶走所有的鲨鱼，带着一只完整的大马林鱼回到渔村，在众人的惊叹中证明自己的能力，如愿以偿地卖掉大马林鱼的鱼肉，赚一笔钱。如此不仅可以得到人们的敬重和羡慕，还能收获切实的物质。这样的结尾充满着童话的天真，然而现实总是残酷的。读过这本书的人都知道，圣地亚哥再一次回到家的时候，这只丰腴的大马林鱼，已经被啃食成了一副可怜兮兮的骨架，而真正可以用来卖钱的鱼肉，已被吃了个精光。

　　想到年迈的圣地亚哥一个人登上海岸，拖着那副干瘪的鱼骨，就有一种凄凉。禁不住为他感到酸楚和心痛。大概这个渔村里的人都不会知道，他是怎样捕获了那条大鱼，又是怎样地与鲨鱼顽强抗争。这个渔村里的人只会看到一个失魂落魄的失败者，一个打不到鱼的、年迈的、不中用的老头。从某种程度来讲，圣地亚哥是一个彻头彻尾的失败者，他会随着时光的流逝渐渐淡出所有人的视线，成为被遗忘的众多人中的一个。但是，如若真的是这样，我们能从他的一生中学到什么？我们总是在学习伟人或成功人士，学习他们的成功之道，学习他们怎样战胜困难，征服自己的领域。可是圣地亚哥不一样，他不是一个成功者，他是一个平凡的失败者。如果抱着一个世俗的眼光，他并不能给予我们成功的经验。这让我陷入了沉思，我们活着真的是为了别人眼中的成功吗？我想不是的，生命的价值不能仅仅用标榜的成功和失败来定义，它应该有更深刻和广泛的维度。

那就是，丰盈。一个有价值的人生，一定是一个丰盈的过程。只有干枯的生命，才需要用那些他人的评价来支撑。丰盈的生命具有它本身的价值和意义，而一场丰盈的生命，一定是和自己的斗争史。

路遥说过："一个人不仅要战胜失败，而且要超越成功。"

这句话让我想到了圣地亚哥，因为他用他的生命、他的故事，重新定义了失败和成功。当他杀死大马林鱼并将它绑在船底下的时候，他成功了。但是，接踵而来的鲨鱼，一次次地攻击老人的成果，并最终让他变成一个失败者。每一次，面对鲨鱼的袭击，圣地亚哥都使尽浑身解数来抗衡，他没有停止过、放弃过。他一直在和鲨鱼争斗，哪怕没有武器，哪怕手上鲜血淋漓，哪怕最终不能保全，哪怕最后把自己的生命都搭进去了，他都没有停止捍卫自己的成果和尊严。我想这就是对生命最好的理解和诠释，拼尽所有去奋斗、去抗争、去挽回，而那个最终结果的好与坏，不过是命运的选择。很多时候人不能决定自己的命运，但是我们可以在生命的过程中，活得更坚强、更有意义。

老人和鲨鱼的搏斗，其实是和自己的搏斗。因为一只独孤的小渔船在深海里，带着一条肥美、流血的大马林鱼，毕竟凶多吉少。对于以打鱼为生的圣地亚哥而言，他自己心里也知道。即便如此，他仍不停地告诉自己："不要想那些没有用的，多想想眼下怎么办。"他不停地告诉自己要坚持，要冷静，要想办法。在这整个保卫大马林鱼的过程中，他是在和自己作斗争，他在克服自己的恐惧，克服自己的惰性，克服自己的疲惫和疼痛。他的确做到了，他的不放弃的执着和反抗，已经战胜了失败。虽然最后带上岸的只是一副鱼的骨架，但是之前的所有努力和奋斗都不是徒劳的，因为它已经不能用别人的眼光来衡量了，那是属于生命本身的价值。

我们常常将成功定义为得到或是拥有绚烂的鲜花和敬仰的目光。但毕竟不是所有的人，都有机会得到这些。我想，成功不单单是一种物质的得到或者世俗的认可，成功应该是饱满丰盈的生命、应该是无怨无悔的拼搏、应该是殊死一搏的勇气。

圣地亚哥闭上了眼睛，在朦胧中梦见了非洲草原的狮子。我的心在这一刻熔化进太阳的光芒，历经磨难，铩羽而归，圣地亚哥的心里还驻着一个这样斑斓绚丽的梦，那是一个勇士、一个征服者的梦。

橙红色的云彩吞吐着烈火一般的鲜血，在冰蓝的天空上舒展、收缩。四周是一望无际的广阔，海面像一块沉静的墨蓝色玉石，浮掠着金灿灿的光波。一只孤独的船，摇摇晃晃，久经磨难。圣地亚哥靠着帆船的桅杆，双眼微闭，他的臂膀上肌肉耸起，像一个舒缓的山丘，粗壮的手指撑开，血液从手掌流出，滴浸在木船上。他的发丝已然灰白，皱纹犹如沟壑一样在他的脸上纵横。微干的嘴唇紧紧地抿着，颧骨之上还有一股桀骜之气。开敞的衣襟，在那掺杂着血腥味的海风里，温柔颤动，胸膛上渗出细密的汗珠，在夕阳的光芒下一片金黄。

圣地亚哥不可能征服大海，因为他就是大海的一个臣子，他征服的是自己。

以前总觉得战胜别人的人才是成功的。当我看着圣地亚哥独自拖着鱼骨走上沙滩的时候，忽然觉得战胜自己的人超越了成功。也许圣地亚哥不能教会我们怎样成功，但他向我们展示了怎样超越成功，怎样活出生命的尊严和骄傲。

# 同过往的告别

## ——《饮食男女》读后感

老宅黎青色的木门，在黯淡的黄昏中显得沧桑斑驳。胭脂色的平安符边角残破，大抵是被风雨冲刷得褪了色。院角里积着污水，灰墙上垂着枯藤，庭院中杂草肆意。往日家的温馨与热情，在袭来的萧瑟秋风中，如袅袅炊烟般散去，透着凄神寒骨的清冷与孤寂。庭室里没有开灯，老朱站在黑暗里，环顾四周，只看到二女儿家倩独自在厨房里忙碌。这个充满了无数回忆的家、见证了三个女儿成长的家，就在这硕大而沉默的黑暗中渐渐萎缩，只余下一盏点在厨房里的孤灯和远处传来的阵阵香气。

那是一种怎样的辛酸和苦楚，鬓颊已苍的老朱看着女儿们接二连三地离去，那个他曾经用生命在支撑和维系的家庭，随着女儿们的长大也渐渐瓦解。三个女儿都义无反顾地走上了自己选择的道路，渐行渐远，而自己仿佛也已经不像曾经那样年轻。无数过往的岁月、无数的牵挂、无数的惦念都缱绻地揉成一团，积压在心口。

这是一种贯穿在生命始终的悲情，任何人都会长大，没有人可以永远留在童年、青春或者某一段美好的记忆中。时间就是滚滚的车轮，永无止境地向前奔去，终有一天它会带着我们离开曾经熟悉的风景。而那些习以为常的痛与爱，终会在生命的某个时段崩塌，埋葬在深深的土壤中，封存成永恒的记忆。无论我们怎样地渴望、眷恋、沉醉，都无法挽回时间的流逝、岁月的变化。这就好像《红楼梦》中的宝玉，他痛恨仕途，只喜欢和姊妹丫头们一处弹琴下棋、作画吟诗、拆字猜谜，他想永远享受那温存的美好。作为贾府最受宠的人，他也最怕孤独和冷落。当他隐约意识到自己在长大、生活在改变的时候，他拼命地用各种形式参与到姊妹丫头们的生活琐事，以此来弥补对未来的迷茫和内心的极度空虚。而那些可怕的怪癖和痴狂病，其实都是他对长大的逃避、对童年的眷恋和对失去的恐惧。《饮食男女》同样刻画了成长所带来的苍凉、悲怆、孤独与无奈，这是所有的生命都要面对的，从春天的欣欣向荣，到秋天的飒飒冷寂；从一个生命的繁荣鼎盛，到逐渐的落寞萧瑟；从一个家的解散，到很多个家的重组。人们总是在伤感的泪水中，不舍得走进自己的新生活。就像大女儿家珍跨上钟国伦的摩托车，与他消失在黑夜中的时候，家珍回头眺望，凝视父亲，凝视妹妹，凝视灯光下的老宅，泪水从眼角滚落，那是她最不舍的告别，也是她最决绝的告白。

这就是生命最真实的样子。被无数的爱恨情仇包裹着的矛盾、强烈的冲突和无数含情脉脉的告别与分离。我们就像是古希腊哲学家所说的，那一艘艘航行在大海上的忒修斯之船，无奈地抛弃一块又一块镶嵌在我们生命里的木板，假借着曾经的记忆，继续航行在渺茫无际的大海上，我们在接受那个不是自己的自己，也在接受那个不是曾经遇见的风景。我们终将会面对那一天，同自己的过往告别，同家庭的过往告别，含着辛酸的泪，坚强而孤独地走向远方。

# 阳光中的尘埃

## ——读《淡蓝小点》及《苏菲的世界》有感

"那是家，那是我们，每个你爱的人、你认识的人，每个你听说过的人，每个存在的人，都在上面生活过。每对恩爱的夫妻，每个父母，每个充满前途的孩子，史上每个圣人和罪人，都在那里生活过。

那就像阳光里悬浮的尘埃。他们的误解有多频繁，他们的憎恨有多强烈。我们想象的自负，妄想我们在宇宙里，占有一席之地，都被这点微光怀疑。"

——摩尔萨根

我们太渺小，我们是宇宙瞬息万变中的排列组合，我们生活在阳光中的一粒尘埃之上。终有一天，我们毕生所做的努力终将回归尘土，而我们穷尽一生追求的所有名誉都将被时间遗忘。我们也许只是被宇宙的某一个瞬间选择了，而我们的生存、人类的生存、太阳的生存都是有限的，只是我们小到无法感知它的广袤与浩瀚。

我们是谁？世界从何而来？

我们思考这个问题，仰望星辰，拥抱土地。我们一次又一次让灵魂在宇宙间驰骋，可是我们看到的，不过是某一个角落。

也许思维是一个圈，我们一直被束缚着、被禁锢着。哪怕到了一个很开放、很遥远的地方，我们为人类和宇宙的终极目标而沉思，但这终究是一道无解的题。因为当我们也是这个宇宙的一部分的时候，我们看不清自己，也看不清宇宙。而我们也终将会被生活拉回到属于我们的真实中。

生活的琐碎、麻烦、苦恼，一次又一次地把我们拽回自己的血肉之躯，灵魂也并不能永恒地在宇宙间驰骋，因为这样脆弱而短暂的生命，需要被感受。

对于一个人来说，一旦知道了自己的渺小、生命的短暂，以及他走向消亡的命运，便觉得血液中都奔腾着一股飒飒冷气，以一双较为悲观的眼睛注视人类的命运。但是，也会因此对生命、对万物产生一种巨大的悲情、一种强烈的爱。就像《苏菲的世界》中所说的那样："生与死就是一枚硬币的正反两面。"如果一个人没有意识到他终将死去，他就不能体会活着的滋味；而如果一个人不认为活着是多么奇妙而不可思议，他也无法体会必须去死的痛苦。这就是我们，在一粒阳光的尘埃中生活的我们，我们和我们所处的渺小星球终将走向灭亡，就像我们的身体里的细胞和我们的生命，终将走向灭亡一样。

就是在这粒阳光中的尘埃上，我们遇见了我们的全部，我们永远无法离开它，我们永远在思考它，却也永远都看不清它。也许我们是尘埃中的尘埃，这就是人的宿命。因为就算我们可以改变自己的生活，也无法改变我们命运的方向，更无法得知我们为什么无法改变。

当时间无限延长，我们也会变得无限渺小。但那就是我们，于无限小处的质问，永恒的质问。有的时候觉得自己充满了整个血肉之躯，但有的时候又觉得自己变成了一缕魂，离开肉体俯瞰芸芸众生中的自己。

生活就像一张巨大的内质网，我们都是上面的核糖体，我们挣扎着从一个地方逃离，但不过是从一个褶皱到另一个褶皱，开启另一种痛苦和另一种快乐罢了。我们逃不出自己的生老病死，逃不出其中的爱恨情仇，我们背负着什么，但又向往属于自己的自由、空间、爱。当所有的痛、所有的爱、所有的悲欢离合，缩小，缩小，再缩小的时候，我们不过变成了尘埃中的尘埃，宇宙中瞬息万变的一刹那，在某一个极点我们的存在就小到丧失了意义，也不过是一个更巨大的生命状态的殉葬品，就像一个细胞之于身体，一条鱼之于大海，一个人之于宇宙。

"Smaller than dust on this map

Lies the greatest thing we have

The dirt in which our roots may grow

And the right to call it home"

我们是宇宙中的宇宙，也是尘埃中的尘埃，也许那是真实的生活，无限小处是另一个宇宙，无限大处是另一个世界的尘埃。我们的宇宙也许是一个更大生命体的一个角落，而我们也是其他宇宙的宇宙。生命就像是一个巨大的矛盾体，我坚信，在其中蕴含着另一个宇宙的全部意义。

# 于天地万物中，学会放下

## ——读苏轼《赤壁赋》有感

那是一个深秋的夜晚，山高月小，水落石出。

他独自一人登上赤壁的高崖，面对滔滔江水，仰天长啸。那一刻，他的心里波涛汹涌、壮怀激烈，无数的酸涩和苦楚涌遍他的全身，往事如烟。于是他登高望远，在广阔的天地间，寻觅另一种与灵魂的感应。这满目的苍茫，除了他，没有一人。月光无声，那雄伟矗立的赤壁，成了与他对话的唯一寄托。

他真可谓是天才，才华横溢，二十岁时离开家乡眉州，前往汴京科考，一举考中进士，三十岁时成为宋朝举足轻重的大文豪。但是，生命不总是风平浪静、风清月白。内耗式的宫廷斗争越来越激烈，作为保守党的拥护者，一起"乌台诗案"，将他从杭州的通判变为阶下囚，在牢狱里监禁了一百多个天日后，他虽然活了下来，但却被贬黄州。

很长的一段时间，他陷入人生的低谷，无法排遣内心的忧愁与伤痛。

"缺月挂疏桐，漏断人初静。谁见幽人独往来，缥缈孤鸿影。

惊起却回头，有恨无人省。拣尽寒枝不肯栖，寂寞沙洲冷。"

一弯的勾月，悬挂在疏落的梧桐树上；夜阑人静，漏壶的水越来越少，滴答作响。一个人独自往来，天边掠过孤雁缥缈的身影。茫茫黑夜中，它受到惊吓，骤然飞起，在湖面缭绕的烟雾间徘徊，凄厉地鸣叫。可是又有谁会听到？又有谁能理解这如孤鸿的无限幽怨？它在寒冷的树枝间逡巡，却不肯栖息于任何一棵树上，最后只能寂寞而无奈地降落在那片洒满凛冽冷月的沙洲上。

他的泪滑下，只有那远方的鸿雁，听到了泪水破碎的声音。这广袤而冰冷的天地间，只有他能体会到这只孤雁的悲伤和冷落，也只有孤雁能体会到他的无奈和痛楚。他用一颗受伤的心、一双含泪的眸，去在意这个世界，去注视这个世界。而他触目所及的，也是这个世界回应给他的那份清冷与孤寂。那个安静缄默的月夜，他的灵魂和孤鸿的灵魂相互交流，成为彼此的知己。他们的孤独在铜丝一般的树梢间，与皎皎白月相遇。

来年的三月，沙湖道中遇雨。雨具先去，同行皆狼狈，只有他不觉得。听着穿林打叶声阔步走在雨中，好不逍遥自在。那时的他，在经历了世事的变迁后，竹杖、芒鞋，吟啸徐行于风雨之中，蓦然回首，渺然似梦。他的人生在走入自然后，也进入了一个更广大而自由的境界。

又是一个夜晚，他登上赤壁的高崖，遥望远方。紫罗兰色的天空中群星璀璨，与墨绿色的山脉连接在一起，在层层叠叠的暗影中，向远处无限延伸。涌动的牙白色波涛，在皎洁的月光下，轻拍石崖，散发淡淡的潮腥。那一刻，世间的所有喧嚣都退了场，天地间渺渺无际，没有丝毫的名利和计较，取而代之的是无限的扩大，无限的豁然。他张开双臂，清冷的秋风涌入他的怀抱，飘动他扬起的衣带。他感到无数的支流在他的心胸中汇聚，汇成一片大海；但同时他又感到自己无限的渺小，恰似天地间一颗漂泊无定的尘埃。

他倚靠在古松之下，倾听惊涛拍岸，潮起潮落。

江水之上，浮掠着一层银光，平静的水面，再次荡起千层的褶皱。眼前的平静，会让一个人的心安宁下来。当人们用心去感受这个世界的时候，也必将从这个世界中得到启迪

江水就这样滔滔不息地奔流，这么多年，穿越时空。人这一生不仅仅要走进去，在纷繁的社会中争名夺利，浸泡在酸甜苦辣的儿女情长里，去体味那些柔软和酸涩。终有一天，人还要走出来，看山高月小，水落石出；看清风徐来，水波不兴；看大江东去浪淘尽，千古风流人物。于天地间，寻觅自己内心的一份定力，人更要学会放下，学会坚守。

在平时激烈的竞争中放下，看上去意味着放弃，意味着某种意义上的失败。但是，若站在人生的角度看去，放下，却是生命的大智慧。当一个人受到挫折，受到打击，走进人生低谷的时候，他应该走到自然中去，去那飞鸟不惊的地方，去那桃花灼灼的地方，去那惊涛拍岸的地方，因为在天地与山水之间，人能学到更多。

　　人就像一杯水，当苦难的墨滴落入其中时，人会变得浑浊；大自然像一片海，当苦难的墨滴流入时，它却依然保持着自己本身的藏蓝与透亮。春夏秋冬，四季更迭，雨打风吹，电闪雷鸣。那些生长的花草树木，那些矗立的高山危崖，几经摧残却依然活得骄傲，活得潇洒，活出一份自己独有的境界。它们都有一颗本心，不论世事的变化，不论生死的阻隔，他们活的是自己那份价值。

　　人总是故作聪明，以为自己主宰了万物，以为自己是天地的造物主，但人不过是宇宙瞬息万变中的一个排列组合，何必把自己看得那样重，又何必那样计较生活中的琐碎？就像苏轼自己说的那样："蜗角虚名，蝇头微利，算来著甚干忙。事皆前定，谁弱又谁强。"人生应该活出一份自如和潇洒，"唯江上之清风，与山间之明月，耳得之而为声，目遇之而成色，取之无禁，用之不竭。"

　　时光的那一头，东坡先生停下了匆匆的脚步，独自傲立在赤壁之上，在惊涛拍浪的赤壁前，他仰天长啸。

# 壮士悲歌

## ——读《荆轲刺秦王》有感

"风萧萧兮易水寒，壮士一去兮不复还。"

歌声夹杂着变徵之声，在天地间徘徊，久久地，挥之不去。鸦青色的天际飘起了雨，雨水连绵而下，摇晃着黎色的枝条。风起了，枯涩皱巴的黄叶纷繁而下，飒飒作响。

此刻的荆轲，像一只被禁锢的野兽，疯狂地挣扎、咆哮。他的双眼充满血丝，面部的肌肉狂烈颤抖，麻制的灰黑色衣衫上，渐染了一片紫黑色的血迹。门外的侍卫踏着急切的脚步声，登上层层石阶，将他围住。毋庸置疑的是，他所做的一切，对于秦国的桎梏无济于事。可他依然高昂着头，桀骜不驯地屹立在那里，坚守着一个燕国人最后的尊严。

众侍卫将他拖出殿门之外。刹那间，泥土湿润的气息灌入他的鼻腔，没有温度的风裹挟着淅沥的小雨，迫不及待地把他抱在怀里，血腥味在广袤天地间的水雾中渐渐散去。抬起头，他又看了一眼青灰色的天空，他想起离开燕国的那天，也下着这样的雨。恍惚间，鼻头开始酸涩，伤口也开始疼痛，胸腔中像压了一块巨石，让他无法喘息。记忆深处，沉重的歌声如洪水般再次席卷而来，一时之间他遗忘了所有，坠落在痛苦的深渊。

荆轲想起了那一天，至易水上，既祖，取道。

高渐离在肃秋的冷雨中击打着筑，而他就是用那沙哑浑厚的喉咙，忘乎所以地高歌。那时的世界氤氲在纱质的帘幔中，朦胧不清。泥泞的棕土色，在两旁葳蕤的枝叶中向前爬动。道路两侧都是身着白衣的送客者，在萧瑟的风雨中边走边哭。他走在队伍的最前方，决眦的双眼中是一派气吞山河的勇猛。宽厚的怒眉在脸上竖起，黝黑的肌肉拧作一团。太子丹奉觞端酒为他饯行。他端起酒杯，一饮而下，登上离开的车队，便再也没有回头。

淅沥的雨声、扑簌的风声、无言的呜咽声、铿锵的击筑声，一片混沌。

一切都发生得太快了，图穷而匕首现，击秦王，不中；秦王还走，举剑而刺，不中；被八创……一幕，又一幕在他的脑海中疯狂地闪现。他感受到秦国的庄严和寒冷，这个虎狼之国，没有一点温热。金碧辉煌的殿宇、绛紫色的流苏、棕红色的杉木、秦王身上金色的龙爪，揉在一起，肆意旋转。他闭上眼，发白的嘴唇颤抖。

想到这里，他的胸中燃起一团烈火。他把牙咬得咯吱作响，怒目圆睁。他的手狂烈地颤抖，秦国的侍卫把他死死地按压在冰冷的地面。刚才的一幕，像梦一样的遥远和迷离。他的心还没有平静，就再一次痉挛般地悸动起来。

他想着他深爱的燕国，将被秦王践踏；他想着他眷恋的国都，将会成为永恒的失地；他想着昨日里，那片宁静祥和的家乡土地，会白骨露野、草木皆兵；他想着易水送别时，那泣涕的宾客，怒发冲冠的将士；他想着……心里只有长长的遗恨。

他绷着身子，瞪大双眼，泪水一颗颗地从他的怒目中滚落下来，但他眨也不眨一下。大腿上的八处刀痕，汩汩地向外流血，在秦国的殿堂上，拖下一条长长的红色的血痕，好像大地间裂开了一条幽深的口子。

那时的天空下着雨，老天爷好像也在哭泣。他的脸上泪水纵横，那酸苦的泪水伴着雨滴，肆无忌惮地向下滚去，像易水两侧延伸的支流，像雨中纵横的泥泞小路，像干涸枯裂的河床，像一场梦摔碎在大地上。天地雨雾蒙蒙，浑然融为一体，云雾中从那遥远的故国飘来一首歌，一首冰凉的、火热的歌：

"风萧萧兮易水寒，壮士一去兮不复还……"

那歌声带着伤痛，涌入他内心破裂的罅隙，那样的酸涩、痛苦。他钢打铁铸般的身躯，在那一刻被击垮了。听听那声音，那声音婉转而悲壮；听听那声音，那声音愤懑而沙哑；听听那声音，那声音里有一腔激情澎湃的热血和一个人对国家的眷恋；听听那声音，那声音里有一个勇士对故乡的责任感，对国土深沉的爱恋；听听那声音，那天地间亘古回响的声音，那是每一个亡国之人都会听到的声音：泣涕的声音、呻吟的声音、流泪的声音、呼唤的声音。在那声音深处，是亡国的伤痛，是悲悯的情怀，是流离失所的牵挂，是桀骜不驯的灵魂。

荆轲听到了，他不后悔身上的刀伤，不后悔死亡的代价，他只是后悔，没有击得准一点，更准一点！

刀，且落。他再一次，用尽生命最后的力量咆哮："风萧萧兮易水寒，壮士一去兮不复还！"

永别了，燕，不忍心看到热爱的国都沦为失地；永别了，燕，不忍心看到秦国的铁蹄践踏魂牵梦萦的家园；永别了，燕，活着的每一天都守护着你的存在，哪怕是死也要沉睡在你的臂弯；永别了……他的血一滴一滴地流了下去，被青色的雨水冲进土壤，他的身体在咸阳朝堂之外的石阶上渐渐冷却，只是他那一腔热血，将给大地留下永恒的温热。

湿润的尘土在秋风中缓慢沉落，风声鹤唳，哀鸿遍野。

幽怨的悲歌于天地间徘徊不散，雨幕婆娑，蓬草飘摇。

"风萧萧兮易水寒，壮士一去兮不复还！"

"壮士一去兮不复还！"

杂

文

# 从第一次撒谎说开来

这世上有许多善意的谎言，但我发誓"好吃"绝不是谎言之一。因为于我而言，它不仅是一种味觉上的享受，而且是被认可的幸福和一种被爱的享受。

记得小时候，大概是一年级下学期开始的时候，姥爷从山东退休后来北京陪我。起初姥爷是不会做饭的，因为他上班的时候在市里当领导，工作忙得很，从来没有学过烹饪，基本上是"饭来张口"。在与我开启北京生活之前，他甚至从来都没有进过厨房。所以，那阵子我们每天晚上都要等妈妈回家做饭，经常会饿肚子。

我知道姥爷心里并不想这样，他一定会想方设法让我这只小宠物先吃到饭。然而，我又是一个对食物特别挑剔的孩子，能让我吃下饭去，可是一件了不起的大事，至少妈妈是这么说的。所以，很长一段时间姥爷都是把我接回家后，先煮两个鸡蛋让我吃下去再做作业。

这可确实挺愁人的。不过，姥爷的性格就是这样，他相信只要下决心去做，这世上就没有做不成的事。他常说：凡事只要下定决心去做，就已经成功了一半！于是，他迎难而上，决定学习做饭。

在我模糊的少儿记忆里，那时的厨房里常常传来锅碗瓢盆的碰撞声，给人的感觉是很忙乱、很嘈杂。每当这时，我就会颠颠地跑去偷着瞧瞧，而每次我看到的都是姥爷手忙脚乱的样子和浸透汗水的背影。然后，他会转过身来，笑眯眯地对我说上一句："乖，快到外面去做作业，一会儿就让你吃大餐！"

开始姥爷只是学着做些炒菜前的准备工作，把菜洗净、切好，等妈妈回来再炒。经过差不多一周的刻苦练习后，他终于决定要亲自为我做顿饭，我当然也期盼那融入姥爷满满爱心的美味佳肴。

然而姥爷这位"大厨"虽然雄心勃勃，不过实在"才疏学浅"，太过外行，让我不敢恭维，不敢期望太高。那天他思虑再三，最终选择了水煮面条和鸡蛋炒白菜。

当姥爷边说着广告词，边端上那美味的大餐后，我发现和妈妈、姥姥煮的面不同，那面条像一碗黏粥，那炒白菜闻不到半点香味。因为饿了，我迫不及待地拿起筷子往嘴里夹，可那面条都被姥爷煮成黏粥了，用筷子根本挑不起来。而姥爷精心炮制的炒白菜不仅香味全无，而且咸味实足。当时我真不想吃，但是等我看到我的盘子里都是黄色的白菜嫩叶，而姥爷的盘子里全是白菜的外帮时，我忽然生出一种莫名的吃饭冲动，连续大口地把几口饭菜塞进嘴里。当时的我并不知道是怎么把那饭菜吞下去的，那是我有生以来塞进口中的最难下咽的食物。

"味道如何？"一双闪着慈祥目光的眼睛，满怀期待地望着我问道。那是慈祥的目光，那是渴望认可的眼神。在明亮的餐厅灯照耀下，我看到了姥爷的额头上还有细密的汗珠，胸前的汗衫也浸透了汗水。"好吃，太好吃啦！"

那一刻我毫不犹豫地赞美了这"大厨"的处女作。

而赞美当然就得大吃特吃。不幸的是，那天饭后忽然一阵恶心，我竟把姥爷精心炮制的"美味佳肴"全吐掉了，幸好姥爷正在厨房洗碗刷锅，并没看见，要不真不知他会多么自责。让我印象深刻的是，在我大口吞咽时，我看到姥爷脸上浮现出醉人的笑容，我从那笑容里看到的是一种得意的成就感。不知是何原因，当时我在他面前表演吃饭时突然也产生了一种强烈的成就感，好像自己做成了什么惊天动地的大事一样，很满足，很幸福。而且这种幸福的感觉，使我至今无法忘怀。好多年之后我仍清楚地记得，这幸福感、成就感与那谎言有关。

这件发生在小学一年级下学期的事一直铭刻在我的脑海中，并且给了我一种启迪，左右着我的言行，让我从此养成了"撒谎"的习惯。不是因为我爱说谎，而是因为我怕有任何一个关心和爱护我的人，被我率直的话语伤害。

我觉得对于一个懂得感恩的孩子来说，幸福就是那么简单，就是看到为自己付出心血的人得到欣慰，收获幸福与满足，自己就感到一种成就感、一种满足感、一种幸福感。这就是那次撒谎给我的启迪。

其实，这个世界上还有好多的事情都是如此。比如我们的老师，他们天天辛勤工作，为我们的成长付出了多少心血与汗水啊，但他们有时也会在恨铁不成钢的情绪驱使下，对我们发发脾气。他们的批评与指责，有时也难免与事实有些许出入；他们批评的话语与说话的态度，有时也许会不那么恰如其分。但是，当我们想到老师盼望学生好的出发点，想到老师像园丁一样精心呵护我们这些幼苗儿成长时，我们又怎么好意思去计较这些呢？特别是当看到我的老师在批评学生时自己竟声泪俱下，我多少次陪她流下了痛心的热泪。这时我们还能计较老师哪天脸色不好，哪句话语气过重，哪个词汇选用得不当吗？

还有这几年热炒的医患关系，试想在我们伟大的国家，有多少白衣天使，在不分昼夜地守护着国人的健康，有的跪在地上给病人做手术，有的累倒在手术台边，有的风雨无阻出诊巡医。有多少可歌可泣的感人故事，在我们的耳边传颂。哪一个医生、护士不希望自己的患者尽快痊愈，哪一个医生、护士不是在尽职尽责地为患者的健康忙碌？但是，患者的康复既要靠医生的诊治，又要靠自身的免疫力，即便华佗、扁鹊再世，也难免会有无法医治的疾病。医生手握手术刀，身负巨大风险，精神上承受着常人无法想象的压力，我们又怎能苛求于人呢？

姥爷那顿让我吃吐的饭虽已过去十多个春秋，但我却一直都无法忘怀。我经常怀着一颗感恩的心把姥爷回忆，一直都不忘那次"撒谎"给我的人生启迪。正是从那时开始，包括与家人的交流，与老师同学相处，甚至与路人接触，我都注意包装、修饰自己的语言，挑选恰当适度的表达方式，小心翼翼地不让自己的语言无意中伤害他人。由于年龄阅历的缘故，爷爷奶奶讲的、姥爷姥姥讲的、爸爸妈妈讲的，甚至老师讲的一些关于学习、做人的道理，有的我并不完全赞成，有的甚至完全不赞成。我想这其实也很正常，我和姥爷的年龄差五十岁，啥都想一块儿才怪呢！但是，不赞成就直接驳回去吗？我不是这样。我认为这酷似解数学题，有时其实有多个解。所以，我认为沟通交流要讲究方法。比如不赞成的、不理解的，可以不急于照着去做，假以时日，慢慢沟通就是了；不完全赞成的，可以拣赞成的去做，把与老人想法不同的暂放一边。也许以后自己就理解了老人的道理；也许慢慢地老人就放弃了自己的主张。总之，我认为当面驳回虽然简单又痛快，但却容易伤害人，不利于交流与沟通，不利于团结与合作，不利于情感与友谊的累积与沉淀。在家里、在学校，我都坚持这么做，把这当成与长辈、与师长、与他人相处的一个原则。

世界上的事情大概都是这个道理。表达自己的一个主张，说明自己的一个心思，或者办一件事情，都是有多种方法的，可以直白，也可以变通、迂回、委婉。而不同的方法一定会产生不同的效果。我认为我们不但要保证说正确的话、做正确的事，而且要用正确的表达方式去说正确的话、用正确的方法去做正确的事，这样才能达到最理想的效果。

# 青春的脚步

## ——致最亲爱的学弟学妹们

青春的脚步是令人难忘的。每当回首初三的学习生活,我的心总是久久不能平静。也许初三教会我的不只是语文的套路、物理的思维、英语的句型、化学的方程式,更是有一些泛着苦涩的东西,它们让我流着泪,却依然匍匐向前。

有人说人成长的标志就是不再相信"一分耕耘,一分收获"。的确如此,生活总是这样,耕耘了不一定有收获,但不耕耘一定没有收获。收获和付出并不一定成正比,因为收获受到太多因素的影响,有主观方面的,也有客观方面的,如天时、地利、人和等。但是,我坚信没有耕耘,就一定没有收获。为了能得到这一分收获,我们要付出的也许是十几倍甚至几十倍、几百倍的耕耘。

记得初二的时候物理课我学得很不好,考试分数经常是全班倒数,而我们班的物理成绩大概是年级倒数。后来有段时间我索性都不听物理课了,因为真的是什么都听不懂了。上了初三,我们班来了个新的物理老师。她雷厉风行,说话风趣,善于启发和鼓励学生,给学生以信心。她总是充满自信地对同学们说:如果你们乖乖听我的话,就一定能在中考中取得一个好成绩。不知怎的,我特别爱听她的课,也特别相信她的那些鼓励学生的话。那个时候刚刚开始学电的知识，我就下定决心要打好有关电的知识的基础，不能再荒废时光。

于是我每天都学物理到很晚，极其认真地写老师留的练习册。初三下学期第一次物理成绩出炉时，我的成绩仍旧不太理想，但老师鼓励我说，没关系的，只要努力就肯定能行！可出乎我意料的是，我的第二次物理成绩还是仅居中游。我特别清楚地记得，考试后的那堂物理课是上午最后一节。我们陈老师说，好好学的肯定都上八十五分了，考得差点的同学肯定也用功了，但是还要再加把劲呀！其实我听得出，老师是觉得这些同学还是没好好学。我想到自己每天熬夜刷四张电学的卷子，还把笔记都抄一遍以加强记忆，竟然才考了一个让老师觉得没好好学的成绩，眼泪不由得夺眶而出。不知道那时的心里承受了多大的委屈，仿佛呼吸都变得艰难，好像每一次喘息都能撕破自己的肺一样。我低着头默默地哭泣。那一刹那没有了希望，没有了阳光，眼前好像全是厚厚的雾霾，我感到的是巨大的压力，还有绝望。

"你进步不小呀，卓帆！"陈老师的鼓励让我含泪抬起头，老师鼓励的眼神给了我勇气和力量，我甚至想起了卧薪尝胆的典故，想起了"苦其心志，劳其筋骨"的古训。是的，命运会在给予一个人成就前，先让他吃点苦，考验一下他，如果禁得住考验，便可以改写命运。直到现在我还记得，我的物理命运在"欧姆定律2"这张卷子上永远地改写了。从那次起，无论卷子难易，大考小考，我都没有下过九十分。有一次重度感冒，考试的时候不停地咳嗽，但仍旧考了全班第一，得了九十九分，还有一分是本来会做，却由于粗心而丢的分。当我拿到那个成绩时，我明白了，我们付出的那些，终有一天会以不同或相似的方式回报给我们。

在难忘的初三学年里，多少次放学后我一个人走在回家的路上，黢黑的天空中挂着寥寥几颗眨巴着眼睛的星星，城市的电线杆上挂着冷冰冰的路灯，店铺门口和高大的楼顶上闪烁着诡异的霓虹灯。望着这些，感到世界异常的冷漠，我特别的孤独，感到学习和生活都缺乏动力。每当我走在川流不息、灯火通明的立交桥上，望着这不断更迭、瞬息万变的世界，我的脑海中就会浮出康德"人不能两次踏入同一条河流"的名言。那时我就会意识到，绝不可以在应该奋斗的年龄选择安逸。应当抓住青春年华好好读书，进入更好的学校，站在更好的平台，接受系统的、良好的教育。只有这样，才能与时代同步，才能在这个匆匆碌碌的世界站稳脚跟，才能抓住机遇，乘势而上，搭上白驹过隙般飞速疾驰的时代列车，让人生有所成就，对社会有所贡献。

也许每个人都有属于自己的优秀，但我发现只有不停地和别人进行横向比较的时候，才会发现自己的差距，才会相形见绌。于是我埋头追赶，咬着牙，含着泪，奋力拼搏。也许当逐梦刚刚开始时，我们是为了梦想坚持；但当这条路走了很远依然看不到灯塔的时候，我们是为了曾经走过的路再坚持。于是，那时的我便不再问为什么，因为这个无情的世界不能回答我。但我坚信，只要努力过了，岁月终会给我一个满意的答案。那个时候，沉默的城市还在周而复始地变化着，一切像往常一样平静，世界并没有因为一个孩子的成长而放慢脚步。

回想当时，觉得那时的意境很是美好，就是那种既有在青春里成长的苦涩，又有对未来美好的憧憬，但只有在回首往事的时候，才觉得美好。有句话这样说："青春太好，好到无论你怎么过，都觉得浪掷，回头一看，都要生悔。"也许，让我们生悔的不是我们做错了什么，而是时间过去了，我们没能留住它，抑或是没能充分地利用它。

有些时候，自己觉得好像坚持不下来了。每当这时我常用老师的一句话激励自己："要不断地给自己心理暗示，告诉自己我能行！"那些日子，我很压抑、很累，但是，我克服了重重困难，赢得了胜利的曙光。没有谁的人生一帆风顺，成长是一场磨难，我们摔倒了，爬起来；再摔倒，再爬起来，直至到达胜利的顶点。无数次地走入迷途，又无数次从迷途中走出，最终走向了成功，走向了希望的彼岸。

永远不会忘记，中考前，每位老师深情的拥抱、仔细的叮咛。沐浴着晨光，同学们一个个含着不舍的泪，紧握双拳走进考场。一科科考试结束，走出昔日的毕业楼，就在单脚触地的那一刻，那些积年累月的疲倦和压抑，犹如电流被大地稀释了一般，我就觉得自己轻飘飘的，一种从来没有过的、如释重负的幸福感。我看见穿着红衣的班主任老师，站在高高的台阶上向我们奋力挥手，那是一种疲惫过后的释然和解脱，却又含着久违的不舍。让我印象更深的是，忘不了英语科目结束后，考场内顿时响起的雷鸣般的掌声，接着是声嘶力竭的呐喊。青春的我们尽情地释放着心中压抑很久的情绪，一边冲着宽广的天地呐喊，一边含着泪和初中的三年惜别。那一刻，我忽然觉得自己长大了，初中的磨炼，让我更懂得了奋斗的重要，让我更懂得了他人为我付出的高尚。在我泪湿衣衫的时刻，我心中最想说的是，感谢陪我们一起点灯熬油的老师们，他们为我们又添了几根银丝。

当我走出中考的考场，满怀深情地拥抱昔日的老师，我感觉老师也在用力地拥抱我，好像是对我说，感谢你自己吧，你没有亏待自己的青春年华！

# 校园里的来来去去

——毕业季遐想

六月的一个夏日午后，阳光正好，微风不燥。骑单车穿过人民大学的校园，向后退去的都是身着毕业服的学子。一年，又一年，一届，又一届，心中不由得泛起波澜。

其实，不是到了毕业季在这里无病呻吟，确实是真切的感触。只不过毕业的是别人，我不过是一个旁观者罢了。一个在人民大学校园里长大的孩子，看着校园里一届届的莘莘学子进进出出，心中有说不出来的滋味。也许学校还是这个学校，学生还是普普通通的学生，在我们的眼中什么都没有变。只不过，那些素不相识的人的照相机里，又多了一张戴博士帽的照片；只不过那充满朝气又稍带轻浮的年华里，又多了一丝成熟；只不过"人大我爱你"的欢呼声，还在明德广场上回荡……

曾经，某个夕阳西下的黄昏，我坐在明德楼的楼顶上，静静地看他们呐喊、哭泣、相拥；看他们笑了、哭了、走了。太阳下山了，他们稀稀疏疏地散开了，一切回归到平常，微风还是那样轻轻地吹，绿树依旧那样微微地摇，路灯照样眨巴着温柔的眼。只不过明德广场上留下数不清的泪滴，还有碳酸饮料瓶里喷出的泡沫黑渍。这成为他（她）们留给母校的最后记忆，成为他（她）

们青春年华最后的足迹。

直到有一天，天上突然下起倾盆大雨，那雨水沿着屋檐淌下来，形成一片幽蓝色的雨帘。而我站在明德楼一个小小的窗下，静静地欣赏那惊心动魄的电闪雷鸣、那密密麻麻的从天上栽下的雨柱，那被大雨冲刷着的、明德广场上的一切。

大雨过后，太阳扒开薄薄的乳白色的云层探出头来，金色的阳光普照校园，所有的痕迹都消逝了。然而，校园里一切在学子们心中的印迹，却不会随着时间而淡化，也不会被风雨所洗涤。

十年寒窗，一堂堂引人入胜的讲授，一场场发人深省的活动，一个个苦读深思的不眠之夜，一次次进入社会前的实战演练，一遍遍冲向社会前的摩拳擦掌。怎会轻易忘记？不仅他们，就连我这个天天穿梭在校园的局外人，也实难忘怀。因为每当我深夜回家，路边的英语角，还有教室、图书馆、大礼堂，那灯火阑珊，从未改变。

那点点星光一直闪烁着，但星光下的人们却变了又变，那大树小草还是绿得流油，而一茬茬精英闪闪的梦想，像草丛中的萤火虫，又像大树下的碘钨灯，照耀着曲曲折折但又充满希望的人生路。

我祝愿今天走出校园的青年才俊前途似锦，我满怀喜悦地迎接即将走进这里的校园新秀，我更盼望在几个寒暑之后，我也怀揣梦想，紧步他们的后尘，走进这里，然后从这里走出去。

# 听　雨

　　最喜欢的是夏天的雨，那种一阵风吹来，由远至近的颤抖。在路灯的照耀下，矮矮的灌木叶上，酷似落满了天上掉下的星星，闪闪发光。就是在那夜晚，西边的天空不是黑的，灰黄色的云层里，隐隐约约地泛着红光，仿佛是哭湿的眼眶。雷声、雨声一片混沌，沉闷的声音，是从苍劲的世界尽头的一阵咆哮。巍峨耸立的高楼静静地在雨中沉默。余下的所有都笼罩在雨幕之中，或不寒而栗地颤抖着，或唏嘘不已地抽泣着，任雨水冲洗它们的灵魂。

　　雨声，因为夹杂着冰雹，砸在玻璃窗上，发出清脆的鼓点似的声响，窗下主人正在切西瓜待客。恰如一副古对联中所说：切瓜分片横七刀竖八刀，冻雨洒窗东两点西三点。雨水先是伴着大风疯狂了一阵子，然后微微收敛了一下，随着一声震天动地的惊雷，猛地一下子就又倾盆倾缸般地倾泻下来，犹如山洪暴发，令大地应接不暇。那一刻，心仿佛突然间静了，滂沱的雨声覆盖了一切。雨是那么大，大到足以摧枯拉朽，洗涤整个世界。

　　有一刻，我坐在窗下的写字台边，完全融入了电闪雷鸣与暴风骤雨之中，如痴如醉。室内的空气像是凝结了一样，与室外的电闪雷鸣形成了截然不同的两样世界。忽然，久违的凉风劈开潮闷，夹杂着雨珠和尘土的气息扑面而来，令我顿然觉得自己如烟消云散一般地化为乌有。通过被风撞开的窗子，我的书房与外面的世界浑然一体，大风裹挟着雨柱，在小小的书房里横冲直撞，来回飘荡。

　　雨势随着云层的运动，忽大忽小，雨声则在雷声风声的伴奏下飘忽不定。我常常这样想，那是一种怎样的声音？那么蛮横、粗暴、任性，却又那么和谐！它让人着迷，简直能吸走一个人的灵魂。下雨，总是让人那样的振奋，又让人感到无法言喻的安逸，它教人情绪激昂，又让人镇静和沉默。这一刻，世界是安静的，城市没有了昔日的浮躁，雨的声音越大，世界越显得沉静。

　　我喜欢雨中的世界，虽然不在雨中，但我的世界里，是一盏幽黄的灯、一本书、一杯茶，眼前是连连绵绵的雨，耳畔还有萧萧瑟瑟的风。我喜欢雨中的世界，有时独自一人撑伞于雨中，没有了急促，没有了匆忙，空荡荡的街道上，除了瓢泼般的雨水，一切都消失了。在我的双眼中，它那样美好，像雨中的伊甸园。我喜欢雨中的世界，静静地坐在窗前，观雷鸣、电闪，听雨声、风声，一切纯净得透明。

　　雨声，那是一种最纯粹的声音，它是属于大自然的倾诉……

# 不惮于前行

## ——在时事悲剧面前怀念鲁迅先生

2018 年 6 月 20 日，甘肃庆阳 19 岁女生李某跳楼身亡。近几天，多段记录她跳楼前和跳楼瞬间的视频在网上热传。视频中，一些围观者起哄高喊"跳啊""跳啊""怎么还不跳啊""哇哇，快看，真的跳了！""真的跳了，没白看"……

看到这则新闻我震惊了，并且沉默了很久。泪光中我看到了一位痛苦沉思的老者，他目光坚定而忧郁，浓密的眉毛在额间拧作一团，他沉默不语地注视着这个世界，注视着几百年以来的中国，他的脸上没有一丝轻松，满满的全是凝重。鲁迅先生，是的，这张面孔太熟悉了，他无数次地出现在课本、阅读刊物中，但直到我看到这则新闻，才第一次那么真切地感知到他的痛和恨。

鲁迅先生曾在《呐喊》的自序里写道："凡是愚弱的国民，即使体格如何健全，如何茁壮，也只能做毫无意义的示众的材料和看客，病死多少是不必以为不幸的。"曾经以为这句话说得过于无情，而丧失了对生命本身的悲悯和关怀；但是这一刻，我完全体会到了鲁迅先生的那份心情，以及他对于中华民族劣根性的"哀其不幸，怒其不争"。

时至今日，这份悲哀依然未从社会中彻底消逝，很多破败的和不美好的，依然存在，并有力量去逼死一个年轻的生命。

这就是人间最残忍的事情，杀死人的不是刀和枪，不是一份甘心抛洒的热血，而是看客群众的冷漠、麻木和迂腐，是目光！距离鲁迅的时代已经过去了一个多世纪，时代和人民的观念发生了翻天覆地的变化，可最最悲哀的是，那份劣根性依然存在，阿Q、孔乙己、陈士成依然代代不绝，很多悲剧还在发生。

我感到心痛，感到悲哀。我想，还有这样鲜活而值得怜悯的生命，在看客们又钝又锋利的目光中死亡，这个社会依然存在着被可怕思想裹挟着的受害者；当然，这个社会还有善的一面，就像解救女孩的消防员，当女孩坠落的那一刻，他的哭声撕心裂肺。他就像鲁迅笔下的人力车夫，他们就是这个社会的正义和希望所在。

鲁迅先生说"人类血战前行的历史，正如煤的形成，当时用了大量的木材，结果却是一小块。"确实如此，推动人类精神发展，很难，但我永远坚信，善良和理智会压倒邪恶与愚昧。痛定思痛，我们应该像鲁迅先生一样，抨击社会的冷酷和邪恶，让善推动人类社会在漫长历史中前行。

这一刻，我对鲁迅又有了更深的了解。他不再是那个郁郁寡欢的"愤青"形象，他是胸怀中国命运的一位沉思者。他沉郁，他悲观，他用一支笔无数次地描绘那些卑鄙而卑微的人。他不是在发泄自己对于世界的不满，他是在为中华民族寻找国民性。就像余秋雨先生所说的，他在寻找中国人的集体人格；他是第一位寻找国民性的作家；他是真正懂得文化生意的现代作家，而且可能是唯一一位。他看到的是自尊自大而又自轻自贱的阿Q，是争强好胜但又忍辱屈从的孔乙己，是狭隘保守而又愚昧迷信的华老栓，是一个又一个意志泯灭、得过且过的无知看客。对于一个忧国忧民、怀揣着历史与社会责任感的文人来说，怎么能不心痛，怎么能不忧郁，怎么能不愤懑？

"在我自己，本以为现在是已经并非一个切迫而不能已于言的人了，但或者也还未能忘怀于当日自己的寂寞的悲哀罢，所以有时候仍不免呐喊几声，聊以慰藉那在寂寞里奔驰的猛士，使他不惮于前驱。"我想，鲁迅先生所呐喊的对象，不只是那个时代的勇士，更有从那往后的所有勇士，让每一个执笔者沉思，不甘于寂寞，充满希望。

是的，我们都应该做时代和社会的呐喊者，在黑暗中呐喊，并不惮于前行。

# 点　亮

　　三个小时过去了，刘彭芝校长依然精神抖擞地站在舞台的中央，手持话筒声音洪亮地讲述着那些关于追求和拼搏的故事。会场里始终安静，只是时不时响起一阵阵因由衷钦佩而情不自禁地爆发的掌声，每个人都沉浸在她讲述的那些曲折坎坷而跌宕起伏的故事中，仿佛在刘校长经历的那些金色的岁月里，藏匿着无数硕大而璀璨的珍宝，闪烁着令人仰慕的光芒。

　　在会场偏后的一个小角落里，我长久地凝视着她。如果不是刘校长亲自说出自己的年龄，真的不敢相信，眼前台上的这位干练而气质饱满的女士，已是一位 75 岁的老人。可她明明就像一个三十几岁正处于人生黄金时代的青年。远处，她乌黑浓密的短发在聚光灯下像一片漆色的瀑布，色彩明亮的着装流露出无尽的活力，洪亮的声音让每一个字都掷地有声，仿佛有一种穿透时光的力量。她就像一位英姿飒爽犹酣战的巾帼英雄，率领千军万马，驰骋千里，依旧酣畅淋漓，意气风发；又好像一位胸怀谋略的坦荡将军，指点江山社稷，经纶宇宙天下，挥斥方遒、斗志昂扬。她时而来回踱步，时而将右手举起在空中挥舞，时而向前倾身放缓声音强调。她炯炯有神的双眸中闪烁着青春的光芒，好像在那深邃的目光深处，点燃着一把熊熊燃烧的火炬，炽热而明亮。她是那样的年轻，那样的激昂，那样的澎湃，那样的令人痴迷。而她的爱是那样的广博而深沉，她的理想是那样高远而璀璨。隔着很远的距离，我依然能强烈地感受到她对教育事业的一腔热血，以及对理想的追求和信念。

"高山仰止，景行行止，虽不能至，然心向往之。"四百年前，司马迁为孔子立传之时，引用《诗经》中的名句，由衷地慨叹圣贤孔子之为人处世。然而，那一刻，坐在会场里的我，也对这几句话产生了强烈的共鸣。我从未想象过一个人的人格魅力会强烈到这种地步，就像炙热的太阳，熔化每一个靠近她的人的心灵，点燃每一个人的激情。渐渐地，我的眼中闪烁了泪光，那湿润的双眸是为了刘彭芝校长那份坚定的理想、一路上披荆斩棘的勇气、在波澜起伏中的定力和十年如一日的恒心。"有志者事竟成"，我从未这样深刻地去理解过这句千古谚语背后最真实而深刻的含义，只是在那一刻，当泪水滑落、理想升腾的那一刻，我第一次彻底地被追求的力量打动了。

的确，人这一生倘若选定了理想，就要为这份追求而赴汤蹈火。就像刘校长说的，人要有拼命的精神，干一件事当真拼出去便没有不成的。我又想到了春秋时代的孔子，在那个战乱纷扰的时空，一位坚定的思想家向苦难深重、道德沦丧的世界投去了一束悲悯的目光，从此他用毕生的心血，追求自己的仁爱与大同的理想，在坎坷的征途上奔波劳碌。面对野兽的袭击、桓魋的威胁、政权的争夺，他忧郁的双眸中点燃着一盏千秋不灭的明灯，无论政治的洪流怎样翻涌奔腾，无论历史的天空怎样雨打风吹，那盏点亮在孔子眼眸中的光从未熄灭，并且终于点燃了在漫漫黑夜中摸索的人类文明，化作一束照亮人类前行的光。

这一天，在刘彭芝校长的眼中，我也看见了那一盏如孔子一样的灯，如此明亮，如此灿烂。我知道正是这盏用爱与尊重铸成的教育之明灯，照亮了那漆黑而坎坷的征途，让刘校长在"立德树人，为国育才"的理想之路上，走得那样坚定执着、坦荡大气。我知道，当她讲述出了一个又一个关于追求与奉献的故事后，场下无数学生的眼里，也亮起了那理想主义的不灭星火。就像诗人汪国真所写的："既然选择了远方，便只顾风雨兼程。"当理想化作了生命的责任与使命，哪顾寒风冷雨，只管迎难而上，乘千里风，破万里浪！

习近平总书记说过："伟大梦想不是等得来、喊得来的，而是拼出来、干出来的。"刘校长一呼百应，场下学生呐喊三声，会场掌声雷动。我只觉得眼中发烫，明亮的舞台洒满流光。

我知道，就在那一刻，无数盏灯亮了。

诗

歌

# 清平乐·雁栖湖

天高云淡，平阔靛湖畔。
水心荡起千层涟，群雁渐落池满。
日落独倚斜栏，卵石静卧港湾。
黄昏叠翠浓淡，无数墨色山峦。

# 山脚秋雨

深夜骤雨打窗栏
破晓风冷草色寒
潇潇雨幕婆娑下
淹没了灯火阑珊

秋光微白天际边
一川大道通翠巅
花香弥漫沁心扉
抬望眼，拥云海，倚山川

# 暖　茶

啜饮着杯中的茶
呼吸着清沁肺腑的淡香与苦涩
吹散氤氲杯口的雾气
手里却捧着它的温热

我翻过一页页的思索
与记忆一同漂泊
拂掠过草木欣荣的蓬勃
轻吻那繁花似锦的婀娜

走上空荡的柏油长路
两旁枯叶萧索
我望见黑色的铁栏杆
在冰蓝的天空把哀伤的青春勾勒

怎么忽然就想起刚才

那个匆忙中闲静的下午
我读着散文和小说
你送来一杯热茶
然后把那点滴的善意
汇集成一条温柔如流水的小河

小河就这样平静地流过
柔如晓风而过
随着你绅士的微笑
正如你双眸的清澈
那条流过我心灵的
暖茶注成的小河

棕黄的暖光拥着木的长桌
仿佛冰糖溶进卡布奇诺的咖啡色
我撕下来一张浅绿的便签
贴在热茶深灰色的杯壳
用一支墨蓝色的钢笔
写下一首感谢的歌

# 致 诗 歌

诗歌是一曲悠长的调，
唱来悲情，听来轻柔。
诗歌是一管青翠的笛，
吹出怨念，留下乡愁。
诗歌是一壶温热的酒，
品时灼心，去时无忧。
诗歌是一缎轻柔的绸，
织满心思，点灯熬油。
诗歌是一支含墨的笔，
泼洒豪情，晕染悲愁。
诗歌是一只华丽的雀，
光彩夺目，有血有肉。

# 沧桑之悲秋

古往今来的世上
写诗的人，留下缠绵悱恻的情思
读诗的人，看遍如歌如泣的文稿
有的含着泪，死在血泊中
留下亘古浩然的、气壮山河的热血
有的站在群山之巅，俯瞰苍茫大地
写下朗朗乾坤的情怀
有的坐听秋雨萧瑟，看万山红遍
留下桀骜不驯的神情
有的身披铠甲，望着孤寂萧然的大漠
任氤氲的冷气，凝结在那温热的觚筹
来来去去，去去来来
人世间的这些不知要多久
花开了又谢
雁归了又来
草荣了又枯

生老病死

挂肚牵肠

爱恨别愁

哪一件不是真事

哪一刻不是悲愁

那些吟咏诗赋的文人墨客

终不是来人世间看了看

扔下那些碎石般的文字

不挥一挥衣袖就走

再没回头


缄默的人

我劝你

饮下这一杯残酒

滴落下万点乡愁

人世间蝇营狗苟

怎奈得你们疾恶如仇

记得那些

农民磨砂的手

孩子清澈的眸

舞者身上的绸

文人隐现的楼

都是愁

他们问了多少人的前世今生

迷迷蒙蒙不置可否

到头来

江水东流

一叶孤舟

时间逝走

还有
雨巷尽头的水流
梦境深处的扬州
逍遥游
累了的时候
端起镜子
都是白头

# 夏夜之雨

昨夜的雨
洗刷了梦的忧伤
留下一只独自徘徊的鸟雀
啜饮着潦水的清凉

压抑的云层
被柔软的手撕扯
那棉花一般的城墙
阻隔着朦胧的想象

茂密生长着的远方
在黎明的天空中飒飒作响
仿佛那愈近的汽笛声
宣告夏日的远航

今晨的风

吹散了雾的迷茫
带走几片零落破碎的花瓣
融化于泥土的芳香

薄纱的窗帘
鼓动着惬意的遐想
像是舞女的旋转裙摆
缭绕着天籁的歌唱

我睡在夏夜的星空
喘息雨水的滋养
在清澈的空中生长
幸福而彷徨

# 你是我的诗中人

## ——写给即将离别的友人

从未有一场夏天的雨
像今天这样连绵
好像我们曾经写过的诗篇
细碎而又伤感

每一滴雨
都是我心底的一滴泪水
每一滴泪水
都是一首载满时光的诗篇
每一首诗篇
都有你们
我的诗中人

你们是那缕灿烂的阳光
在我诗的泪眼中反射光芒

你们是那抹绚丽的彩虹
在我诗的泪眼里传播希望
你们是那滴晶莹的雨水
在我婆娑的泪眼中闪耀

时光不能带我去到彼岸
但你们可以带走诗篇
你们不能随我到彼岸
但我可以带一首诗篇

窗外的雨
拍打着水花
水花溅在我的心上
窗外的雨
浸湿了身影
你的身影
是我诗中的孤霞
窗外的雨诉说着别离
那一切中的你
就是我的诗中人

你微笑中的阳光
曾与我相伴
你悲伤中的烟雨
曾与诗同行
诗歌与知己
梦想与友谊
你痛苦地徘徊着
不舍得割去

你在我的朦胧双眸中
消失了
却在我的诗歌中
常青了

# 大雨中的别离

又是大雨中
与你相遇
只可惜是别离
又是走廊
与你相遇
只可惜是惆怅空寂
又是一个春秋
相伴的你
我永远不会忘记
是那婆娑的树影
霞光中的涟漪
氤氲的花香气
是我们永远的记忆
暧曃的云影
是那悲伤的面孔
绵绵的细雨

是那含泪的双眸
袅袅的炊烟
是人间烟火断情肠

# 一只白鸽

## ——自习时偶遇白鸽有感

在十四层

推开一扇窗

看远方绵延的云雾

像一望无际的白色平原

忧郁的雨季

那张看不厌的

夏天的脸

在窗台

撒下一把豆米

叮叮当当地砸在铁板上

溅落四方

惊动了滚烫空气

我读着书

等待每一阵路过的风
来撩动我面颊上的碎发
我等着
你


我想象着你会
穿越红色的砖瓦和灰色的柏油路
然后停在我的身边


终于
你来了
在天黑之前
甚至没有衔来一根木棍做的谢礼
就那样轻而随意地落在
阳台的甲板上
点染出一片涟漪


我放下书
欣赏着你啄食时
优雅的身姿
傲然的洁净的羽毛
想你是否从天堂飞来
还带着天使的清澈


我站起身
你仿佛停止了呼吸
时间就僵硬在那里
在十四层的窗口
我们彼此凝视

你仿佛懂了些什么
你的自由
我的禁锢

我伸出了手
想迎接你的温柔
你蹦跳到甲板的边缘
就呜呜地唱起了
盘旋在我耳畔的
婴儿之歌

可你没有走
你依然扭过头来
不舍地望着我
想看看
我是不是和无数个
施舍给你食物的人
都一样无奈和沉默

我从未想抓住你
你却溜到了栏杆的边缘
你俯瞰着这缄默而喧嚣的城市
那么匆忙
那么疲倦
而你张开了雪白的翅膀
拥抱着
这属于你的一切

白色的鸽

请记住我
当你拥抱着天空无尽的自由时
想起我
那个站在窗边的孤独的
守候者
凝望者

你滑向了属于你的远方
你还会回来吗
你就这样漠然地离去了吗
那就请带走我
不是我的血肉之躯
而是我那和你一样自由的
思想

# 花　　苞

一场风来，漂泊

晚春的桃花悬挂枝头

微弱地颤抖

悲悯地怜惜

那风雨蹂躏的躯体

埋葬进，深厚的土地

留下一片深绿色的蓬勃

还有最后一盏花苞

永恒地蜷缩


烟雨苍苍，岁月茫茫

她就这样老了

时光抢走她

很多


月夜里，她蹒跚走过

一样的桃树，一样的光波
只是花儿凋零，片片飘落
只是红颜易老，茕茕蹉跎
荡漾哀情的眼眸
倒映着苦难深重的人间
无数的辛酸
无数的坎坷

月光皎洁，晚风如歌
谁会为刹那间的美好停驻
刹那的树影婆娑
遇见
于千万人之中
于千万年之间
于时间无涯的荒野
于岁月无尽的长河

曾以为青春若杨柳婀娜
蓦然回首
才知生命备受摧残的折磨
曾以为爱情会结满累累硕果
惊鸿一瞥
才明了冷雨凄风的孤寂萧索
吞下了多少的痛
咽下了多少悲欢离合
心灵的河床早已干涸
只是想起些什么
呆呆地站在原地
泪眼滂沱

也许

花苞的美

是因为她不曾结果

甚至不曾

真正地

开过

# 天空中的云

想做天空中最后的那抹云
擦拭熹微的地平线
就这样
洗尽千载繁华

蓦然回首的灯火阑珊
竟爱得如此深沉

我淹没在深蓝的天空
和柔软的风一起融化
就像飞鸟眷恋着白浪
呼吸着流动的海洋

生活的每一个罅隙
渗透着泪光

远方
不知什么时候
银色的月光洒下了
一笔白霜

# 养一只猫

你是我冬日清晨十点的光
洒下毛茸茸的
遐想

你是我午后两点钟的太阳
温热了暖洋洋的
安详

舒缓的光芒
散发着另一种古朴的芳香
仿佛不曾拥有的
云销雨霁的
晴朗

在拥有你之前
我先拥有了
另一种
想象

# 今夜的晚风

今夜的晚风
像一首古老的童谣
撕扯着
游离的心绪

飘浮的尘埃
在金色的阳光里
碰撞　离散
就像一个又一个
呼吸着的宇宙

人生的始终
像一场幻灭的梦
匆匆忙忙间
留下某种意义上的
永恒

其他

# 文化互鉴

（海淀区一模范文，48分/50分）

**题目要求：**

丹麦设计师瓦格纳设计的"Y形椅"，既汲取了中国明式圈椅外形和意蕴的精髓，同时又体现了北欧设计的简洁思想。中国味与北欧风的完美融合，使得"Y形椅"成为现代家具设计中的经典之作。

从美洲传到中国的辣椒，最早只是被当作盐的代替品。后来中国人创造出了许多"辣味十足"的美食，辣椒成为中国烹饪的重要食材。而今，有些"辣味十足"的美食已经跨出国门，走向世界了。

由此可见，不同的文化可以相互借鉴、融合、发展。

请以"文化互鉴"为题目，写一篇议论文，谈谈你的认识和思考。

要求：观点明确，论据充实，论证具有逻辑性；语言得体。

今日之社会是多元之社会，而今日之国际也是多极化之国际。国际社会激烈的碰撞与交融带来了文化的借鉴与繁荣。"文化互鉴"将成为"个人发展"乃至"国家复兴"的一条举足轻重的精神准则。

余秋雨曾在《何谓文化》中写道，"文化是一种成为习惯的精神价值和生活方式，它的最终成果是集体人格"。由此可见，当文化深度交融之时，相互借鉴不仅是交换和欣赏以物质形式出现的艺术作品或者文化产业，更是拥抱和取舍以无形之意识所展现的思想与价值。

从个体的角度来看，文化互鉴所带来的，不仅是对于不同生活习惯的包容与理解，更是对不同思潮和生命价值的接纳与吸收。19 世纪的中国，源源不断地涌来西方的货船。在一件又一件由机器制作出来的商品背后，印刻着的不仅是科技，更是随之而来的思想。越来越多的知识分子开始将目光投向更遥远的地方，他们解读"民主""自由""公民权利"，对内反抗专制，对外抵御侵略。无数拥抱"新思想"与"新文化"的有识之士，奠定并开创了中国社会的新纪元。而在 21 世纪的今天，当西方游客观赏精美绝伦的中国工艺，用手捧起一只精美的核舟，对中国手艺赞不绝口之时，他们所看到的，也不仅仅是精湛高超的文化技艺，更是那技艺背后的"工匠精神"，是中国艺人一丝不苟的生命态度和精益求精的民族气节。

从国家的视角来观察，面对风起云涌的国际形势，文化互鉴所带来的不仅是被文化所包装的旅游业、制造业等经济产业的兴盛，更是不同文明的交流与碰撞。文明是人类历史所沉淀下来的思潮与信仰的总和。在政治、哲学领域，当今社会中，由历史衍生的"民粹主义"与"精英主义"的对抗、制衡与较量，映射着权力运行机制与国家思想意识形态的不同立场；在经济领域，对于国家和市场角色的讨论，映射了由农耕文明与游牧文明所发展而来的不同的社会价值导向；在人道主义层面，对正义与道德的定义的差别性，在不同的文明之间也擦出绚丽的火花。至今，在许多的领域，人们都不能达成完全一致的标准，但也许，这正是世界的真实所在。不同的地域环境、不同的发展历史，滋生了不同的文化，养育了不同的文明，成就了不同的信仰。复杂而独立的个体，乃至由个体汇集成的更庞大的利益群体相互交织，从而以运动和斗争的形式形成一种动态的平衡。而此时，文化互鉴将提供最优之策，它使得不同的文明在保持自身的基础上，吸收与学习其他民族的优势，并完成对自身文明的进化与超越。

无论是从个体层面，还是国家层面，文化互鉴都包括了从物质文化到精神文化的借鉴，而在其中暗含了两个字——尊重。尊重是借鉴的基石。无论是个体层面的思想，还是国家层面的文明都以尊重为第一准则。任何认为自己的人种和文明高人一等，执意改造甚至取代其他文明的人或是民族，在认识上是愚蠢的，在做法上是灾难性的。因为这世间最美的秩序，就蕴藏在"不同"之中。因为不同，所以彼此尊重、彼此借鉴、彼此扶持、彼此成就、彼此欣赏。

"君子美美与共，和而不同。"在这个多元的世界中懂得尊重，懂得包容。互相借鉴的姿态，让我们更加包容，让世界更加和谐。让不同的文化在自己的土壤中生根、发芽、开花。划亮一根文化的火柴，让思想的火花点燃文明之光。

# 说　　"安"

（高二语文考试范文，48分/50分）

**题目要求：**

"安"字含有安定、安全、安宁、安逸以及"安于……"等意思。要求自行选定角度，写一篇议论文，字数不少于800字。

要求：观点明确，论据充实，论证具有逻辑性；语言得体。

常常觉得，在这个飞速奔驰的浮躁的世界中，我们仿佛迷失了什么。人们越来越多地关注金钱、地位与利益，因物质生活的攀比而焦虑不安，人们就像被诅咒的西西弗斯，无数次地将巨石推上山顶，为无意义的劳动而耗尽生命之力。人们缺少一种生发于心灵的安定，缺少一种来自灵魂的归属感，而这种安定和归属感，应该是一个人所从属的一种精神境界。

安，本质上来源于人们对于所信奉真理的直挚，而这份面对多舛人生与坎坷命运的直挚，宛若生命的定力，给予人们一种灵魂的安宁。忧道不忧贫的颜回，在春秋末年礼崩乐坏的时代中，他依然坚守仁义，执着于建立一个的"近者悦，远都来"的大同社会。他没有为人皆所欲的富与贵而奔波劳碌，更没有为其放弃自己崇高的精神理想。面对"屡空"的境遇，他以一箪食、一瓢饮，居陋巷"的朴素生活，活出一份生命的自如与精神的安宁。孔子曾毫不吝啬地赞美颜回，"回也其心三月不违仁""贤哉，回也"。颜回之所以能看淡物质生活，长久地安于匮乏的物质世界，安定在精神的至高境界，就是因为他明确地知道自己内心的追求，执着地坚守他向往的仁义真理。抗日战争时期，为躲避战乱，国立北京大学、国立清华大学、私立南开大学师生南下昆明，成立国立西南联合大学。在南下的路途中面对食物的匮乏、战机的轰鸣、时局的动荡，一群意气风发的知识分子，衣衫褴褛地屹立在天地之间，撑起一个大大的"人"字。他们刻苦钻研学问，沿途收集社会民俗材料，了解人民生活。平心静气地扎根学问，用内心的安宁对抗世界的纷扰，而这份安，生发于他们内心对于知识与真理的直挚，也成为他们精神世界的归宿。

当人们心中有了安定，生命就会从匆忙与琐碎中升华，从而达到更高的生命境界。三毛曾说过："心若没有栖息的地方，到哪里都是流浪。"而这种灵魂的归属，就是生命至高之境界。宋代才子苏轼被贬南方边陲，在湿热的海南岛写下："试问岭南应不好？却道，此心安处是吾乡"的千古奇句，一语道破"安定"的本质，人生之归宿，不是金银堆砌的房屋，而是灵魂的一种归属。因一起"乌台诗案"，苏轼被朝廷排挤，一路被贬，但在人生的逆境之中，他寻觅到一种超然的精神追求。他忘却人世间烟柳繁华与功名利禄，走进纯然的山水，竹杖芒鞋，吟啸徐行于风雨之中，活出生命的安然与潇洒。他走出浮华逐利的官场，留下两袖清风的豪迈。东晋时期陶渊明，因"少无适俗韵"而退隐于自然山水之间，安于披星戴月的朴素农务，用"采菊东篱下，悠然见南山"的态度，远离世俗的污浊世界，成为后世无数文人墨客心中至圣至纯的君子。明代理学家洪应明，面对纷扰喧哗的官场，他告诫学子，要"心安茅屋稳，性定菜根香"，写下"宠辱不惊，闲看庭前花开花落；去留无意，漫随天外云卷云舒"的名联。这些直到今天依然被我们敬仰的儒雅君子，以内心怀揣着的冰清玉洁的理想，从容地应对命运变迁与世事的坎坷，使灵魂归于安定，使生命升华。

心灵的安定源于一种直挚，终于一种归属感。而在当今这个物欲横流的世界，人们更需要一种心灵的安定，而不是随波逐流，拼命活成他人眼中的木偶人。人们应该明确自己内心的准则，而不是为物质世界的利益、世俗世界的评判标准而倾注自己的一切。就像杨绛先生曾在书中写的："我们曾如此地期盼别人的认可，到最后才知道，这个世界与外人无关，它属于我们的心。"心安之处，就是生命的境界，就是灵魂的归属。

# 这是一个需要初心的时代

（高二作文考试范文，48 分/50 分）

**题目要求：**

这是一个需（　）的时代，请先补充题目，自选角度，写一篇议论文。

要求：观点明确，论据充实，论证具有逻辑性；语言得体。

有人说，这是一个繁华而迷惘的时代，这是一个缺少信仰的时代。信仰，听起来那样崇高而遥远，但其实信仰就来自人最本真的初心。它是一个人在探索真理的过程中，挖掘到的内心宝藏。换句话说，信仰是人在扪问内心的过程中选择信奉的人生价值，是人在深思熟虑后选择恪守的道德准则，而这一切都来自初心，又或者说，信仰就是初心。初心之于人，犹如泉眼之于河流，它既是一个人的起点，又是一个人的归宿。只有铭记初心，才能在未来的路上一直坚守，一直奋斗。

有了初心，就有了坚守。当一个人真正意识到信仰之价值的时候，他便会守护他的信念，哪怕飞沙走石、山崩地裂，都不会改变他对于初心的信奉，历经千难万险，依旧栉风沐雨、风雨无阻。20 世纪 30 年代，为躲避战乱，国立北京大学、国立清华大学、私立南开大学师生南下昆明，成立国立西南联合大学。在逃难的途中，面对食物的匮乏、房屋的简陋、战机的轰鸣等难以想象的恶劣条件，老师们和学生们依然坚持学术探索。在那段战火纷飞、朝不谋夕的艰苦岁月中，一群衣衫褴褛的知识分子，秉承着内心对于真理的向往，焚膏继晷、孜孜不倦地坚守严谨朴实的学风，气宇轩昂地屹立在天地之间，成为后世万代的学术楷模。是他们对于真理的初心，让他们坚守在求学的路上。21世纪的今天，在我国黄海前哨的开山岛上，海风呼啸，国旗猎猎飘扬。王继才奉献出自己短暂的57年生命，为国守岛32年。面对岛上淡水少、光照强、蚊虫多、地势险、面积小等诸多困难，王继才和妻子没有退缩。他们十年如一日地默默守护在祖国的边界线上，为这座"飞鸟不做窝，台风时常扰"的贫瘠小岛带来生机和曙光。王继才曾说："守岛就是守家，国安才能家安。"正是他那份生发于初心的对于祖国的热爱，对于守国的责任，让他坚守在祖国最需要的前线，守护国家的领土与尊严。

有了初心，就有了奋斗。纵使前方的道路千沟万壑、崎岖坎坷，也将翻山越岭、披荆斩棘，迎难而上。复旦大学生命科学学院教授钟扬，学术援藏16年，在雪域高原跋涉50多万公里，收集种子4000多万颗，铸就人类种子的诺亚方舟，而他穷其一生最终倒在为人类收集种子的路上。钟扬曾说："一个基因能拯救一个国家，一颗种子能造福万千苍生。"正是这份对于生命责任的初心，让他跋山涉水、奋斗一生，将自己的生命献给祖国的教育事业，为人类生命科学奠基。中国天文学家、曾任FAST工程首席科学家兼总工程师的南仁东，70岁依旧奋斗在天文学领域的前沿，在他人生最后的22年，为中国建造了世界一流的天文观测台"天眼"。他曾告诉他的学生，"人类之所以脱颖而出，就是因为有一种探索未知的精神。"而他，也因为这份对未知世界探索的初心，让他奋斗到生命的最后一秒，为天文学事业贡献了自己的全部力量。

是初心，让人有了坚守信念的定力；是初心，让人就有了不断奋斗的方向。一个铭记初心的人，是一个有灵魂的人，而一个铭记初心的时代，也将成为一个有灵魂的时代。正如卢新宁在北京大学中文系的毕业典礼上讲的："在这个怀疑的时代，依然需要信仰。"的确，如果人们抛弃了信仰，忘记了本心，就会在这个物欲纵横的时代，变得困惑而迷惘，就会被眼前的蝇头小利而冲昏头脑。人们如果丧失了初心，就犹如河流没有了源泉，那么终有一天，利益将代替一切的价值，成为这个时代否定一切、解构一切的粉碎机，而信仰、道德、理想都将成为交易的筹码。而今天我们所处的时代，是一个前所未有的经济发展、欲望膨胀的时代，这也是一个需要初心与信仰的时代。因为只有初心，才能让我们在时代的洪流之中，面对利益、诱惑、鼓动时而岿然不动，把握好人生的方向盘，驶向光明的远方。

# 相依，人可共存，国可共赢

单丝不成线，独木不成林。——题记

如果唇亡，必将齿寒。世上的事大抵都是这个道理，如果没有广袤的苍穹，也就没有璀璨的星河；如果没有"连峰去天不盈尺，枯松倒挂倚绝壁"的险峻高山，也就没有"飞湍瀑流争喧豗，砯崖转石万壑雷"的清脆泉流；如果没有"乱花渐欲迷人眼，浅草才能没马蹄"的悠然春天，也就没有"采得百花成蜜后，为谁辛苦为谁甜"的蜂忙……

自然界如此，人类社会亦如此。任何的生命形式，都是相互依赖、相互依存、相伴而生的，都不能孤立地存在。因为相依，一个人的温度，唤醒了另一个人的温度；因为相依，一个残缺的生命弥补了另一个残缺的生命；因为相依，才有了许多成己达人的佳话；因为相依，国与国之间互通有无，互为补充，共同发展。

战争史上有这样一个真实的故事。两个受伤的战士要跨越白雪皑皑的荒原去寻找部队。绝境中遇见了一个摔断腿倒在雪地里的战友。伤势稍轻的战士不愿意带他一块上路，便独自离开了；伤势较重的两人，相互扶持着艰难前行。一个月后，两个伤势较重的战士找到了部队，但那位独自离开的轻伤者，却永远地沉睡在寒冷的大地上。

2016 年，双目失明的贾海霞和双臂截肢的贾文其在废弃的河滩上植树造林的故事，使无数人潸然泪下。记者采访两位老人时，贾文其说："我做他的眼，他做我的手。"就这样，两个不完整的生命相依、相扶，为贫瘠萧索的土地带来青葱的绿。两位老人的事迹其实就两点：一是奉献社会的高尚情怀；二是相依相扶的生存方式。

　　其实，世上没有完人，也没有超人。15 世纪新航路的开辟，缩短了地理意义上的距离，使世界逐渐浑然一体。没有任何文明和任何国度可以一枝独秀；也没有谁可以在世界性问题面前独善其身。世间的一切，相依共存才是正道；当今时代，建立人类命运共同体的主张，才是唯一可行的救世良方。

　　相依，让人共存；相依，让生命之火大放异彩；相依，让世界共赢；相依，是人类文明史上最瑰丽的一抹哲学色彩。当人们不再以自私与冷漠的目光看待周围，而选择互补共赢时，生命就会更加完美，世界就会洒满和煦的阳光。

# 城市抑郁

（高一下学期考试范文，48分/50分）

**题目要求：**

城市病是指由于城市人口、工业、交通运输过度集中而造成的种种弊病。它给生活在城市的人们带来了烦恼和不便，也对城市的运行产生了一些影响，所以被人们形象地称之为"城市病"。

要求：观点明确，论据充实，论证具有逻辑性；语言得体。

城市和往常一样，光色川流不息，灯火陆离斑驳。黑色的人群从地铁中涌出，川流不息，行色匆匆，像疾风中低飞的流云。抬眼望去，无数冰冷而麻木的双眼，在手机的屏幕和沉重的空气间移动。压抑感弥漫在城市的上空。那一刻，我意识到，我们的城市病了。但细细一想，归根结底还是我们病了。那种病不是身体和形式上的病，而是心病。因为它不仅是身体的累与苦，更是心灵的麻木与桎梏。

城市抑郁，是为了跻身城市而永无止境地奔波和辛劳，是为了物质生存和名利地位所承担的沉重而难以排解的精神压力。它表现为个人意志的沦丧，以及群体的麻木、冷漠、焦虑和浮躁。

甘肃某高中女生跳楼，在十二层窗户上坐了一个多小时，楼下围观群众无数，"快跳啊！""怎么不跳！"的声音此起彼伏。与此同时，传到网上的"直播跳楼"的小视频则点击量上万。而当女孩终于挣脱消防员的手，坠楼身亡时，群众中竟有人欢呼"没白看！""真爽！"等话。新闻曝光后，社会舆论一片哗然，如果不是一个年轻的生命为此殉葬，也许我们都不会意识到，那蔓延在我们心灵深处的看客心态背后的冷漠和麻木。我想，这就是城市抑郁所导致的集体精神扭曲。因为漫长而压抑的生活，消磨了人们心中的真与善，疲惫而日复一日的生活，激发了人们对于奇异事件的渴望。把生活的快乐寄托在别人的痛苦之上，对他人丧失了同情与悲悯。对陌生人的苦痛和生死视而不见、漠不关心，渐渐沦丧了生而为人的道德价值，变成阿Q正传中麻木的看客。

　　上海某小学生的母亲因头痛去医院检查，被告知"陪读陪出动脉痉挛"。随后无数的同感家长在微博等平台留言，诉说自己焦虑的苦衷。而《焦点访谈》所报道的《21天"不生气"作业》事件，更是引发社会的反思。在这样一个巨大、快速、竞争激烈的城市中，成千上万的父母为了跻身更高的岗位，为了给孩子创造更好的条件，没日没夜地忙碌与拼搏。而孩子为了在将来不被城市淘汰，从一出生就不能输在起跑线上，从小接受各种各样的培训。当家长发现自己的孩子并不是那么优秀的时候，就为此感到焦虑、愤怒、痛苦、绝望。我想，对于一个社会来说，标榜优秀没有错，追求卓越也没有错，但错就错在为了成为别人眼中的优秀，在外极力表现，在家大发雷霆，生活变成了表演。而最真实和幸福的那一部分，却在焦虑的情绪中丧失了。这就好像人们为了登上山顶，忘记了沿途的风光，忘记了路上的互帮互助，忘记了辛苦攀登本身的快乐。

　　欧亨利曾写过一个可悲而可笑的故事。一位证券经纪人在向女秘书求婚时，看到她泪眼汪汪地说："难道你已经忘了？昨天下午，你和我已经在教堂中举行过婚礼了？"可笑的背后是巨大的可悲。城市的生活，使无数人一味追求金钱、地位、权力，而遗忘了属于人的最有价值的感情和爱。遗忘——也成为城市抑郁所带来的另一个负面。因为生活的压力与快节奏，多少次我们在与家人吃饭时依然刷着手机，发着微信。春节的时候，一家人虽然团聚，但每个人仍把自己封锁在自己的小世界里，不愿意与亲人们深入地交流。大概就是我们刷着手机的时候，我们与我们最亲近的人，正在渐行渐远。快节奏的生活甚至让现代人完全丧失了仪式感，忽略了中秋团圆、春节拜年，忘记了为老人祝寿，失职于对子女的教导陪伴，淡化了亲朋友谊，忘记了结婚纪念。

城市抑郁，是城市中的人因为压力，因为生计，被生活的需要所奴役，丧失梦想，丧失激情，渐渐变得冷漠、焦虑、麻木。而在由这种人所构成的社会中，也形成了沉重的压抑感，使整个社会弥漫在麻木、攀比、嫉妒中。而这种城市抑郁正在影响和感染着更多的社会人，使之沉沦为浮躁无奈的行尸走肉。

然而，我以为一切的心病都有治疗之法。

三毛曾说："心若没有栖息的地方，到哪里都是流浪。"在这样一个快速发展的社会，无数的青年涌入大城市，为了拼出一块立足之地，没日没夜地打拼。房子和车子成了许多人心目中幸福生活的标志。但是，以物质享乐为目的的追求永远没有尽头，它终将使人成为物质的奴隶，并在压力中沦为麻木的过客。我觉得，在这样一个充满物欲的城市社会中，人需要懂得知足，需要懂得过程的价值，懂得生命本身存在的价值，不要一味地追求成为别人眼中标榜的卓越。

庄子《逍遥游》中鲲鹏所达到的境界，是一种对自我价值的认可，更是一种精神上的绝对自由，它并非物质的解脱。可见，在追求物质生活和权力地位的同时，同样可以使精神达到一种很幸福、很满足的状态。苏轼有诗云："雪沫乳花浮午盏，蓼茸蒿笋试春盘，人间有味是清欢。"这就是一种精神的清淡与快活。惠能禅师曾有诗云："菩提本无树，明镜亦非台，本来无一物，何处惹尘埃。"一个人的修养，来自他的内心，而并非对外在客观世界的改变和索求。陶渊明更有名句"采菊东篱下，悠然见南山"。只有当我们以悠然之心看待生活的时候，才能走出城市抑郁的阴霾，感知生活的美好与满足。

在快节奏、高压力的城市生活中，放慢一点心灵的速度，发现生活中的美好与善良，多一点对美的感知，多一点对陌生人的悲悯与关怀。"生活中不是缺少美，而是缺少发现美的眼睛。"对美好的感知，可以让心灵保持生命力，保持善良。蒋勋曾说："在匆忙紧迫的生活里，感觉不到美。当艺术变成一种功课，背负着非做不可的压力、负担，其实是看不见美的。"美和善良，都需要我们放慢一点脚步。也许慢一点，就不会那样计较别人的优越，也不会如此焦虑。对美和善的感知，从本质上来说就是唤醒心灵的冷漠和麻木，把生命从桎梏中拯救出来，并用一种热切而真挚的目光，投向生活的每一个角落。一个懂得审美的城市，才是一个真正有生命力的城市。

最后，不要因为一味追求他人标榜的成功，而沦丧为一架机器。人不应该被社会异化，不应该活成时代的零件。工业革命后，卓别林所饰演的滑稽的扳工形象，日复一日地重复着相同的动作。仔细想想，这就是城市抑郁最大的悲哀。当每一个鲜活的人沦为社会的零件时，心灵也变得冷漠而机械，丧失了对美好、对善良、对情感的向往，在无限的压力下麻木地追求物质享受。城市抑郁，它是压抑在每个人心头蓊蓊郁郁的沉重，在这个迅速运转的城市中，人们需要抛弃心灵的一些包袱，从而找回丢失的爱、温暖、善良。但每个人的心灵只要真情一点，善良一点，行动缓慢一点，我们所感知的那个城市，将会更加开朗、阳光。

# 论 价 值

（高二语文考试作文范文，47分/50分）

**题目要求：**

"拨浪鼓嘲笑小提琴说，'你瞧瞧我，连吃奶的孩子都懂，而你却只能被少数人理解'"。这样的一段对话引发了你怎样的思考？请自立角度，写一篇议论文。

要求：观点明确，论据充实，论证具有逻辑性；语言得体。

"春有百花秋有月，夏有凉风冬有雪。"若是听了"拨浪鼓教训小提琴"的故事，那么春天的百花是否会教训秋日的落叶过于萧条寂寞，而夏夜的凉风是否会教训冬日的白雪过于寒冷清淡呢？世间万事万物各有千秋，而又都处于巨大的变化中。它们在各自不同的阶段或者领域，都有各自不同的、属于他们自己的那份价值。

小提琴与拨浪鼓，在文化层面上它们分别代表了高雅与通俗。然则雅与俗有着不同的价值，但通俗绝不能代替高雅。拨浪鼓用于启蒙幼儿对于节奏的感知，它是通俗而简易的乐器；而小提琴则是用来抒发情感的高雅艺术手段。固然拨浪鼓启蒙吃奶的孩子实现了它的价值，但这并不意味着它将成为所有乐器

"看齐"的标准。试想，在一场盛大的音乐剧中，小提琴用它悠扬而缱绻的韵律，把人们带入幽深的意境，触发人们的情感和遐想，而对此拨浪鼓却力不从心、鞭长莫及。

拨浪鼓嘲笑小提琴，这就好像小学一年级的数学书教训大学高等数学教材说："应该简单一点、通俗一点"一样的可笑，因为它否定了发展对于人的认识与事物变化的重要影响。这就好比建楼，没有离开地基的空中楼阁，但也没有只有地基的高楼，而这些不意味着楼顶应该像地基一样。事物的发展是一个过程，而过程中的每个阶段都有与它相符合的意义与价值，处于变化中的事物与认识，既依赖于曾经的积淀，又寄希望于未来的可能性。而拨浪鼓对小提琴的教训，正是否认了这种可能性。这就好像任何的高度都不能遗忘脚下的土地，而任何一方土地都不能否认通向天空的道路一样。

在小提琴的面前，拨浪鼓显得鼠目寸光、见识短浅。它只看到了简易通俗的重要性，却忘记了事物的发展和超越，忽视了高雅的存在价值。通俗之事物更偏向于感官享受，拨浪鼓正是借此来启蒙吃奶的孩子。不过孩子一旦长大，拨浪鼓的价值也将止步于此，渐渐地被遗忘在时光的废墟；而高雅之艺术经久不衰，历尽岁月的洗练，留下最璀璨、最绚烂的文化内涵，它会伴随着一个人的成长融入更多的理解与感情。由此可见，通俗往往停驻在发展的基础阶段。基础固然有着无法被取代的价值，但我们若是只止步于基础，安于简单的思维和乏味的技巧，人类社会将不会发展，更不可能创造出精美绝伦、闪耀璀璨的文化瑰宝。我们应该有更长远的目光，既要肯定通俗存在的价值，更要看到超越与发展，并追求、向往高雅的价值。

# 后备箱中的文化

（高二下学期期中考试范文，48.5 分/50 分）

**题目要求：**

阅读下面的材料，根据要求写一篇，不少于 800 字的文章。

春节假期结束了，网友们纷纷晒出被塞得满满的行李箱和后备箱。有奶奶让带的很多散养的土鸡蛋和自己种的蔬菜；有爷爷给的土特产大米、南瓜、冬瓜、菜籽油；还有给小孩在路途上玩的集市上的小玩意，塞了满满的一个后备箱。

望着这装满瓜果蔬菜和农产品的后备箱。

有人说："这些东西，在城里也可以轻而易举地买到，他们这么做是多此一举"；

也有人说，"这满满的都是家乡的味道，都是家人的关心和爱"；

还有人说……

你是怎么看待这件事的呢？请你以"后备箱"为主题，创作一篇议论文，谈谈你对这"后备箱"的理解。

要求：观点明确，论据充实，论证具有逻辑性；语言得体。

春节回家探亲，离开时爷爷奶奶为我们装了满满一后备箱的瓜果蔬菜和农产品，希望我们可以把这些带回家，就此为背景，展开思考。

——题记

　　回家过春节返京那天，爷爷奶奶又像过往一样装了满满一后备箱的瓜果蔬菜，还有自己蒸的几包大馒头。汽车满载着家乡的特产告别我的故乡时，我回头眺望，看见爷爷奶奶和那小小的村庄消失在尘土飞扬的小路上。凝神思索，恍然意识到，后备箱里承载的不仅是瓜果蔬菜，它承载了好多，好多。

　　对于一家人来说，后备箱装满的是温馨的家族亲情。随着现代化的发展，越来越多的人离开家乡，来到更开放、拥有更多机遇的大城市寻觅栖息之所。然而城乡的差异，为远道而来的人们树起了一道心墙。城市斑驳陆离的灯火、川流不息的人群让异乡之人无处寻觅归属感。正是这个时候，后备箱中的家乡农产品让他们想起了热气腾腾的水饺、令人馋涎欲滴的家乡菜以及母亲的唠叨、父亲的叮咛、儿时的趣事，疲惫的躯体才在家乡的记忆中得到慰藉与温暖。这种"睹物思情"源于中国人长久以来根深蒂固的家乡观念。日常生活聚少离多，而人们又总是期盼着团圆，分别之际带上家乡的农产品，就好像带上了思念，带上了浓浓的亲情。

　　对于一代人来说，后备箱中的家乡瓜果象征的是那藕断丝连的乡愁。中国人对于乡土的眷恋，就像婴孩对于母亲的眷恋，它是一种发自本能的缱绻情愫。费孝通曾在《乡土中国》里写道："'乡土'就是中国人的国民性"。5000年来的农耕文明所形成的对土地的眷恋，变成一种深入骨髓的土地信仰。乡土观念融于传统中国日常生产、生活、生命的整个过程，乃至影响到整个民族的精神状态。虽然瓜果蔬菜以及其他面食都能在城市买到，但是买不到的是家人的亲情，是家乡的味道和思念。诚然，无数青年人离开家乡，进入城市，但是他们并没有因为快节奏的都市生活而丧失对于乡土的依恋。每一代中国人都像是一批新生的树叶，摇挂在一棵硕大的古树上。这棵古树盘根错节、经络通达。它深深扎根于泥土，为枝叶供给养料。这棵大树所代表的中国文化，正是我们中华民族的"后备箱"。

　　是的，站在一个民族的角度审视，后备箱里承载的不是简简单单物质的丰富，更是文化底蕴的深厚。余秋雨先生曾在《何谓文化》中写道："文化，是一种成为习惯的精神价值和生活方式，它的最终成果是集体人格。"无论是家庭亲情，还是一代人的乡愁，它们都是中国人所共有的文化情怀与格局。对后备箱中家乡味道的眷恋，是因为土产品象征着养育了我们的一方水土，它是我们形成习惯的生活方式，更包含了浓郁温暖的家族亲情，但这些归根结底还是因为蕴藏其中的那份难以割舍的、历史沉淀的精神文化瑰宝。农副商品可以进口，生活器具可以进口，甚至生产机械也可以进口，但是进口不来的是泱泱中华五千年来的农耕文明，是蕴藉含蓄、优雅深沉的古典诗文，是丘陵之上绵延千里、气势磅礴的坡地梯田……是的，我们的生命、我们的创造都源源不断地汲取着乡土之上的那份深厚而悠久的文化，那是那丰盈饱满的中华民族的后备箱。

想到这里，我感到无比的踏实、温暖，我平稳地呼吸着，萦绕心头的是后备箱里飘来的源自故乡土地的芳香。我深深地知道，那后备箱里不仅盛满了家乡的物产，更承载着一家人的亲情、一代人的乡愁和一个民族的文化底蕴与精神瑰宝。

# 选　择

（高二上学期期末考试范文，47.5分/50分）

**题目要求：**

面对世俗的利诱，陶渊明选择了淡然与归隐；面对人生的风雨，苏轼选择了"回首向来萧瑟处"的乐观与豁达；面对金兵的压迫，易安选择了"死亦为鬼雄"的坚强与不屈……古往今来，多少壮烈与令人赞叹的选择，深深地烙在中华民族的记忆中。而我们在人生中，又何尝不是处处面临选择呢？

请你以"选择"为题，创作一篇议论文，谈谈你对"选择"的认识和思考。

要求：观点明确，论据充实，论证具有逻辑性；语言得体。

杨绛曾说："人生最大的价值在于灵对肉的支配。"而支配本身就是灵魂对纷繁尘世做出选择。法国曾有一位学者说："人是自身行为的立法者。"人对于自身行为的控制，就是一种选择，否则人将成为欲望的奴隶。米兰·昆德拉在书中写道："不要以为我们可以逃避，我们正在走向我们选择的终点。"以此见得，选择决定了人生的过程和结局。而存在主义哲学同样认为，人生的价值不是来自物质的存在，而来自个人的选择，我们选择成为什么样的人，就选择了存在的价值和意义。选择，它是人在无数种可能中做出的取舍，选择反映了一个人内心的本质，决定了一个人的终极价值。

大江东去浪淘尽，千古风流人物。纵观历史，是选择，展现了真英雄的本色，更决定了他们值得讴歌的生命。在汨罗江畔，渔夫看到了颜色憔悴、形容枯槁的屈原，真诚地劝阻他：“众人皆浊，何不随其流而扬其波；众人皆醉，何不哺其糟而啜其醨？”面对政治的失意、小人的谗言、渔夫的劝阻、众人的不解，屈原掷地有声地说道：“又安能以皓皓之白，而蒙世之温蠖乎！”于是他投汨罗以死，“宁赴常流而葬乎江鱼腹中”。哪怕世人阻扰，哪怕无人问津，哪怕蒙受冤屈，他依然坚定地选择怀瑾握瑜。他生，是世间的楷模；他死，灵魂更是中国文化的一种精神力量。

雅典黄金时代，苏格拉底以“腐蚀青年思想”的罪名被公民大会判处死刑。审判官说，只要他宣布放弃自己的哲学，就可以当庭无罪释放，苏格拉底坚定地拒绝了。行刑前很多学生和信徒要帮助他逃跑，但他义正词严地说：“他们判我死刑是没有根据的，但是我如果逃走也是违背了法律，我决不以恶治恶。”几千年的时光过去了，他从未被我们遗忘，苏格拉底对于生命、伦理、心理、政治等多方面的思考与质疑，成为西方哲学的基石。如果说以后的哲学家都是站在巨人的肩膀上思考，那么苏格拉底就是那个巨人。

辛亥革命中的鲁迅，在经过漫长的心理斗争后，选择深刻地剖析中国人身上的劣根性，并试图用笔唤醒中国人麻木的心灵。为此他一生东奔西走，颠沛流离，换过的笔名共计 115 个，但他一如既往地坚持自己的选择，为所有黑暗中的勇士呐喊，使他们不惮于前行。是的，他不仅仅是一位战乱年代的作家，更是一位中华民族的审视者和思考者。

潮起潮落，风起风息，站在历史的波涛中还看今朝。中国两弹一星功勋奖章获得者，被誉为“中国航天导弹之父”“中国自动化控制之父”的钱学森，在美国留学后，不顾阻挠，毅然决然地选择回国效力，使中国导弹、原子弹的发射向前推进了至少 20 年。他的一生，是献身科学的一生，是献身祖国伟大复兴事业的一生；他的生命成为中国科技发展的助推器，成为中国国防科学的奠基石。中国科学院国家天文台研究员，曾任 FAST 工程首席科学家兼总工程师的南仁东，一生奉献于天文研究。他在患肺癌后依然选择坚守在工作岗位上，脚踏实地地仰望星空，并奋力将中国天文推向高峰……是选择，是正确的选择，使他们有限的生命拥有无限崇高的价值。

细观生活，许多人在金钱和权力的诱惑下做出丧失理智的选择，也有人因为贪念和物欲做出伤天害理的恶事。错误而贪婪的选择，葬送了无数人的生命，使他们的人生变成一把毒害他人、祸乱社会道德的罪恶之剑。一位 17 岁的少年，因为吸毒绑架自己的母亲，索要钱财。一位年幼孩子的父亲，因为还高利贷而杀人抢钱，不仅破坏了别人的幸福，也断送了自己的未来……这些人都是因为在人生的十字路口，没有做出正确的选择，而走上了邪恶的人生旅途，做了欲望的奴隶，最终使自己的人生陷入泥淖，被钉在了历史的耻辱柱上，落得个遗臭万年的可耻下场。正如小说《蜕化》中的人物肖连才，在服完因腐败被判的刑期释放后，跪在自己祖坟前忏悔："万不该放纵自己走错了路，辱门败祖啊！"一样，当那些或因一失足铸成千古长恨；或因走错了路，交错了友，而招致人生失败的形形色色的人，当他们面对长天无限悔恨时，一句句撕心裂肺的叫喊、一串串懊悔痛心的泪水，曾经给后人多少警示。选择何等重要啊！它决定着一个人的人生成败，决定着一个人的人生价值，因为我们终将走向我们选择的终点。

荷花出淤泥而不染，是因为它选择了"洁"；藕虽有孔，心中不纳尘埃，是因为它选择了"净"；沧浪之泉清兮，可以濯我缨，是因为它选择了"清"……是的，人可以选择做醉人中的独醒者，做浊沟中的清流；可以选择自己的价值，选择自己的清高与傲骨。然而，当你做出了这一选择，你也就同时选择了成功、失败、荣辱以及人生的不同价值。

是的，人生并非生来就有价值和意义，终极的价值和意义，取决于我们在人生十字路口的每一次正确选择。因为选择，决定了一个人的终极价值，而人一旦做出选择，就必将走向自己选择的终点。所以，人生路上每当站在十字路口都不可不慎重，绝不可因一失足而酿成千古长恨。

# 谈 喧 嚣

## （48分/50分）

**题目要求：**

词汇"喧嚣"的常用意为声音嘈杂、不清静。有人说现在的社会、网络、生活越来越喧嚣。请你以"谈喧嚣"为题目，写一篇议论文，谈谈你对"喧嚣"的认识。

要求：观点明确，论据充实，论证具有逻辑性；语言得体。

喧嚣是一种噪声，它产生于人心灵的躁动。喧嚣就像一锅煮沸的水，没有一刻不竭力翻腾、嘶声喊叫，而它的滚烫一旦泼洒便贻害无穷。纷扰繁杂的喧嚣无时无刻不在分散着人们的注意力，使人不能专注，就像吵闹的商场里摆满了琳琅满目的商品，无数的诱惑、欲望纷至沓来、接二连三地涌现，不断地吸引着人们的目光，使人无法沉心静气地做出选择。处于喧嚣场中的人不能审慎地思考并做出客观理性的判断，他们就像热锅上的蚂蚁，急躁而盲目，常常人云亦云、随声附和、亦步亦趋。

然而，喧嚣已然成为社会的通病，愈加喧嚣的时代正在腐蚀新一代的青年。随着科技进步与互联网时代的到来，原本"吵闹"的社会变得更加嘈杂。

越来越多的人成为网络的俘虏，他们的心灵变得浮躁不安，通过大量无脑式浅层次"略读"，获取信息和最表层的感官体验，从不深入思考就随意地在公共领域肆意发泄自己的情感，使喧嚣难以平静，并源源不断地毒害社会。在这个喧嚣而浮躁的社会里，奉行金钱至上的拜金主义，煽动奢靡之风的享乐主义，以及毫无情怀与责任的极端个人主义等萎靡思想正风行于世。人们逐渐忘记了心中坚守的善良与正义，变得愈加麻木，并终于也成为喧嚣的一部分，犹若一把撒向火焰的尘埃。

世界如此喧嚣，但这并不意味宁静与专注就无处寻觅。所谓的喧嚣，其实来自人的心灵，唯有用内心的宁静才能攻克外在世界的喧嚣。毛泽东少年时专门到菜市场门口读书，于闹中取静，就是为了锻炼精神的专注与内心的耐力。沈从文晚年遭遇"文革"，在那个喧嚣时代，只有沈从文潜心钻研学术，历时17年完成《中国古代服饰研究》等著作，成为古代服饰领域的专家。林徽因曾说："真正的平静，不是避开车马喧嚣，而是在心中修篱种菊。"的确，人永远无法躲避时代的喧嚣，唯有使内心宁静，才能不受外来的纷扰。而当越来越多的人被稳重之气熏陶，走出喧嚣与浮躁，时代便也会更加理智与光明。

# 如果心中有盏灯

**题目要求：**

请你以"如果心中有盏灯"为题，创作一篇议论文。

要求：观点明确，论据充实，论证具有逻辑性；语言得体。

灯，是刺穿黑夜的光芒，是指引前行的方向。无论个人，还是民族，抑或全人类，都需要有灯的启蒙与引导。

对于每个人来说，灯是人生理想。如果心中有盏灯，人生的足迹就会更加坚定，从而实现小我之于社会与历史的生命价值。宋代儒者朱熹曾感叹道："天不生仲尼，万古如长夜。"而让孔子成为历史文明之灯塔的，正是他自己心中的那盏追求"仁"与"义"的道德理念之灯。如果不是"以天下为己任"的责任感和"为天地立心，为生民立命、为万世开太平"的政治抱负，这位被万代子孙所瞻仰的文化巨人，也不会在豺狼当道、杂草丛生的传道之途上，走得那样坚定而执着。

对于一个民族来说，灯是信仰与精神。如果心中有盏灯，民族就会更加团结，人们就会因为内心崇高的价值理念而奉献自己，造福更多的人。中华民族在与封建势力和外国侵略者的漫长斗争中，唤醒内心对尊严与平等的渴望，并紧紧地拧成一股绳，团结起来，为了民族复兴与祖国富强而不懈拼搏奋斗。赵一曼在监狱中面对敌人的刺刀毫不畏惧，她轻蔑地一笑，为了民族的气节与祖国的尊严，誓死不降。在革命最困难的岁月中，她宁愿向刽子手的屠刀走去，也绝不低头屈服。这一切都是因为她心中的那盏民族精神之灯。

而对于人类而言，灯是精神文明之光。公元前 800 年至公元前 200 年，文化巨匠不约而同地出现了，苏格拉底、柏拉图、孔子、老子……他们用善与智慧点亮了人类文明的历史，自此代代相传，不断发展演化。而当今世界是人类历史上从未出现过的繁荣时期，各国文化相互交流、沟通，共同走上世界的舞台。习近平在亚洲文明对话大会上说道："一切美好的事物都是相通的。人们对美好事物的向往，是任何力量都无法阻挡的！"人类文明之灯，也是人类共同追求的幸福之灯、和平之灯、美好之灯，各国文明也正因为这一文明之灯的存在，才不会背离善与美的初心，才会协力奔向最光明的方向。

是的，灯是理想，是信仰，是希望，是指引人类走向美好的方向。如果心中有盏灯，人生就会亮起来，民族就会亮起来，人类之命运亦会亮起来。以心中之灯点亮他人，点燃人类文明，呼唤包容、和平、和谐与发展，使渺小之人类智慧，在黑暗而广阔的宇宙空间中，放射出最炽热、最明亮的光芒。

# 善的桎梏

（高二语文考试范文，48分/50分）

**题目要求：**

近日，重庆某中学的校园里开起了一家经营特殊业务的"银行"，中学生的善行义举在这里被折算成一定分值以道德资产的形式记录在存折上。"善行银行"的财富，已成为校园里的"通用货币"，同学们的道德资产可任意兑换各种奖励。

有的人认为，这样的方式能够帮助学生树立正确的价值观，并鼓励学生向善；但也有人认为，这反而会让学生变得功利，为了行善而行善，反而不能达到原本的初衷。

对于该中学的"善行银行"你是怎么看的？请写一篇议论文，自立角度，发表你对此事的思考。

要求：观点明确，论据充实，论证具有逻辑性；语言得体。

近日来，某中学为促使学生学好向善，将学生平日的善行义举折算成分值，并作为操行评判依据和校内消费来源。在我看来这违背和扭曲了善的本意，不仅没有起到正确的宣扬诱导作用，反而成为善的枷锁，错误地引导了学生的价值取向。

从善的目的来看，善具有自发性。孟子有言，"人性本善"。善，是道德的最高境界，它与璀璨的星河一样，值得我们敬畏与歌颂。但不可忽视的是，"善"作为人的本性，是人与生俱来的、固有的一部分。它是人对美好的渴望，对幸福的感知，对仁爱的追求，对于世界大同，美美与共的一种向往。而行善，则是因为人们沐浴善的温暖、光明、快乐，从而做出的一种几乎本能的反应。因此，没有必要用利益和评判的手段，来衡量这种本能的行为，就好像没有学校会对学生说话、吃饭、睡觉而进行表彰一样，因为这些行为的存在是正常的。所以，当学校将善行特殊化的时候，其实是拉远了善和心灵的距离，从而让善行变得形式化、僵硬化。另外，善的本意是无私的，是了无心机的。善之所以美好，是因为它在付出和奉献的过程中，没有那些对于利益和标榜的追逐，它是纯粹而真实的，是人对美好的一种本能的奉献、向往。但是，当学校对善行进行"标签化"和"赋值化"的时候，其实是引入了个人利益和欲望，它会导致学生误将善举"目的化"，从而形成"为行善而行善"的想法和行为，并且意识不到善是发源于人内心深处的潺潺清流，意识不到善在滋润万物的时候，从来不从万物中索取点滴。

从善行的回报角度来看，该中学的折算行为也并不可取。斯宾诺莎曾说过："幸福不是善行的回报，而是善行本身。"的确，人在行善中所得到的心安、幸福、快乐，并不是通过善行的结果达到的，而是通过善行本身达到的。中国有个成语：助人为乐。意思是帮助别人就会感到快乐，当人发自内心地去做一件善事的时候，就会被自己内心那无目的、无索求、无心机的纯粹所感染，从而让灵魂得到升华。人之所以会这样，其实是因为行善是以小我的部分牺牲，而换取大我的更长足的发展。换句话说，就是用个人利益来换取人类命运共同体的集体利益。无偿献血就是最好的例子。社会上，越来越多的人愿意无偿地奉献自己的血液。从某种角度来说，他们的行为并不会对自己有短期的利益，反而是让自己更加虚弱。但是献血者们依然无偿地奉献血液，将它们储存在血库中，为的是那些在意外事故中需要大量鲜血的生命。信奉神秘主义教派的印度总统曾说：当你爱邻如己，因你的邻人就是你，你是在幻觉中才将他当作别人。公益广告中也提道："捐献热血，分享生命。"分享生命的过程，就是人类命运共同体共度风雨与坎坷的过程。很多时候，当我们在各种场合接受表扬，或者在购物消费的时候，我们会在潜意识里觉得我们都是独立的个体，我们活着是为了自己。但是，当巨大的天灾人祸降临时，我们会猛然意识到，"我"不是只有自己，更重要的是，"我"是人类命运共同体的一部分，是我们共同的生命凝结成了这个小小星球上最智慧、最值得骄傲的文明。这就是"善"最震撼人心的力量，因为我所做的这无私的一切，为的是人类共同体在命运的磨难中走得更稳、更远，为的是在人类发展的漫漫长途中，有更多的像我一样的人，哪怕牺牲自己，也为这登天的人类大厦添砖加瓦。

换一个角度来看，善行也是有回报的，只是善行不是短期内的回报，而是通过感染集体的方式，最终通过集体作用在自己身上。中国有句老话："善有善报，恶有恶报，不是不报，时候未到。"电影《把爱传出去》里的小弗雷特曾做过一个这样的设想：他去帮助三个人，再让这三个人去帮助其他的三个人，并以此类推，那么这个世界就会变得更美好。影片的最后当小弗雷特去世的时候，整个城市都为他亮起了烛光，但那不仅仅是烛光，更是每一个被爱感染的人的心灵之光，在那个寒冷的雨夜里，它们显得那样温柔、那样明亮。

从善行的目的和善行的回报来看，将善行义举折算成分值来评判操行，实在有悖善的内涵，更何况这是在校园内进行的活动。青少年的思想尚未成熟，并且处在塑形的极佳时刻。学校在学生成长和建立三观的至关重要的时刻，用这样的方式"鼓励"行善，实在令人担忧。这恐怕会让学生产生"心理依赖"，即行善是为了得到短期物质回报和个人标榜，如果得不到这些短期的好处，就会在行善之前产生犹豫和利益衡量，这无非让善与心灵割裂开来，并在善与心灵的罅隙间引入了个人利益、个人欲望。如果自此推广放大来看，产生了这样的思想和"回报依赖"的学生走入社会的时候，会变得更加自私，更加考虑个人利益，意识不到共同体的价值，这个社会会变得更加冷漠、虚伪、形式化。再说，对于社会中的恶，人们通过不同的破坏程度对不同的恶行制定了不同的刑法和惩罚标准，但是善不一样，因为人类追求的是道德的射线，对于恶是有底线，但是对于善是没有顶线的，并且一切的善行都是平等的，没有大小之分，没有轻重之别，它是心灵美好的自然流露。学校一旦对善进行赋值，就相当于对善设定了界线，将精神之美好物质化、低俗化、形式化，这是我们不愿看到的。因为如果有一天，善行变成了对回报的索偿，那么，它是可悲的；如果有一天，善行变成了谋求利益和自我标榜的手段，那么，它是可怕的。

德国哲学家康德在书中写道："这个世界唯有两样东西让我们的心灵感到深深的震撼，一是我们头顶上璀璨的星空，一是我们内心崇高的道德法则。"善就是这道德法则的源泉，它汩汩流淌着人性的光芒。对于一个民族来说，他们的青年应该更早地意识到善的美好，并对美好充满向往。学校更应该提倡善、推崇善、宣扬善，但也许不是通过兑换的方式，因为当朝阳升起、云霞怒烧的时刻，没有任何尺度可以丈量光的力量。

# 生活不是辩论场

　　每一个活在这个世界里的人，都处在一个社会群体中，他所活动的范围就是他的生活。我们每一个人穷尽一生都需要追求怎样生活得更好，而生活必不可少的就是与周围的人打交道。辩论是一种说话的方式，它的目的在于征服，它的形式在于表演。辩论要证明的无非就是两件事，一是证明对方说的是错的，二是证明对方说的是废话。曾经有心理学家说，辩论可以看作野蛮战争的文明化，它更像是唇枪舌剑的战争，它有明确的输赢。也有演说家曾经评论过，辩论其实也是一种表演的艺术，因为它在不择手段地博取更多人的赞成，并以此赢得战争的胜利。

　　不可否认，生活中有很多的是非对错，就像是一杯悬浮着尘埃的浑浊的水。我们假设有一群人在评论这杯水，有人觉得它是透明的，有人觉得它是肮脏的，有人觉得可以把它喝下去解渴，有人觉得喝下它是对自己身体的侮辱……总之，对于这杯水，人们的看法千差万别。如果生活是一个辩论场，那么就是让这一群有着不同观点的人，通过打架和撕扯的方式，来决定到底它是一杯怎样的水。显然，结果是惨不忍睹的：有的人喊哑了嗓子，有的人打断了腿，有的人气得原地跺脚……无论最后有没有统一意见，这一群人都会彼此憎恶、分道扬镳。而这些不是我们理想的生活，因为生活的目的不是拆散，而是凝聚；不是输赢，而是感受；不是分明是非观点，而是互相包容的和谐状态。因此，以一种斗争的观念去看待生活，必将吃尽生活的苦果。

你若把生活当作辩论场，必将是赢了辩论，输了感情。在现实生活里，讲事实、摆道理、大前提、小前提的论述，真的就那么重要吗？也许我们忽略了一点，那就是辩论是一种理论的驳斥，它具有一定的空想性。首先，任何理论的存在，一定有支撑它的道理，一定有符合它的逻辑链条，这就是所谓存在即可能。其次，我们永远都无法证明对方的观点全盘皆错，而我们的观点顶天立地、毫无瑕疵。因为所有的观点都是人们在观察现象后做的一种假设，没有人可以论证观点的绝对性。就像现代哲学之父笛卡尔所说的："除非我们能清晰地证明和分辨某件事是真的，否则我们就不能说它一定是真的。"换句话说，辩论的双方能够辩论，是因为在他们的观点中都有一部分是对的，一部分是错的。而在辩论场上，一个好的辩论手是用他华美的语言和缜密的逻辑做盾牌和利剑，护住自己的软肋（即错的那部分），去捅对方的软肋。而在辩论场上越是把对方辩驳得哑口无言，或者越气急败坏，就越像一个将军把对方的士兵杀得哀鸿遍野，无人生还。效果越是惨烈，将军就越是成功。让我们来想象一下，当一个人鲜血淋漓地倒在你的刀剑之下，痛苦地蜷缩着呻吟时，你缓缓地移开坚硬的盔甲，发现自己毫发无损，你会在这一刻感到生活的乐趣与幸福吗？你会在这一刻扬扬得意、欣喜若狂吗？而对于你眼前血肉模糊的这个人来说，他还会把你当作亲人、朋友、爱人吗？答案是否定的。既然如此，赢得一场家庭辩论真的那么重要吗？而且即便你赢了，你也只是从形式上赢得了语言的战争，你永远无法消磨他的思想，以及他认为是对的那一部分。这就好像你赢得了战争的胜利，可是无人为你喝彩一样，你赢得的是人世间最大的失败。

你若把生活当作辩论场，肯定是输了辩论，输了一切。如果真的那样看重生活中的对错与是非，那么在意与任何一个人争执的输赢的话，如果你输了辩论，就意味着你输了生活，输了世间的一切，输了存在的价值与意义。因为你存在的价值与意义，不再是更好的生存，而是变成了如何赢得战斗的胜利。如果没有赢得胜利，那么你就是零。这就好像是一只刺猬，它活着不再是为了保护自己更好地生存下去，而是变成了怎么用自己的刺伤害更多的小动物，以此来证明自己是无敌的。以此看来，这种思维是可笑的，因为它曲解了生活的意义，也错误地使用了上帝赐予我们的工具——语言。几乎每一个人都会说话，每一个人都会思考，每一个人都拥有这种工具，但是，由于使用的方式不同，带来完全不同的效果。我们可以用语言让对方怒发冲冠，我们也可以用语言让对方泪眼滂沱；我们可以用语言揭露和批判对方的丑恶，我们也可以用语言说服和获取别人的认可；我们可以用语言来诅咒和唾骂世界的角落，我们也可以用语言来赞美和讴歌自然的云海与山河……其实，这都是我们的一种选择，与辩论相比，协商、劝导以及任何更加柔和的方式，都可以在达到同样效果的同时，不磨灭生活的意义，那就是，使参与讨论的人宽容而和谐地生活。

邓小平曾说："不争论是我的一大发明。"百丈怀海禅师说："是非以不辩为解脱，烦恼以忍辱为菩提。"生活里处处有是非，但这不意味着生活就是一场决斗，就是要分明黑白，标榜输赢。我们必须清楚的是，生活中并非所有的事都有必要分清是与非，这个世界的复杂在于它不是非黑即白，没有绝对的对，也没有绝对的错，它是浑浊的灰色，每个人对于灰色的看法千差万别。然而，这个世界的价值也不在于赢得语言的胜利，而在于使社会和团体更加和谐地运作，因为生活不是辩论场，比起唇枪舌剑的决斗，我们更应该多些协商。打败别人，征服别人，是一个辩论手的思维模式，是一个将军的思维模式，是战斗的思维模式，而不是美好生活的思维模式。是的，以一种斗争的观念去看待生活，必将吃尽生活的苦果，因为生活不是辩论场。

# 奋斗与安逸

生命是这样的短暂，并且只有一次，永不再来。所以，弄懂它的意义就显得特别重要。从古至今，人类一次又一次地抬头仰望苍穹，思考生命的意义。如果一定要说出一个答案，那我会说：别在应该奋斗的年纪，选择安逸。

蔡康永说："苦味存在，是为了帮助我们下次趋利避害，不是每餐拿来给我们下饭的。"

在信息爆炸的时代里，不论我们想或不想，总有一些让我们羡慕的人与事，猝不及防地出现在手机或电脑的屏幕里：谁是世界首富，谁入了福布斯排行榜，谁是新上榜的年轻精英。他们的成绩我们一清二楚；而对于他们所吃过的苦，我们则大多不清不楚。

马云能经营，也会管理，他的事业取得了巨大的成功。可是他的成功中，藏着他曾经吃过的所有的苦。他每天只睡三个小时，亲力亲为查找数据、分析数据；他用三天看了几十万字的资料，逼迫自己成为一个懂专业知识的行家；他坐大巴车去谈项目争取客户的路上，在卧铺上发邮件，车上的乘客几乎都已睡去；在千家万户阖家团圆的日子里，他独自一人在异乡为一个订单努力。有人说，他取得的成功比谁都多，是因为他吃过的苦比谁都多。他说："当你不去旅行，不去冒险，不去拼一份奖学金，不过没试过的生活，整天挂着 QQ，刷着微博，逛着淘宝，玩着网游，干着我 80 岁都能做的事，你要青春干嘛？"没有人强迫我们在本应吃苦的年纪，狠下心逼迫自己尝遍人间甘苦，但无情的客观规律是：苦尽，才能甘来。

别在吃苦的年纪选择安逸。一点苦都不肯吃的人，永远不可能发出光芒。偶尔也会羡慕"邻居家的孩子"，没有什么背景，没有什么名气、而已经长大成人，朝九晚五，出入写字楼、咖啡厅，拿着让人眼红的薪水，开着豪车，……几乎同样的年纪，因为钱赚得多，他们过着与大多数人完全不同的生活，完成了大多数人日思夜想的梦想——鲜衣怒马，快意人生。

前几天从电视上看到一则消息。某公司招聘编辑，一位母亲把她家刚毕业的女儿的简历给了考官一份，考官看完简历说，阿姨，我们公司招聘编辑要有经验的，您女儿刚毕业，可能不太合适。那位母亲马上说，我闺女在审计公司实习过，也算有经验。原本想留他们那里，但在那天天加班，太辛苦啊，要不就让孩子留那儿了。我把简历给你，就是想让孩子找一份不那么辛苦的活。只要不那么苦，不那么累就行。考官听后淡然一笑说："阿姨，真对不起。恐怕没有那样的工作。适合毕业生的工作，大多都需要吃苦。"

是啊，打杂是苦，加班是苦，处理不好职场内人际关系也是苦。到哪里去找不累、不苦的工作呢？但是，"职场菜鸟"的未来，就藏在一点一滴的苦和累里。这是我们成长的阵痛，非得经历过了，才能体会到成长的快感；只有历练过了，才会有成功。你为自己设置了一条很低的吃苦底线，就不要去羡慕别人的事业成功和人生辉煌。

或许我们对自己都不够狠心，不舍得让自己吃很多、很多的苦，以致常常后悔为什么当时不努力一点！但退一步说，吃苦这件事，从什么时候开始都不晚。所谓吃一堑，长一智，不过是吃了一次苦头，长了一些经验，然后才能知道，怎样可以又快又好地办成一件事情而已。东野圭吾辞职专事写作后，无论什么选题都肯写。写了十年，吃了十年的苦，才成为"现象级"作家。张柏芝在香港无线电视台的公益节目中表演"炮弹战车"，飞车提前落地，导致骨折；需要住院治疗；拍摄《杨门女将》时，又因为坚持骑真马拍戏，导致意外坠马，全身受伤。李冰冰拍戏脖子受伤，伤口足有 10 厘米，她却在"微博"发了一张脖子受伤的照片说："时间夺去了我们轻狂的眼神，却给了我们嘴角上扬的资本。"有一对 50 多岁的夫妻，风雨无阻卖了十年烧饼，两人每天 5 点起床生火炉，6 点出摊开始卖烧饼，站十多个小时，卖二百多个烧饼。日复一日地吃苦、攒钱，把几个孩子都送入大学，最后自己在老家盖了一栋小洋楼，过上了当地人羡慕的小康生活。

"别在吃苦的年纪选择安逸"这句话，同样适合正在读书的我们。当你"整天挂着 QQ，刷着微博，逛着淘宝，玩着网游，干着 80 岁的人都能做的事"，一点苦都不肯吃，你的人生永远都不可能发出光芒。

家里的人经常对我说：你现在比我们当时好多了，不用吃那么多苦，为什么就不能再努力一点呢？后来被说多了，我就反驳：现在不用吃那么多苦，是我的错吗？还不是赶上好时代，加上你们给我打下的基础，才让我免得吃苦？他们听了之后总是摇头叹气说：孩子，不用吃以前的苦，是你的福分。我们当然不希望自己的孩子吃太多苦；但是，你们也不能躺在蜜罐里吃前人的老本啊！更好的奋斗让你们这一代更上一层楼，你们切不可躺在前辈人打拼的成果上享清福。以后的路还是要你们自己走，用自己的脚走出来的道才是正道，用自己的脚攀登上的高峰，才是属于自己的天地。

我喜欢这句话：只要我们咬牙撑过那一段艰难的路，一定会比站在原地的自己更加强大。一分耕耘，一分收获。任何人的成功都不是一蹴而就的。也许你只看到成功的光环，却不知他背后的负重前行；也许你只看到他的果敢，却不知他背后那颗不服输的心；也许你只看到他的波澜不惊，却不知他背后经历的千万次的波涛汹涌。让我们从现在起整装奋发，迎击风雨，也享受彩虹，给自己一个精彩的人生。

别在吃苦的年纪选择安逸，苦尽，才能甘来。苦，有来自皮肉的，也有来自精神的。但所有坎坷，构成了人生一步步向上的台阶，走上去再往回看时，苦，便不是苦，而是人生最有价值的财富。春蚕吐丝，破茧才能成蝶；凤凰涅槃，浴火方可重生。

"你若不努力，谁许你未来？"生活中的许多事都要靠我们每个人独立去面对，独立去拼搏。别在吃苦的年纪，选择安逸。

# 社会的温度

　　社会，即是由人与人形成的关系的总和。古往今来无数的哲学家、文学家、政治家，无数的先贤和普通的劳动者，都在思考同一个问题，那就是我们怎么更好地生活在我们所处的环境中，一个什么样的社会是理想而适宜人生存的社会？作为茫茫人海里的一员，我也常常思考这个问题，社会看上去就像一个有机的组织，每一个部位的功能不尽相同，但是却按照它们自己的规则运转下去。如果把社会看作一个抽象意义上的人体，那么我们每一个人在这个生命体里都扮演着细胞的角色，而我们之间的关系就好像是其中的化学反应，为整个生命体维持一个恒定的温度。我想对于任何一种生命的存在形式来说，都需要温度，社会的法律和道德就像是冰冷的钢铁架，它起到支撑的作用，这就好像是人的骨骼，但是光有骨骼不算是一个完整的人，还需要有血、有肉、有温度。一个好的社会是一个有温度的社会。

　　以平等的观念相互尊重，为社会提供恒定的温度。一个充满了歧视的国家，是一个冰冷的国家。当一群人里一部分人感到自己血统高贵，而蔑视其他血统的人时，这个社会的温度就会骤降，必将带来人民的痛苦和人性丑恶的暴露。第二次世界大战时期的希特勒，是个极端的种族主义者和反犹主义者。他片面地强调德国人血统的高贵，以及犹太人的卑贱，并在《我的奋斗》中写道："雅利安人的最大对立面就是犹太人。"他把犹太人看作世界的敌人、一切邪恶事物的根源、一切灾祸的根子、人类生活秩序的破坏者。而这些观点成了希特勒后来屠杀数百万犹太人，企图灭绝犹太人，犯下滔天罪行的理论依据。由此可见，平等的观念和尊重是一个社会最基本的温度。

心怀悲悯，对弱者抱有同情，是一个社会最舒适的温度。鲁迅曾在《孔乙己》中写道："这一次他没有为自己辩解，他只是轻轻地说'不要取笑'。"想象在那样一个不平等的、充满歧视的社会里，人们把自己的快乐建立在别人的痛苦之上，以撕别人的伤疤为快乐，而别人越是痛苦，看客们越是高兴、得意，对于弱者没有丝毫的悲悯之心。强者欺负弱者，弱者欺负更弱者，对任何人的苦难都是袖手旁观的冷漠，这样无情的社会是何等的悲哀啊！社会是由人组成的，社会的黑暗和冷漠就是组成社会的人的劣根性。一个对弱者毫不同情，对强者巴结逢迎的社会，使得人们比野兽还要残忍。"弱肉强食，物竞天择"确实是大自然亘古不变的规律和法则，但这不值得人类社会的成员去歌颂和赞美。

每一个人与周围为善，逐渐扩散善的温度，这才是人类社会的题中应有之义。有这样一个故事。有人问上帝：天堂和地狱究竟有什么不同？上帝便带他来到了地狱门前。地狱里的人正在吃饭，每个人的勺把都很长，他们尽力往自己口中送，却怎么也吃不到嘴里。面对美味佳肴，他们却饿得面黄肌瘦，痛苦不堪。上帝又带这个人来到天堂，天堂里的人也在用长把勺子吃饭，他们双双结伴，每个人都把自己勺子中的东西往别人口里送，一个个神情欢悦，健康丰满，整个天堂充满了友爱和温馨。每一个人都以利他的方式来生活，最后达到的是利他也利己的效果。曾经有一部电影《Pay It Forward》记录了一个真实的故事。社会学老师尤金布置了一样作业，想一个办法让这个世界变得更好并付诸行动。初一的学生崔福想了一个办法，帮助三个人改变他们的生活并让他们也改变另外三个人的生活，一个人帮助三个人，三个人帮助九个人，九个人帮助二十七个人，二十七个人帮助更多的人。于是崔福的主意就在城市里渐渐流传开来。一群人变得愿意帮助人。你帮助了三个人，然后和他们约定，他们也要去帮助三个人，这样越来越多的人就会得到帮助。善良就像是一滴水，当它侵入土壤的时候，滋润一片干涸。我想这就是一个社会的温度，因为我们每个人在社会的变迁中都可能沦为弱者或者沦为需要帮助的人，而当每一个人与周围为善，就会使更多的人感受到关爱和鼓励，更多的人感到幸福，从而促使以这群人组成的社会更加和谐。

我们每一个人都会想要一个有温度的社会，而我们每个人都为此加温，这个社会才可能达到我们共同期盼的样子。

# 喧嚣中的定力

当今天下无处不喧嚣。喧嚣的本质是芸芸众生在盲目发泄自我情绪时而产生的、无关痛痒的争执、指责，大吵大嚷，它是噪音的总和，所带来的干扰不容小觑。

喧嚣会分散人的注意力，让人丧失专注，从而屏蔽内心，迷失自我。无数的人想在喧嚣中发出振聋发聩的声音，他们大吵大嚷，喊破了嗓子也不过只是助长了喧嚣的势力，就像把一桶水倒进咆哮的大海。然而，战胜喧嚣的唯一途径就是磨炼出生命的定力，苏轼的一生是对此最好的解读。一举"乌台诗案"后，面对喧嚣，即朝廷中反党的指责与蔑视，他走进烟雨蒙蒙的黄州，竹杖芒鞋，吟啸徐行于风雨之中，做一个沉默的思考者和与民同乐的务实者。他坚守内心的那份"人间清欢"，重拾生命的意义，造福一方水土，留下无数脍炙人口的哲思诗文。2000 年已经过去，那些当年吵嚷的争执声、咒骂声、批判声早已化作尘埃而烟消云散，留下来的是苏轼在某个安静雨后写下的"归去，也无风雨也无晴"。正是内心的那份定力，让苏轼没有同喧嚣一起散去，而是化作一颗璀璨的明珠，沉淀在了历史文化的长河之中。

面对喧嚣，人要有定力，才能保持专注，不丧失本心。放眼国家，亦是如此。

喧嚣会把一个国家推到舆论的风口浪尖，使其迷失发展方向。当一个国家面对喧嚣纷扰时，它面对的是国际社会的怀疑、不信任甚至蔑视，唯有那份定力，才能使国家不偏离方向。新中国刚建立时，国际社会一片哗然，许多大国冷眼相待，不看好中国的发展，不承认中国的国家地位。面对喧嚣的国际社会，毛泽东曾掷地有声地说道："让他们去说我们这也不行那也不行吧，中国人民的不屈不挠的努力，必将稳步地达到我们自己的目的！"是的，在外界喧嚣的舆论声中，中国专注于自己的领域，一批批爱国志士两耳不闻窗外事，刻苦钻研，十年如一日地战斗在前线，带领中国站起来，富起来，强起来，使科技、经济走上世界的前沿，最终通过自己真实的成就，赢得了国际社会的尊重与认可。而国际社会也为中国安静下来了，希望听到中国声音，看到中国方案。回望中国发展走过的路，如果不是历史文化中沉淀下来的那份定力，早就被喧嚣的国际社会的海浪所冲垮了。

"竹本无心，节外偏生枝叶；藕虽有孔，心中不染尘埃。"喧嚣的社会无时无刻地存在于我们身旁，处于其中的主体永远无法躲避它，只有那份不被干扰的生命的定力，才是对抗喧嚣的最好的方式。

## 作者简介

**朱卓帆**　祖籍江苏沛县，生于泰山，长于北京。

热爱古典诗词、文学、哲学、政治学，酷爱写作。

2014 年小学毕业，在中国青年出版社出版第一部作文集《开在心中的花》。

2017 年初中毕业于中国人民大学附属中学。同年，于苏州大学出版社出版其第二部散文诗歌集《执笔青春》。

高中三年为中国人民大学附属中学新生文学社骨干社员，曾在《作文通讯》《中国中学生报》《语文报》《东方少年》等国家级刊物上刊登文章数十篇。

2020 年于中国人民大学附属中学毕业，并被法国巴黎政治学院 Institut d'Études Politiques de Paris & Sciences Po 录取。